망각의 축복

망각의 축복

최은경 수필집

KCSI 한국학술정보[주]

사랑하는
나의 모든 제자에게
이 책을 바칩니다

머리말

　1999년 4월 『창문을 두드리는 천사』를 세상에 내놓은 후 또다시 세 번째로 나는 수필집 발간을 계획한 바 없었다. 그러나 21세기 들어 어느 날 아끼는 제자 몇 명이 찾아와 정년퇴임 논문집 발간을 이야기했을 때 나는 새삼스럽게 나의 나이가 남의 이야기가 아님을 깨달았고 '예'나 '아니오'의 대답을 할 수밖에 없었다. 여러 일로 이미 스트레스를 받고 있는 제자들에게 논문을 쓰게 하는 일은 금물. 나는 하는 수 없이 그 대안으로 손이 돌아가는 대로 긁적거렸던 나의 생각의 모음을 책의 형태로 내기로 하였다.

　『망각의 축복』에는 1999년부터 2002년 사이에 쓴 90여 편의 단상이 올라 있다. 돌이켜 생각하니 20대 후반에 대학강단에 선 이후 많고 많은 세월이 흘렀다. 내가 만난 사람, 가르친 제자는 그 수가 지난 세월의 몇 백배, 몇 천배가 되어 순간적으로 눈 깜짝할 사이에 내 시야를 흐리게 하고 있었다. 그러나 궂은 일, 마음 아팠던 일, 눈감고 싶었던 일이 부지기수였겠으나 나이 탓인지 그것들은 이제 다 사라지고 아름다웠던 일만 기억된다. 이 지면을 통해 오늘의 나를 존재하게 한 많은 분들에게 나는 감사한다.

　특별히 젊은이와 호흡을 같이 하게 기회를 제공해 준 분들, 봉직해 온 교육기관에게 감사한다.

　그 긴 세월 동안 나는 일 년에 평균 두세 번 외국 나들이를 하였다. 학술대회, 여성단체 관련 회의, 단·장기 외국대학에서의 강의 등 나들이는 지식의 재충전, 스트레스 해소, 친구 늘리기, 한국 바로 알기에 큰 보탬이 되었다. 세계 각국에 내가 신세진 사람, 기관도 한두 개가 아니다. 이들 모두에게 감사한다.

　이 긴 세월 동안 그러나 나를 가장 기쁘게 해 준 사람들은 나의 제자들. 이들은 비가 오나 눈이 오나 바람이 부나 날씨에 상관없이 교실을 가득 채워 나의 존재를 가능하게 한 예쁜이들. 반짝이는 이들의 눈은 나의 길잡이요 기쁨. 이들을 생각하며 수필집을 내게 됨을 큰 영광으로 생각한다.

　이 작은 책을 내는 데 수고해 준 제자 박찬희, 김정은에게 감사한다. 한국학술정보(주) 채종준 사장님과 출판사 여러분에게 감사한다. 좋은 삽화를 그려주신 최경한 교수님께 마음의 꽃다발을 보낸다.

2006. 3.
최 은 경

차 례

제 1 부……
교수와 공간

화장은 아름다워라

　최근 국무총리실에서 실시한 1,000명 대상 장묘 문화에 대한 설문조사
(1999년 4월 말)에 의하면 58.4%가 전국의 전통적인 장묘 문화에 찬성하
지 않고 있다. 그 이유로 32.3%는 좁디좁은 국토의 매장에 따른 손실을,
27.7%는 호화 분묘 조성에 따른 계층 간의 위화감을, 17.7%는 산림훼손과
자연파괴를, 그리고 12.2%는 돌보지 않는 묘지의 문제를 열거했다.

　대부분 사람들은 매장에 대한 불만을 표시하면서도 조사에 참가한 93.9%
는 그들의 부모나 친척의 매장을 찬성했고 단지 나머지 6.1%만이 화장을
선호한 것으로 되어 있다. 매장을 선호하는 이유로 38.8%가 한국인의 습관
을, 23.1%가 묘지를 방문하여 전통적인 조상숭배 의식을 갖추려고, 그리고
19.7%는 사랑하는 사람이 화장으로 두 번 고통받는 것을 면하게 하기 위함
이라고 설명하고 있다.

　덧붙여 12%의 사람은 이미 선영이 마련되어 있기 때문에, 그리고 5.2%
는 종교적인 이유에서 매장을 선호한다고 밝히고 있다. 그럼에도 불구하고
59.3%의 응답자가 그들 자신에 대해서는 화장을 선호하였다.

　조사에 따르면 88.4%의 응답자는 개인 묘지의 크기, 면적을 제한하는 정
부의 안을 지지했다. 분석가들은 이 결과에 대해 사람들의 말과 행동의 차이
를 지적하며 부모를 화장하는 것은 효에 어긋난다는 전통적인 생각이 그대

로 반영되고 있다고 지적했다.

여행을 하다 보면 한국의 산야가 온통 무덤의 연속인가 착각이 들 때도 있다. 여기저기 둥근 바가지 모양의 무덤이 수없이 많기 때문이다. 전통적인 풍습에 따라 무덤을 쓰고, 무덤을 치장하고, 자주 그곳을 방문하는 일은 나쁠 것 없다. 아니 바람직하다. 이는 죽은 이들에 대한 공경과 사랑의 표현일 수도 있기 때문이다. 하지만 그런 치장이 결국 자기 과시나 명당 찾아 발복하자는 이기심의 발로가 아니라고 부인할 수 있을까.

1980년대부터 벼락부자가 탄생하면서 한국의 지도층에는 특히 분묘 꾸미기 대회가 열려왔다. 명당 찾아 전문가, 풍수에 밝은 사람을 앞세워 우리들의 아름다운 산야는 산소가 다 차지할 지경에 이르렀다. 대형 봉분도 부족해 묘소는 석등, 묘석, 망부석 등으로 왕릉을 연상시킨다. 명당을 썼다는 가문의 자식이 잘되지 않는 예를 나는 부지기수로 보았다. 부모의 묘를 옮겨 높은 사람이 되었다는 풍설도 많이 접했다.

중국에서 때도 없이 몰아오는 공해로 우리의 금수강산이 산성화되고 오염되고 있다. 우리의 근시안적인 '잘살기 운동'으로 우리의 앞뒤 마당은 일회용품 쓰레기장.

전통적인 풍수설을 과신하지 말자. 좋은 땅, 나쁜 땅이 있는 것은 사실이다. 그러나 땅은 땅에 불과하고 그 위에서 어떤 역할을 하다가 생을 마쳤는가가 더 중요하지 않을까. 못 되도 조상 탓, 안 되도 조상 탓, 실패하면 명당을 못 잡은 탓. 우리는 왜 이렇게도 자신이 없을까.

영혼이 떠나간 후의 차디찬 나의 껍데기. 오늘따라 죽은 나의 모습을 그려 본다. 노랑 갑사 치마저고리를 입고 계셨던 어머니의 마지막 모습이 다시 나타난다. 영안실에서 마지막 보았던 어머니는 평안하고 아름다운 천진난만한 어린아이의 모습이셨다.

"이렇게 아름다운 분은 드뭅니다. 얼굴에 다 나타납니다. 인생행로가요. 남편, 아들, 딸 주위 분들이 잘 공경하신 표적이 얼굴에 쓰여 있습니다. 행복하셨던 분이지요?"

"주위 분들 모두…… 그것도 맞는 말이다. 그러나 어머니는 신앙심이 돈독한 분이셨다." 나는 침묵으로 이 말을 덧붙였다. 새문안 동산 양지 바른 곳에서 잠자고 계신 그 위에 나는 한 줌의 흙이 되어 뿌려지고 싶다. 화장장의 시설을 많이들 탓한다. 그러나 나는 그것이 상관없을 것 같다.

어린이날과 난초꽃

"오늘 어떻게 나오셨어요?"

"제가 어른이니까 일하러 나왔지요."

교내 어디서나 나를 반겨온 수위 아저씨 두 분이 오늘 아침도 나를 환영한다. 어느 공휴일이나 마찬가지로 학교 교정은 온갖 꽃들의 잔치마당. 간격을 잘 두고 서 있는 온갖 식물은 번갈아가며 아름다운 교정을 더 돋보이게 하고 있다.

1999년 5월 5일. 20세기 마지막 어린이날. 어제의 어린이들은 이제 나이가 들어 손자, 손녀의 어린이날을 관상하는 퇴역 배우가 되었다. 요즘 어린이를 생각한다. 천진난만해야 할 어린이가 너무 일찍 어른이 되어 말, 행동, 마음이 쇠었다. 공중에 공해가 날아다녀서 그런지, 오늘의 어린이는 중금속으로 오염된 어른들의 유행가를 부른다. 그들이 입는 옷도 어른들의 유행의상 축소판. 어린이 맛이 나지 않는다.

인문사회관 320호. 묵직한 문을 열고 불을 켜는 순간 기적이 일어났다. 여러 달 동안 고생고생하며 길고 긴 꽃대 끝에 간신히 매달려 있던 난초의 꽃봉오리가 막 꽃잎을 펴고 있었다. 북쪽에 위치한 연구실. 주인 때문에 꽃 화분은 일년 내내 햇빛을 보기 힘들었다. 화분을 보내 준 사람의 마음을 생각하고 주인은 서툰 지식을 총동원하여 외로운 대공 끝 꽃봉오리가 만개할

날을 기다리며 서툰 정성을 쏟아왔다.

분홍 보랏빛 난초를 보는 순간 나는 재동 초등학교 어린이가 되어 있었다. 어린이 합창단 단원이었던 나는 대한민국 정부 수립이 공식 선포되는 식장에서 1948년 8월 15일 합창을 했다. 구 중앙청 건물 내 큰 홀에서 재동학교 합창단은 이승만 대통령을 옆에 모시고 꾀꼬리 합창을 했다. 그때 입었던 치마저고리가 막 만개한 난초 빛이었다. 분홍색도 아니고 보라색도 아닌 두 색이 기묘하게 혼합된 그 '어떤' 색이었다. 오른 편 머리 귀 옆에 같은 색의 리본을 꽂고 노래하지 않았던가. 반세기가 지난 오늘 어린이날에 난초꽃에서 어른은 어린이를 되찾았다.

갑자기 어린이가 된 어른은 의자에 앉기도 전 다시 50년 전 덕수궁 연못가에 가 있었다. 어느 어린이날이 낀 주일 오후 유년 주일학교 학생들은 검붉은 목련이 핀 연못가에서 야외예배를 드렸었다. 신선한 공기, 싱그러운 초목을 벗으로 어린이들은 하나님을 경배했다.

"하나님도 아름다운 꽃을 좋아하시겠지."

"야외라 기도소리가 하늘까지 도달할 수 있을까."

"언제 예배가 끝나 가방 속 김밥을 먹을 수 있을까."

"기도하는데 마음속에 딴 생각이 자꾸 드는데 어떻게 하나."

"기도는 꼭 눈을 감고 해야 하나."

꼬리에 꼬리를 물고 옛 어린이가 오래전 자신에게 물었던 질문이 순서대로 되살아났다.

만개한 난초꽃을 다시 본다. 얼마나 오래 피어 있을까. 이름 있는 날에 피었으니 꽃의 생명을 정확히 셀 수 있을 것 같다.

예전 국민학교 합창단원들은 다 어찌 되었을까. 국민학교가 초등학교로 개칭이 된 것도 모르고 간 어른도 있다.

"파랑새는 파랑말로 노래 부르고……", "시냇물은 졸졸졸졸 어디로 가나……", "날 저무는 하늘에 별이 삼형제, 반짝반짝……"

난초꽃이 불러들인 옛 생각이 가시기 전 나는 오늘 가회동 올라가는 길옆

재동 초등학교 근처를 배회할 것이다. 코흘리개 시절을 재음미하며 옛 동네 친구도 만나고, 옛 어린이의 마음속에 형용할 수 없는 색의 난초꽃을 피어볼 것이다.

CIH 바이러스 소동

　CIH 일명 체르노빌 컴퓨터 바이러스가 지난 4월 26일, 바로 체르노빌 원전사고 발생일 13주년인 날에 비상사태를 몰고 왔다. 타이베이 AP연합통신에 의하면 CIH는 1998년 4월 대만의 한 대학생이 만든 것으로 첸이하우란 그의 이름 첫 글자에서 따온 것이란다.

　첸이하우는 CIH 컴퓨터 바이러스를 이용해 타이베이 다퉁 공학원 정보처리학과 4학년 재학 시 대학 전산망을 파괴했다가 학교 측으로부터 경고처분을 받았다. 현재 군복무 중인 그에게 다른 소식통은 CIH 퇴치 프로그램을 개발해 줄 것을 설득하고 있다는 소식도 들린다.

　그런데 문제는 대만인이 개발한 이 사이버테러 무기인 바이러스가 유독 한국에만 치명적인 타격을 가한 것으로 알려지고 있는데 웬일인가. 이 바이러스는 미국, 싱가포르, 이집트, 방글라데시 등 세계 도처에 출현했으나 한국만 큰 피해를 입었다. 다른 나라와 달리 한국에서는 공공기관과 민간기업, 개인 등을 가리지 않고 무차별 공격을 당해 최소한 100만 대 이상의 컴퓨터가 '뇌사상태'에 빠진 것으로 추정된다는 보고가 있다.

　21세기를 문턱에 둔 시점에 한국인은 누구나 다 경악과 부끄러움을 동시에 느낄 것이다. 우리의 수준이 그 정도인가. CIH 바이러스 일격에 우리는 수천억 원대의 엄청난 손실을 입었다. 처음으로 겪는 사이버테러의 파괴력은 엄청났다. CIH 바이러스에 대한 사전 경고가 있었음에도 안전 불감증이 되살아났는지 우리는 무방비 상태였다. 설마 내 컴퓨터는 괜찮겠지. '설마'가 돌이킬 수 없는 큰 피해를 좌초했다.

정보통신부는 무엇을 하였나? 정보와 통신이 마비된 부처, 주무 부처까지 피해를 입었다니 놀란 입이 다물어지지 않는다.

얼마 전 보았던 영화 '바이러스'가 생각난다. 이것은 외계생명체가 지구 컴퓨터 시스템에 바이러스 형태로 침투한다는 가상을 그려낸 이야기이다. 이 외계생명체는 파라볼라 안테나를 통해 태평양에 떠 있는 함선의 컴퓨터 시스템으로 들어가 컴퓨터로 작동되는 기계와 시스템을 조종하면서 인간을 공격한다.

실로 많은 컴퓨터 사용자들은 마치 '바이러스' 영화 속 인물들처럼 부끄럽고 황당한 일을 겪었다. 바로 전날까지만 해도 첨단성능을 발휘했던 컴퓨터는 삽시간에 먹통이 되어 귀한 자료를 모두 날렸다. 이 바이러스로 전화국, 군부대, 동사무소, 병원, 출판사, 대학, 증권전산망 등 다양한 생활현장은 적지 않은 타격을 입었다.

한 외신은 CIH 바이러스로 컴퓨터 피해를 본 국가로 한국−터키 각 30만여 대, 인도 1만여 대, 중국 7,000여 대, 미국 1만여 대 미만이라고 보고한다.

'사이버 재난'의 위험성은 상상을 불허한다. 우리에게 완벽한 '조기경보시스템'은 그림의 떡일까. 세계가 떠드는 Y2K 문제가 곧 닥칠 것이다. 그것을 막지 못할 경우의 대재앙을 우리는 어떻게 할 것인가.

인간의 두뇌가 만들어 낸 컴퓨터, 바이러스, 온갖 무기를 보며 오비드(Ovid)의 「데다러스와 이커러스 이야기」(The Story of Daedalus and Icarus)가 생각나는 것은 웬일인가.

1999. 4. 30.

월요일 영어소설반

매주 월요일 오전 9시 30분, 수유리 한국여학사협회 정원 쪽 아담한 방은 아름다운 주부 학사 여러분의 인생의 무대. 1주일 동안 각자 알찬 나날을 보내다 이 배우들은 또 다른 삶을 체험하고자 대리경험에 나선다. 월요일 아침 집안일도 많으련만 이들은 어김없이 영어로 쓰인 소설을 팔 밑에 끼고 도보로, 차를 타고 무대에 들어선다. 모두는 패션모델. 가정주부에게는 특히 월요일 9시 30분은 쉽지 않은 시간. 단아하고 깔끔하며 환한 얼굴, 옷차림에서 지성인의 여유를 읽는다.

1998년 9월 7일 이후 읽고 있는 소설은 체코의 소설가 밀란 쿤데라(Milan Kundera)의 『웃음과 잊음의 책』. 주부 학사들은 소설 속 등장인물이 되어 프라하, 소피아, 왈소, 모스코, 그리스의 맛을 본다. 공산정권하 체코인의 삶을 경험한다.

영어소설반의 역사는 15여 년. 무수한 월요일의 축적 속에서 배우들의 나이테도 굵어졌다. 긴 세월 동안 주부 배우는 들락날락, 그러나 댓 사람은 오리지널 멤버. 이들의 영어수준도 이제 수준급. 소설의 깊은 철학, 난해한 영어 문장의 장해물도 전혀 문제가 되지 않는다.

펄벅의 『대지』(*The Good Earth*), 버트란드 럿셀의 『행복의 추구』(*The Pursuit of Happiness*), 쿤데라의 『참을 수 없는 존재의 가벼움』(*The*

Unbearable Lightness of Being), 어네스트 헤밍웨이(Ernest Heming-gway)의 『노인과 바다』(*The Old Man and the Sea*), 에리히 프롬(Erich Fromm)의 『사랑의 기술』(*The Art of Loving*), E. H. 카(E.H.Carr)의 『역사란 무엇인가』(*What Is History?*), 버트란드 럿셀(Bertrand Russell)의 『행복의 정복』(*The Conquest of Happiness*).

지적인 배우들과 내가 벗한 지가 참 오래되었다. 끊임없는 호기심의 샘물, 넘치는 유머감각, 슬기로운 가정생활, 아이들의 입학, 진학, 졸업 그리고 결혼, 장모와 시어머니의 역할, 등산, 여행, 부모님의 장례, 선거풍토, 정치가, 교육 이야기는 소설반 시작과 막간에 벌어지는 사이드쇼로 이 소설반의 주된 매력이다.

남들은 월요일이면 몸이 무겁다, 주말에 피곤이 덜 풀렸다, 어찌 일주일을 지낼꼬 걱정이 많다. 그러나 소설반 배우들의 무궁무진한 화제, 배움의 열정은 나에게서 '월요병'을 빼앗아간 지 오래되었다. 가르치기보다는 배우는 것이 많은 귀한 시간, 오늘도 소설 속 등장인물의 이야기를 음미해 본다.

'웃음에는 두 가지 종류가 있다. 천사의 웃음과 악마의 웃음.'

'아름다움의 소리를 듣기 위해서는 최소한의 고요가 필요하다.'

'토마스 만(Thoman Mann)은 어렸을 때 죽음에 대한 글을 썼다. 그 이야기 속에서 죽음은 멀리서 들려오는 푸른 소리처럼 아름답기만 하다. 어려서 죽음이 비현실적이고 매혹적이기 때문이다.'

'1948년 2월 공산당 지도자인 클레멘트 코발트가 군중에게 연설하기 위해 프라하의 한 바로크 궁전 발코니에 나왔다. 그것이 보헤미아 역사의 대전환점이었고, 천 년에 한두 번 일어나는 운명적인 순간이었다.'

1999. 4. 26.

말레이시아 연수단의 단가

경기도 안산시 중소기업 연수원 국제연수부 강의실. 낯설지 않은 연수생 30여 명. 이들은 모두 말레이시아 사람. 중키에 보기 좋게 햇볕에 그을린 듯한 둥근 얼굴들. 장난기 섞인 이들의 표정에서 초청된 연사는 「한국의 역사, 사회 그리고 문화」란 논제를 재미있게 풀어나갈 수 있다는 예감이 들었다.

외국인 상대로 여러 해 많은 강의를 해온 연사는 청중의 표정만 보아도 그날 강의의 승패를 미리 예측할 수 있다. 말레이시아 연수단에게 강의를 한 지도 3년. 1년에 2회씩이니까 이번이 여섯 번째이다. 영어가 유창한 이들의 입에는 질문의 이슬이 여기저기 맺혀 있다.

연사는 이 땅의 건국신화로부터 시작하여 구석기, 신석기, 청동기 시대로 줄달음쳐 내려온다. 전라북도 고창 지역에 집중적으로, 그리고 전국에 산재해 있는 고인돌 2만여 개, 거석을 수직으로 세운 선사시대의 유물인 멘히르 이야기는 이들의 호기심을 더욱 고조시키는 듯했다. 어렵고 복잡하게 보이기만 했던 태극기의 풀이는 이들의 머리를 끄덕이게 했다.

보통 4시간 계속되는 강연. 오후 2시에서 6시까지 계속되는 강행군. 중간 20여 분의 휴식시간에도 이들 대여섯 명은 외빈 대기실까지 쫓아와 입가의 이슬을 떨어뜨리려 했다.

이윽고 UNESCO 지정 한국 내 세계문화유산 소개 시간. 불국사, 석굴암,

팔만대장경…….

한국 문화의 책 소개, 한국의 종교, 천도교, 불교, 기독교 그리고 유교 이야기에는 이들의 질문이 별로 없었다.

한국의 교육, 결혼풍습, 노인공경 전통, 여자대학교의 특성은 연수생의 장난기를 자극했다. 한 연수생은 한국인 약혼자가 있다고 했다. 한국 노래에 특히 관심이 많다는 이들. 연사는 이들이 한국을 다녀간 연수단으로부터 한국 노래를 배웠었다는 정보를 입수한 것을 직감할 수 있었다.

'사랑해 당신을…… 예예예예' 그런 가사 아느냐고 한 연수생이 물었다. 곧 강연장은 세종대왕과 훈민정음, 한글날을 잠시 뒤로하고 '사랑해'를 부른다.

'사랑해 당신을 정말로 사랑해…….' 앞 줄 두서너 명은 음치. 이들은 즐겁게 한국의 노래를 합창, 연창했다.

올해도 8월 중순에 다시 말레이시아 연수단을 만날 날이 예정되어 있다. 이들도 틀림없이 '사랑해 당신을……'을 부를 것이다. 어느 사이에 '사랑해……'는 말레이시아 연수단의 애창곡, 단가가 되었다.

오래 전 미국 유학 시절에 같은 방을 쓰는 필리핀 친구에게서 배웠던 '타힐사요'라는 필리핀 사랑의 노래가 귀에 쟁쟁하게 울린다. 그것이 저 유명한 이멜다 마르코스의 애창곡이었다고 했던가.

반만년의 역사를 이끌어 온 단일민족, 외국을 한 번도 침략하지 않았던 민족, 파란만장한 여러 왕조, 시대를 지나오면서 온갖 고초와 박해 속에서도 한민족의 고유한 정체를 지켜온 민족. 해학과 유머가 넘치는 민족.

강연 마지막 20분은 퀴즈시간. 점잖은 높은 분들에게 연사는 온갖 질문을 한다. 1234년에는 어떤 일이 있었나요? 1919년의 의의, 고려왕조의 국교는? 한국인은 왜 교육열이 강한가요? 한국에서 가장 좋아하는 것. 언제 한반도가 분단되었나. 한국의 격언 한 가지 소개 그리고 말레이시아 격언도.

말레이시아 연수단의 표정은 더욱 밝아지며 모두는 유치원생이 된다. E. D. 허쉬(Hirsch)의 명저인 「문화적 교양」(*Cultural Literacy*)의 내용이 머리를 스쳐간다. 문화적 교양의 교량이 세계 방방곳곳에 세워질 때 인종,

종교, 사상, 역사, 언어 등의 차이로 오는 오만과 편견, 오해와 불신은 상당히 사라지지 않을까.

1999. 5. 17.

쌓여 가는 한국 대통령

초등학교 시절부터 대학까지 내가 알고 있었던 대통령은 이승만 박사. 요즘 초등학생의 경우 한국의 대통령 하면 제법 여러 명을 지칭해야 하는 수고가 따른다. 이승만, 윤보선, 박정희, 최규하, 전두환, 노태우, 김영삼, 김대중. 존칭을 생략하더라도 어린 입이 여러 번 열렸다 닫혔다 해야 한다.

제1대부터 제15대까지 통치 연대를 체계적으로 대라면 어린이의 고개는 갸우뚱할 것이다.

1948년 한국정부가 공식적으로 출범한 이래 한국은 한국전쟁, 학생혁명, 쿠데타 등등 어려운 고비를 많이도 넘겼다. 자연히 대통령이란 직도 파란만장한 역사의 연속. 대통령이란 직함은 이, 윤, 박, 최, 전, 노, 김, 김이란 성 다음에 붙이면 같은 어휘이나 그 뉘앙스가 다 다르다. 웬일일까. 정통, 비정통, 제1건국, 제2건국, 평화적 정권교체 등등의 표현도 아무 의미가 없어 보인다.

최근 한 일간지는 '못 말리는 전직 대통령들'이란 제목 밑에 왼쪽 모퉁이에 청와대의 모습과 함께 전−현직 대통령들 간의 상호 평가, 비난 내용을 일목요연하게 도표형식으로 그들의 사진과 함께 게재하였다. 우선 생존한 대통령은 어떤 일에 종사하고 계신가?

'주막 강아지', '골목 강아지', '독재자', '화합 해치는 오역죄', '나라 망친 지도자', '민주주의와는 관계없는 사람', '양민 학살자' 등등. 이것은 대통령들 자신의 평가.

확실히 우리의 대통령을 평가하기 전 대통령의 평가는 훗날 역사가 평가해야 되지 않을까. 한 사람의 발언으로 기념관이 섰다 없어졌다 한다. 국가적인 차원보다는 개인, 가문이 앞장서 '통치사료도서관'이 건립되어야 하지 않을까.

매년 영어사를 가르치며 보고 또 보는 소책자가 있다. 이름하여 『영국의 왕과 여왕』(*The Kings and Queens of England*)이란 1995년 판 소책자. 왕과 여왕의 초상화가 천연색으로 곁들어진 소책자. 노르만족으로부터 윈저가의 엘리자베스 2세까지 소개된 것.

갑자기 오늘 이 소책자는 역대 한국의 대통령 기록으로 바뀌어 우리의 대통령 초상화가 색스럽게 눈앞을 어른거린다. 소책자 내용을 무엇으로 채울까. 실상 외국인 대상 강연 시 나는 역대 대통령을 소개해야 하는 입장에 놓일 때면 객관적이고 공명정대한 대통령 평가서가 손안에 있으면 얼마나 좋을까 잠시 생각하곤 한다.

세월이 더 흘러야 한다. 국민이 더 깨야 한다. 민주주의가 옳게 자리를 잡아야 한다. 부정부패가 없어야 한다. 대통령이 국민에게, 국가에 진 빚은 반드시 갚아야 한다. 자신이 하늘 앞에 떳떳하지 못하면 크고 작은 액수를 비교 말고 남을 탓하지 말자. 한 번 대통령은 영원한 대통령이 아니다. 그 직을 떠나면 보통 시민이 되자.

코스타리카 대통령처럼 경호원 없이 평시민으로 통치할 수는 없는 것일까. 역사가 대통령을 평가할 것이다. 얼마 남지 않은 20세기에 대통령들은 국민에게 희망을 줄 수 없는 것일까. 절망적인 대통령들의 입씨름을 보며 세종대왕의 발명품이 훼손되는 안타까움을 피할 수 없다. 대통령의 인격, 품격을 생각한다. 우리는 언제 존경할 수 있는 대통령을 모실 수 있을까. 대통령들의 우리말 사용 에티켓이란 책을 쓰고 싶다.

이른 새벽 지하철 속 일터로 가는 시민들, 이들에게 흐뭇한 대통령의 미담, 자원봉사활동 내용이 전해질 수는 없는지. 말은 자신의 거울, 대통령의 말은 자신의 됨됨이의 표현.

21세기 후반을 그려본다. 한국인 누구나가 손꼽는, 세계의 어린이들이 추앙하는 한국의 대통령을 고대할 수는 없을까. 그것은 하찮은 나의 욕심일까?

1999. 5. 21.

어느 간병인 이야기

식탁 의자에서 일어서다 넘어지셔 아버지는 대퇴부에 골절상을 입으셨다. 119의 도움으로 그 길로 큰 병원에 입원하신 것이 1월 23일. 8시간의 수술. 입원실, 중환자실을 수없이 오가며 환자는 어느 기독교 사회관의 간병인과 인연을 맺었다.

전씨라는 간병인은 50대 초반의 여인. 20년 경력의 간병인은 국내의 크고 작은 병원, 병실을 오랜 세월 동안 자기 집 안방 드나들듯 하였다. 깡마른 체구에 둥근 눈. 얼굴 면적에 비해 큰 후레어 입을 지니고 있는 여인. 그녀의 입은 위로 넓게 추켜 오른 빨간 입술로 첫 대면 때부터 병실을 환하게 빛내주고 있었다. 이름이 적혀 있는 흰 바지 정장 차림의 여인. 첫날부터 환자를 다루는 솜씨가 수간호사를 능가했다.

생사가 얇은 종이 한 장 사이를 두고 오가는 병실. 2인실 병동은 아픈 두 환자의 신음소리, 거친 숨소리로 무거웠다. 여인은 수술 후의 온갖 후유증을 꿰뚫고 알고 있기에 환자를 신생아 다루듯 했다. 간호사 호출 부자가 있건만 간호실을 오가며 온갖 예비조치를 그녀는 했다.

"등을 쳐야 해요. 가래가 막히면 위험하고 열이 오릅니다. 할아버지, 제가 등을 세게 쳐도 할아버지가 미워서가 아닙니다."

신부전증, 당뇨병 등 환자는 골절상에 덧붙여 고장난 곳이 많았다. 식사는 무염식, 멀건 죽에 채소 4가지. 여인은 이것저것 고루고루 보조 플라스틱 작은 수저로 환자의 식사를 도왔다. 손놀림이 빠르고 정확했다. 수저가 오르내리는 사이사이에 재미있는 이야기를 계속했다.

환자가 위독하여 잠을 못 자는 것이 다반사. 환자 침대 옆 보호자용 긴 의자가 그녀의 휴식터. 면회사절, 금식, 온갖 검사. 1주일 후 날아든 병원비 청구서. 그녀는 환자가족의 요청에 따라 매일 환자의 상태를 공책에 기록했다. 방문객의 이름, 마신 물의 양, 혈압, 체중 체크한 시간, 간식의 양과 종류 등등.

등창을 막기 위해 에어매트리스를 침대 위에 깐 후에도 그녀는 자주 환자를 옮겨 눕게 했다. 간병인은 얼려온 밥을 냉동 칸에 넣어 두고 녹여 밑반찬과 함께 틈이 나면 먹었다. 좋아하는 간식은 커피.

매주 토요일 1시 30분은 귀가 시간. 집에서 하루를 쉬고 그녀는 일요일 1시 30분에 다시 병실에 나타난다. 병실에 들어서자마자 전문 간병인이 되는 그녀.

간병인의 충고로 환자는 2인용 병실에서 7인용 병실로 옮겼다. 입원실비가 저렴할 뿐 아니라 오히려 여러 사람을 보며 좋은 점이 더 많다고 하였다. 7인용 병실에서도 그녀는 의사 위의 의사였다. 온갖 병 뒤처리, 환자의 심리, 세상사에 훤한 그녀는 들락거리는 환자의 어머니. 그녀의 각별한 간호로 아버지는 4월 10일 퇴원하셨다. 워커로 걸으시는 아버지는 비록 다른 간병인을 집에 두고 계시나 전씨라는 간병인의 노고를 늘 말씀하신다.

간병인이 없는 1주일에 하루 그녀의 역할을 해 보며, 환한 미소를 잠 못 이룬 얼굴에 늘 띌 수 있었던 그녀의 전문직업인 정신을 헤아려 본다. 20년이란 세월 동안 그녀는 가장 고통스러운 상태의 인간의 군상을 보았을 것이다. 주검을 목격한 것도 부지기수일 것이다.

간병인이란 직업을 즐기는 그녀의 매일 매일. 그녀는 무수한 환자의 친구이며 대변인.

얼마 전 가족 일원이 같은 병원에서 그녀를 우연히 만났다고 했다. 간호하

던 어느 할머니가 돌아가서 장례식에 갔었다고 아버지의 안부를 묻는 그녀
의 배려.

　뭇 환자에게 위로와 격려를 주는 여인으로 그녀가 계속해서 남아 있길 바
란다. 간병인이 간병인을 필요로 하는 일이 없길 바라며.

1999. 5. 22.

무슨 옷을 입어야 할까

우리에게는 '옷이 날개'라는 말이 있다. 같은 사람이지만 어떤 옷을 입느냐에 따라 인물이 달라지는 것을 우리는 종종 본다. 같은 질감, 같은 색의 옷이나 누가 어느 때 어떻게 입느냐에 따라 그 맛과 멋이 달라짐을 우리는 종종 경험한다. 우리가 사용하는 '의식주'라는 용어는 영어로는 '식의주'(food, clothing and shelter). 우리에게 필경 옷은 음식이나 집보다는 그 순서가 먼저인가 보다.

연일 세상을 어수선하게 하는 이른바 고급 옷 파동을 본다. 언제부터 우리 사회는 이 지경이 되었나. 재벌, 장관 부인들이 무더기로 얽힌 '옷 로비 사건'을 지켜보며 소위 돈, 지위가 있다는 한국 여성의 정체를 찾아본다. 그들이 내세울 것이 무엇이 있을까. 남편이 소위 한자리하게 되면 고급 의상실 고객이 되고 모 봉사회의 봉사단원이 되며, 고급 클럽에 드나들고, 야한 농담을 즐기며, 돈을 잘도 쓰는 '신분상승'의 착각으로 무장한 여성들을 본다. 차림새는 모두 일류 패션모델. 언제부터 한국에는 계층 이동이 이렇게도 활발했나.

전통적으로 옛날 한국에는 진짜 양반 집안이 있었다. 무엇이 좀 있으되 있는 척하지 않고 오른손이 하는 일을 왼손이 모르게 좋은 일을 하는, 법이 없어도 사는 사람이 있었다. 전통사회가 무너진 바탕에 개발연대와 잦은 권력 교체를 거치면서 우리 모두는 돈과 권력을 신으로 모시며 폭주 경쟁을 벌여 왔다. 이 폭주 경쟁의 승리자가 소위 기득권자가 되었다. 그 결과 누구나 신

분도약을 누리면서, 누구도 남의 신분상승을 심정으로 수용하지 않는 사회가 됐다. 따라서 이런 사회가 유독 재벌과 고위 공직자 부인들에게 절제와 금도를 요구하는 것은 부당하며 억울하면 한자리 차지하라고 할지 모른다.

그러나 한국의 현 시점이 어느 때인가. IMF의 짙은 구름이 걷히지 않고 마구잡이로 외채를 끌어 쓰는 한국사회에서 캘리포니아 비벌리힐스의 화려함이 연출되어야 할까.

오늘도 우리 사회의 치부를 본다. 고급 의상에 휘감긴 저급 인간의 행렬을 본다. 텅 빈 머리에는 고가 외제 핀이 꽂혀 있다. 핀이 햇빛에 반짝일 때마다 우리의 금고는 비어간다.

고급 의상실이 자칭 상류층들로 북적일수록 그늘진 골목 한 모퉁이에 위치한 서점은 더욱 왜소해져 간다. 고가 의상이 날개 돋친 듯 사이비 모델에게 팔려갈 때 팔리지 않아 천더기가 된 책들은 근수로 달려 휴지대열에 낀다.

'상류층'이란 단어를 국어사전에서 찾아보았다. '상류의 생활을 하고 있는 사회계층'. 이번에는 '상류계급'을 찾아보았다. '신분, 지위, 생활수준 따위가 높은 계층'. 그런데 문제는 돈이나 권력을 잣대로 한다면 크게 벗어난 계층 구분은 아닐지 모르나 분명한 기준이나 가치판단 없이 이 어휘가 우리 사회를 어지럽히고 혼란을 초래하는 데 보통 사람의 거부감이 있다.

독일의 석학 다렌도르프의 말대로 '진정한 상류층'은 우리에게는 없다고 본다. 우리처럼 봉건사회 몰락과 식민 통치, 전쟁 등으로 급속한 해체를 거친 사회에는 계층도 사라져 평등사회가 되었다. 다렌도르프의 영국 상류층의 덕목에는 이런 것들이 있다. "권력이나 권위를 세습했지만 행사하지 않는다." "부를 사회에 되돌리고 새로운 축적에 신경쓰지 않는다." "공직에는 봉사하기 위해 나간다." "자선과 자원봉사에 앞장선다." 그리고 "튀는 행동을 하지 않는다."

오늘 무슨 옷을 입어야 할까. 온난화 현상이 더욱 두드러져 가는 한반도에서 밍크코트를 입어야 할까, 단지 팔짱에 그것을 걸치고 있어야 할까.

1999. 5. 26.

담배 피우기 대회

언제부터인가 두 강의동을 이어주는 건널목 공간, 위 지붕만이 있고 사방이 잘도 뚫린 운치 있는 '다리'는 여대생의 흡연 장소가 되어 있었다. 강의동에 가는 길에 교수실에서 거쳐 가야만 하는 이곳. 이곳을 지날 때면 예쁜 입에 연통을 단 여대생을 본다. 손가락에 담배를 쥔 폼이 한두 번의 연습으로는 어려워 보이는 노련한 포즈.

언제부터 이 나라의 여대생은 담배 피우는 자유를 만끽하게 된 것일까. 아니 언제부터 우리의 청소년은 담배 중독자가 되었나? 1998년 세계보건기구(WHO)는 한국 남성과 청소년의 흡연율이 세계에서 가장 높다고 발표하였다. 실상 한국에서 매년 담배로 인해 사망하는 사람의 수는 약 4만 명에 이른다고 한다. 이를 경제적으로 환산하면 약 6조 원에 해당된다고 하니 그 손실이 얼마나 큰가.

청소년 흡연율은 심각한 수준이다. 고등학교 3학년 학생 거의 반이 담배를 피운다. 그 연령도 중학생으로 낮아지더니 이제는 급기야 초등학교 상급학년에서도 담배 피우는 학생이 목격되었다고 한다. 예전에는 문제학생에 국한되던 것이 이제는 모범생, 문제학생 너나없이 흡연 대열에 서고 있다. 청소년 시절에 흡연을 시작하면 건강에 미치는 피해가 더욱 크며 니코틴 중독에 더 깊게 빠지며, 이들의 수명도 15년가량 단축될 것으로 추정, 보고되고 있다.

특히 임신한 여성의 흡연은 태아와 영아에 치명적인 피해를 주는 병리행위가 아닌가. 1960년대 초 나는 학생 대표로 미국 여러 대학을 돌며 토론을 벌이던 당시 한 세미나실에서 담배를 피우는 여대생을 보고 놀란 적이 있다. 그 놀람이 가시기도 전 뉴욕 한 대학에 유학 중이던 고등학교 동창이 자연스럽게 담배를 피우는 것을 보고 내 가슴이 서늘했던 기억이 새롭다.

1999년 한국의 금연운동은 어떤가. 세계 여러 곳을 다녀 보면 선진국일수록 담배 애호가의 설 자리가 점점 줄어들어 가는 느낌을 받는다. 비행기 내는 물론이고 공공기관, 다양한 장소는 금연을 당연시하고 담배 피우는 것을 범죄시하는 기색이다. 지난 수십 년간 선진국의 금연운동은 대단히 활발했다. 많은 나라에서 대통령이 앞장서 금연운동을 펴고 있다.

얼마 전 세계은행(IBRD)에서는 '흡연 유행의 제동, 정부와 담배 규제를 위한 경제학'이란 보고서를 발표하였다. 이 보고서는 금연운동을 예방접종만큼이나 비용효과가 큰 공중보건 사업이라고 규정하고 있다. 나아가 한 나라의 금연운동 수준은 담배가격에서 세금이 차지하는 비율로 가늠할 수 있으며 담뱃값의 3분의 2내지 5분의 4까지 세금을 부과해야 한다고 제안하고 있다.

한국의 경우는 어떤가. 흡연자들은 흡연의 심각성을 절실히 깨닫지 못하고 있으며, 사회 전체가 흡연을 아직도 용납하는 분위기다. 사회의 지도층이, TV 드라마의 인기 배우들이, 교장, 교수가 담배를 피우며 별로 그것이 일반 대중, 시청자, 학생, 제자에게 끼칠 영향을 생각하지 않는다.

수출을 확대해 선진국 대열에 끼려고 애쓰는 우리. 흡연으로 인한 국민 건강의 손상보다는 국가가 금연운동에 따른 세수의 감소를 우려하고 있는 것은 아닌지.

TV 프로그램 사이사이에 나오는 상업광고처럼 나는 강의 도중 흡연이 건강에 미치는 영향에 대해 가끔 이야기한다. 주의를 환기시키기 위해 smoking에 관한 일화를 영어로 들려준다. 얼마만큼의 효과가 있는지는 두고 볼 일이다. 아직까지 조는 학생을 깨우는 특효는 있는 것 같으나, 금연으로 이어질 증거는 미지수이다.

개인, 가정, 사회 전체에 담배가 가져온 무수한 불행, 슬픔, 고통을 생각한다. 강의 도중 흡연에 대한 나의 '멘트'는 21세기에도 지속될 것이다.

최 · 쉬프리 장학금

1995년 8월 조카와 함께 최씨 가문을 방문한 폴 쉬프리는 미화 1만 불에 상당하는 여행자 수표를 식구 앞에 내놓았다. 최씨 가족 모두는 이 뜻밖의 일에 육중하게 닫혀 있는 그의 입만 바라다보았다. 한국을 사랑하고, 최씨 가문을 귀하게 여기는 그는 그와 한국, 그와 최씨 가족의 오랜 친분을 기념하는 작은 일을 하러 미국 동부로부터 서울로 날아왔다. 이윽고 그의 입은 서서히 열렸다.

"이 작은 씨앗으로 한국을 돕고 싶습니다. 이 댁에는 교수가 많으니까 어느 모로나 대학에 쓰이는 것이 어떨까요?"

"네, 너무 감사한 일입니다."

우리 모두는 이구동성으로 외쳤다. 최씨 가문과 관계된 대학은 네 군데. 그중 규모가 작고 외국인 장학금이 전무한 대학이 행운의 주인이 되었다. 두 가문 간의 오랜 인연을 생각하여 장학금의 명칭은 '최 · 쉬프리 한미우호 장학금'. 그래서 덕성여대 영문과 학생은 1999년 1학기부터 두 명이 이 장학금의 수혜자가 되었다.

쉬프리는 한 미국은행에서 부총재로 은퇴한 퀘이커 교도. 그는 한국전쟁 후 문관으로 한국에 와서 1년 남짓 지금은 정독 도서관이 된 구 경기고등학교 건물에서 근무했었다. 9 · 28 서울 수복 이전 3년간 지속되었던 한국전쟁으로 그 당시 서울은 보잘것없는 도시. 피난 갔다 서울로 돌아온 한국인들은 정말 가난했다.

어느 날 집 대문에 키가 큰 푸른 눈의 미군이 나타났다.

"이 아이를 아십니까."

쉬프리는 지금 미국에 사는 막내 여동생의 천연색 사진을 내밀었다. 예쁜 색동저고리 치마, 양옆으로 땋은 머리, 등에 가죽가방을 메고 있는 초등학교 일년생의 사진.

쉬프리는 화동언덕을 넘어 재동초등학교에 다니던 추석 옷차림의 동생 사진을 찍었던 모양이다. 사진을 들고 몇 날 며칠을 묻고 물어 그는 사진 속 주인공 집을 마침내 찾아내었던 것이다. 이렇게 시작된 최씨 가문과 쉬프리 가문의 인연. 유학 시절 나는 호놀룰루에 있는 쉬프리 부모의 여름휴가 별장에 초대되었고, 필라델피아 저먼타운(Germantown) 근처의 쉬프리 집, 그 댁 할머니가 사시던 필라델피아 중심부의 대저택에 갔었다. 검소하고 종교적인 이들 식구들. 한국에 와서 고생을 하던 푸른 눈의 청년의 몸가짐에서 최씨 가족은 그가 다른 미군 GI와는 뭔가 다르다는 것을 느꼈었다. 그의 가족과의 상봉으로 나는 옛날 그 달랐던 이유의 해답을 얻었다.

서울에 체류하는 동안 쉬프리는 수수한 호텔에 머물렀다. 일류 초특급 호텔에 머무를 자격, 재력이 있으나 그는 검박하였다. 다 쓰고 남은 돈을 그는 장학금으로 내놓지 않았다.

같은 해 8월 15일. 구 중앙청 건물은 옛 일본 총독부의 자취를 하나씩 역사 속으로 파묻고 있었다. 그는 역사적인 장면을 차근차근 카메라에 담고 있었다. 잡지에 소개되는 한국 관계 기사를 그는 최씨 가문에 반드시 스크랩해서 보내 준다. 펜실베이니아 주에서 노년에 자원봉사자로 미술전시, 박물관 특별전 등을 돕고 있는 그는 미국의 청교도 정신의 전수자, 특급 외교관이다.

받는 기쁨도 크나 남을 돕고 주는 기쁨은 무엇과도 비교할 수 없으리. 최·쉬프리 장학금의 숨은 뜻을 나는 다시 헤아려 본다. 그리고 나도 어려운 미국 학생을 도울 날을 꿈꾸어 본다. 그 장학금의 명칭을 쉬프리·최 미한 우호장학금이라고 미리 정해 놓았다.

1999. 6. 25.

　오늘은 6월 25일. 어느 다른 날과 별로 다르지 않은 유월의 하루라고 믿고 일상의 일을 시작했으나, 나는 어느덧 49년 전 6월 25일로 시공을 초월하여 달려가 있었다.

　주일 예배를 마친 나는 6월 초 막 입학한 여학교의 수영장에서 수영을 배우고 있었다. 광화문에서 멀지 않은 위치라 거리의 심상치 않은 소음이 여학교 수영장에 곧 전달되었다.

　그리고 3일 후. 서울의 거리는 38선을 쉽게 넘어 서울로 진주한 앳된 북한병과 나뭇가지로 위장한 장갑차의 요란한 소리의 충격으로 휘청. 대로변에는 아연실색한 서울시민이 더러 구경하고 있었다. 나도 그 대열에 끼어 있었다.

　그 후 아버지와 언니, 남동생은 도보로 서울을 떠나 남쪽의 한 포도원 농장에서 숨어 살았다. 남은 식구는 서울에서 북한 공산당의 맛을 톡톡히 보았다. 자유 없는 삶, 배고픈 하루하루. 아침 일찍부터 밤늦게까지 울려 퍼지는 이북 공산당의 군가, 강제로 배포되는 노동신문, 동네마다 세워진 여맹위원회. 날이 갈수록 공산치하의 생활은 끔찍한 감시의 연속.

　온통 큰 건물은 김일성과 스탈린의 대형 초상화의 전시장. 거리는 생필품을 서로 팔고 사는 초췌한 인간의 간이 시장. 십대 후반 이상의 남자는 의용병의 대상. 집집이 어머니는 자정 넘어 한강변에서 무기를 나르는 데 동원되기도 하였다. 매일 연령대별로 소집되는 세뇌공작회의. 공산당원이 되어 날뛰는 동네 사람.

50년이 다 되어가는 6·25 때의 경험. 그 이후 1·4 후퇴 부산 피난 시절의 경험. 이 모두는 오늘따라 생생하게 눈앞에 펼쳐지고 있다.

세상은 많이 변해 정부는 '햇볕 정책'을 북한에 펴고 있다. 어찌 되었건 북한을 고립시키지 말고, 세계무대로 끌어들여 함께 활동하는 가운데 북한사회를 변모시키자는 의도는 나쁠 것 없다. 그래서 북한도 UN에 남한과 함께 공동으로 가입했던 것이 아닌가.

1999년 6·25에 '햇볕'을 생각해 본다. 햇볕은 한반도 전역에 내려 쬐고 있다. 남쪽의 일방적인 햇볕을 햇볕으로 받아들이지 않는 북한. 우리의 햇볕은 언제까지 일방통행이어야 할까. 지금까지의 결과를 보면 우리의 햇볕은 북한에게는 검은 구름, 소나기, 우박으로 변모되기만 하였다.

북의 6·25 기습, 1·21 도발, 아웅산 폭파, KAL기 폭파, 잠수정 침투, 서해 침범은 한반도의 긴장을 계속해서 고조시켰다. '국민의 정부' 출범 이후의 잠수함 침투, 서해 침투, 금강산 관광객의 억류 그리고 차관급 회담 물먹이기 등은 왜 일어났을까.

북한의 본질적인 속성을 우리는 알고 있는 것일까. 그렇게 계속해서 당하기만 해도 우리의 햇볕은 그 강도를 높여야만 할 것인가. 온 인민의 3분의 2가 굶어죽는 한이 있어도 '혁명적 원칙성'을 고수하는 북한. '사상우위, 혁명우위' 원칙을 내세우며 '군사우위적 강성대국'을 고수하는 북한. 회의장 테이블 위로 오가는 때때로의 '웃음'과 '악수'는 그들의 하위개념이자 전술차원일 뿐이다.

북한은 무엇을 원하고 있을까. 재벌의 돈, '저자세 햇볕'에서 얻어지는 혜택. 햇볕은 여러 개의 대책 중 하나가 되어야 한다. 반세기 전 경험한 최악의 공산주의는 지금도 북한에 존재하고 있다.

20세기의 마지막 6·25가 정말 마지막이 되기를 고대해 본다. 벌금투성이의 금강산 관광을 한국전쟁 때 사라진 무수한 사람들은 뭐라고 할까. 통일이 되기 전 나는 병풍 속 금강산을 사철 즐기며 지낼 것이다. 이것이 1999년 6·25에 재확인한 1950년 6·25의 의미이다.

어머니의 말랑 구두

오늘은 6월 27일. 어머니가 하늘나라로 가신 지 꼭 10개월이 지난 날. 나는 어머니의 구두를 신었다. 늘 애용하시던 검은 구두. 구두라기보다는 '말랑한 신'이라고 하는 것이 더 나을 것이다. 딱딱한 것을 싫어하시던 어머니는 외출하실 때면 꼭 부드러운 신을 신으셨다.

신발 문수는 235. 걸음걸이는 사뿐사뿐. 어머니의 신은 좀처럼 닳지 않는 것이 흠이었다. 닳지 않는 이유 중 하나는 같은 모양, 크기의 신을 두 쌍씩 요구하셨던 어머니 때문이다. 예쁘고 편안하면서도 모양이 변치 않는 신을 보면서 나는 두 켤레씩 사는 버릇이 생겼다. 뒤창을 갈아대지 않고 신발이 다하는 날 나머지 다른 쌍과 짝을 맞추어 신을 수도 있고, 말랑신은 뒤창을 댈 수도 없는 신이기 때문이다.

어머니 생각에 젖어 집 근처 오솔길을 걷다가 왼쪽 발에 이상한 촉감을 느꼈다. 자동차 타이어가 터진 듯한 느낌. 갑자기 이상한 탄력을 받으며 왼쪽 신 뒤쪽에 펑크가 났다. 걷는 데는 아무 지장 없으나 발을 들어올릴 때 신발의 오장육부가 만천하에 드러나는 것이 탈이었다.

바쁜 일과로 신발에 신경을 쓸 수 없었던 나는 다음 날 두 번째 말랑신을 다시 신었다. 학교교정 도서관 뒤 자작나무 숲을 가로지르는 길에서 이번에는 오른쪽 신 뒤쪽에 바로 전날 느꼈던 야릇한 탄력, 무엇인가 일이 벌어졌음을 알리는 신호를 감지했다. 밑창이 다 닳은 검은 말랑신이 종말을 고하고 있었다. 나는 발걸음을 잠시 멈추고 신을 벗어 살펴보았다. 신발 밑창을 받쳐주는 밑창 언저리 부분에까지 파열현상이 일어나 옆으로 뒤로 신발 내장이 온통 튀어나와 있었다. 연구실에 들어오자마자 나는 가위의 도움으로 너덜너덜한 부분을 잘라내었다.

다음 날 아침이 밝았다. 다시 신을 신을 때가 되었다. 연 이틀 사고를 낸 왼쪽, 오른쪽 신을 짝지어 쓰레기통에 넣었다. 나머지 왼쪽, 오른쪽 신은 새 주인을 맞았다.

신발의 마모된 정도, 햇수가 같기에 한 쌍의 신은 원래의 한 쌍인 양 잘도 어울렸다. 내 발은 나도 모르게 그 신발에 이미 들어가 있었다. "아니다 아무리 바빠도 신발 밑창을 한번 보자." 내 입은 한마디 하고 있었다. 그것은 몇 번 더 신을 수 있는 상태였다.

신발장에 즐비한 온갖 구두를 보았다. 나이가 들수록 가볍고 뒤축이 높지 않은 신발로 손이 가는 이유를 새삼 터득했다. 강연이 있던 어느 날 나는 제법 굽이 높은 멋쟁이 구두를 용감하게 신었었지. 오후 강연장에 채 도착하기도 전 그날 오전부터 나지막한 편한 신발을 신고 길을 활보하던 뭇 사람들을 얼마나 부러워했던지. 압박과 설움에서의 탈출! 그날은 온통 발에 신경이 가 편안한 강연, 편안한 하루가 되지 못했었다. 맨발로 달리고 싶던 심경 누가 알아주리.

어머니의 말랑신은 깨끗이 닦인 채 신발장 가장 좋은 자리에서 빛을 발하고 있다. 못 견디게 어머니가 뵙고 싶은 날 잠시 동안만이라도 오래오래 신어보기로 작정했기 때문이다.

늘 신지 않으면서도 신발장을 가득 메우고 있는 구두를 다시 보았다. 그것이 전부가 아니었다. 옷장 선반 위에서 잠자고 있는 나의 구두 식구를 세어보았다. 몇 년 전 한 여성단체 바자에 스무 켤레 구두를 바친 뒤인데도 그 식구는 여전히 많다. 필리핀의 이멜다 여사를 생각했다. 한국의 최멜다가 태어난 기분. 순간 나는 부끄러웠다. 그러면서도 한국에는 봄, 여름, 가을, 겨울이 있어 그 수가 불어날 수밖에 없는 것 아닌가라고 변명이 큰소리쳤다.

　어머니의 말랑구두, 아니 말랑신을 바라본다. 그것의 의미를 반추하고 있다. 그 신만을 애용하셨던 어머니, 다른 구두를 마다하셨던 어머니. 오늘따라 말랑신이 유리구두처럼 투명하게 반짝이고 있다. 그 의미를 다시 헤아려본다.

‘리이토스트’와 ‘시원하다’

리이토스트(litost)라는 체코 어휘가 있다. 이 어휘는 밀란 쿤데라(Milan Kundera)의 『웃음과 잊음의 책』이란 그의 소설 5장의 부제로 소개되고 있다. 저자는 이 어휘가 다른 언어로 번역하기 어려운 어휘라고 거듭 강조하고 있다. "이 어휘는 버려진 개의 울음소리같이 발음된다. 어떻게 이 어휘 없이 인간 영혼을 이해할 수 있을까."

"예를 들어보자. 한 학생이 어느 날 여자친구와 수영장에 갔다. 그녀는 운동신경이 발달하여 수영을 아주 잘했다. 그러나 그는 수영에는 메주였다. 그는 시간에 맞추어 머리를 물 표면 위에 꼿꼿이 세워 제때 숨을 쉬지 못했다. 그녀는 그를 무척 사랑하기에 남자친구에 보조를 맞추어 천천히 수영했다. 그런데 수영을 다 마칠 무렵 그녀는 수영장 반대 방향으로 재빨리 묘기를 연출하며 수영해 갔다. 남학생도 역시 빨리 헤엄치려고 노력해 보다 그는 물만 잔뜩 삼키게 되었다. 수치심을 느끼며 신체의 열등감을 노출시킨 그는 리이토스트를 느꼈다. 리이토스트는 무엇일까? 리이토스트는 자신의 비참함을 갑자기 목격한 후 그에 따라 발생된 고민상태다."

리이토스트가 다른 언어로 번역되기 어렵듯이 한국인이 자주 애용하는 '시원하다'라는 어휘를 생각해 본다. 우리는 이 어휘를 즐겨 사용한다.

앓던 이 빠져 시원하다.

삼계탕을 먹고 나니 시원합니다.

딸을 시집보내니 시원섭섭합니다.

뜨거운 인삼차를 마셨더니 속이 시원합니다.

청소가 시원하게 잘 되었습니다.

김칫국물이 시원합니다.

나는 그의 시원한 눈을 바라보았습니다.

그 소식을 들으니 마음이 시원합니다.

그녀는 웃으면서 시원하게 이야기했다.

'시원하다'는 알맞게 선선하다 이외에 답답한 마음이 풀리어 흐뭇하고 가뿐하다, 앞이 막히지 않고 탁 트였다, 서글서글하고 활발하다, 지저분하지 않고 깨끗하다 등등 그 의미가 복합적이다.

내가 여러 해 한국어를 가르쳤던 한 외국친구는 뜨거운 차를 마시고 시원하다고 하는 한국인을 도저히 이해할 수 없다고 하였다.

매년 많은 문학작품이 여러 언어로 번역되고 있다. 최근에 와 한국의 시, 소설, 단편이 한국문예진흥원, 대산재단 등의 후원으로 번역되고 있다. 뿐만 아니라 수도 헤아릴 수 없는 외국서적이 번역되어 우리의 서점을 가득 메우고 있다. 번역의 수준이 과거보다는 점점 나아지고 있는 데 큰 기쁨을 느끼나 때로 원작품과 거리가 있는 번역서를 접할 때면 번역의 어려움을 새삼 느끼게 된다.

번역은 반역이라고 하지 않았던가. 그럼에도 불구하고 번역의 지평선을 높이고 있는 많은 번역가에게 나는 항상 경의를 표하고 있다.

삼복더위에 이따금 부는 시원한 바람이 그리운 요즘, 뉴스 시간을 가득 메우는 일부 한국인의 온갖 형태의 추태, 허세로 무장된 자아, 양파같이 겹겹이 숨겨 있는 사회의 '슈퍼 리이토스트'를 느낀다. 악습과 관행, 외국원정 도박 사치 행각에서 옳지 못한 곳으로 새나가는 돈이, 부실 건축 초등학교 교사 보수, 개축에 사용될 수는 없는 것인지.

 뜨거운 설록차를 마셔본다. 시원해야 할 차 맛이 뜨겁기만 하다. 시원하다는 표현을 하지 못하는 나는 깊은 리이토스트를 느끼고 있다. 체코 친구 이바나에게 그 어휘의 용법이 제대로 되었나 편지를 띄웠다. 시원한 대답을 기다리며.

서울거리의 미술품

　언제부터인가 서울의 거리에는 온갖 크기, 모양의 미술품이 등장하여 행인의 발걸음을 멈추게 한다. 단조로운 네모꼴 건축물에 나름대로의 아름다움을 주려는 시도이기에 대환영이다.

　실상 이 모두는 지난 95년 문예진흥법 개정으로 제정된 이른바 '1% 미술품' 제도에 근거를 둔 것이다. 일정 규모 이상의 건축물을 신축할 때 건축비의 1% 이상을 환경조형에 지출할 것을 의무화하는 제도이다. 그래서 '1% 미술'은 건물주의 미적 감각에 따라 그 결실을 보고 있다. 세계일류 조각가의 작품으로부터 추상과 구상을 넘나드는 무수한 조형물이 건물을 장식하고 있다. 때로 심산계곡에 그대로 있었어야 할 둥근 큰 바위가 어울리지도 않는 상호명, 옛 시인의 시의 한 구절이 각인된 채 도시의 공해를 먹고 있는 것을 볼 때면 짜증이 나기도 한다.

　최근 서울 강남 포스코 빌딩 앞의 프랭크 스텔과 환경 조형물의 철거 논쟁이 뜨겁다. 건물 바깥이나 거리에 설치된 조형물은 주위 환경에 보탬이 되기 위한 공공성을 그 기본으로 하기에 흉물일 경우 철거되어야 한다는 견해와 이에 반해 세계 거장의 작품을 단지 '무지막지한 고철 덩어리', '이해하기 어려운 흉물이 무슨 예술품'이냐는 자기중심적인 미적 감각으로만 판단하여 다른 장소로 막대한 비용을 들여 옮긴다는 것은 언어도단이라는 견해가 있다.

어찌 되었든 우리네 환경조형물 설치에는 문제가 있는 것이 사실이다. 시간이 걸리더라도 적재적소에 환경조형물을 세워야 하지 않을까. 창작자, 미술전문가, 이해관계자인 발주 주체, 공중의 의견이 수렴되어 확정, 시행되는 순서가 있어야 하지 않을까.

세계의 여러 도시는 역사와 전통에 따라 각기 독특한 환경 조형물을 갖고 있다. 로마, 파리, 런던, 마드리드, 뉴욕, 시카고는 눈에 띄는 조형물의 집결지.

이 환경 미술품은 각국의 비행장에서도 보게 된다. 승객이 이용하는 공항 대합실, 대기실의 의자, 테이블, 비행장 건축 양식 자체가 바로 이에 해당된다.

가끔 들리는 미국 피닉스 비행장 내부 장식에 내가 매료된 것은 오늘 어제의 일이 아니다. 사막지대, 선인장, 독특한 토양색, 터코이스 옅은 색조를 자랑하는 이곳 비행장은 들릴 때마다 마음을 푸근하게 한다. 에스컬레이터를 타고 올라갈 때 놓칠 수 없는 벽면의 큰 태피스트리는 예술의 극치. 배합된 실올의 색상이 조화의 조화. 이를 접할 때 생각나는 것은 김포공항의 내부장치. 공항내부를 미술 갤러리로 바꾸라는 요청은 아니나 뭔가 이발소 그림을 연상시키는 포스터, 조잡한 색상의 복사품, 미술품, 면세점의 진열대, 점원의 복장, 얼굴표정 등 바꾸고 싶은 것이 많다.

오래전 5·16 혁명 후 한 미술 애호가 정치인의 아이디어로 그 당시 중앙청 앞 큰길 가운데에는 온갖 크기의 조형물이 나열되었던 적이 있다. 작품의 질, 영구성이 고려되지 않은 졸속 결정으로 얼마 동안 전시되다가 모두 철거되었던 것이 지금도 생생하다.

우리의 심미안은 하루아침에 조성되는 것이 아니다. 대중이 삼시 밥 먹듯 수시로 드나들 수 있는 미술관이 우리에게는 있는가. 국립현대미술관은 특수계층이나 갈 수 있게 멀리 산속에 숨어 있다. 온갖 교통수단을 이용해 누구나 쉽게 들릴 수 있는 곳. 이곳이 우리의 미술관이어야 한다. 산 넘고 물 건너 마음먹고 가야 하는 우리의 국립현대미술관.

'건축비 1%' 지출 의무화로 조성된 환경 조형물을 여기저기에서 본다. 시간을 내어 운동화에 의지하고, 서울의 거리 미술품을 구경한다. 이왕 설치된 것 떼고 바꾸고 하기에는 우리의 살림살이가 넉넉하지 않다. 작품 값만 16억 원이라는 스텔라 조각을 보러 강남에 갔다. 이왕 설치된 것을 딴 곳으로 옮길 필요가 있을까. 오가는 사람에 익숙해진 이 대형 조형물은 말 많은 인간을 보며 말한다. "인간은 나같이 무거워질 수 없을까."

오체 만족·인생 불만족

세계의 수십억 인구는 오체가 만족한 상태로 태어난다. 사지가 멀쩡하고 반듯한 얼굴이 달린 몸체를 갖고 말이다. 그러나 소수의 사람은 장애자로 세상의 첫 테이프를 끊는다. 그에 따른 부모와 주위 형제자매의 남모르는 심적인 부담은 헤아리기조차 어렵다.

사지절단증이라는 희귀한 병을 안고 태어난 오토다케 히로타다. 22세의 '휠체어 왕자'는 '오체 불만족'이란 책을 내어 뭇사람에게 자신의 생을 되돌아보게 하고 있다.

오토다케의 오늘이 있게 한 그의 부모, 주위의 선생과 친구. 그들은 상실의 시대를 헤쳐 나갈 사람에게 희망과 용기의 메시지를 주고 있다.

반듯한 얼굴에 사지가 멀쩡한 우리 자신을 새삼 돌아본다. 가능을 불가능으로, 빛을 어둠으로, 행복을 불행으로 이끄는 뒤바뀐 많은 군상을 본다. 환한 대낮에 어두운 골목길만 찾는 무리. 일용할 양식을 마다하고 암거래 어두운 약을 쫓는 무리. 멋진 오체로 도둑질만 일삼는 이름 있는 또는 다른 이름의 명사. 매일을 충실히 지내려고 안간힘을 쓰는 보통 사람은 실상 신의 축복을 받은 사람. 부족한 것이 많아 불철주야 노력하고 살아야 하는 사람은 탈선할 시간이 없다. 정해진 시간에 정해진 교통수단을 이용하고 일해야 하는 일개미 인간은 행복한 사람들.

TV 화면에서 오토다케의 해맑은 미소를 접했다. 어느 누구의 얼굴이 그렇게 자신감에 넘치고 행복할 수 있을까. 자신의 장애가 오죽 불편하겠냐만 장애의 상태에 익숙하다 못해 있는 그대로를 만족하고 나아가 즐기는 청년.

우리의 주변환경을 돌아본다. 장애자가 평범한 시민으로 살 수 있는지. 오늘따라 수많은 계단, 울퉁불퉁한 도로사정, 도로의 통행을 방해하는 도로불법 점거물이 확대되어 보인다. 남의 입장, 장애자의 입장에서 거리를 걸어보았다.

몇 년 전 잠시 방문했던 삼청동 총리공관의 장애인용 램프가 생각났다. 없는 것보다는 얼마나 다행인가 생각하면서도 그저 하나의 상징물, 전시물로 전락한 것이 아닌가 생각되는 것은 웬일일까. 신체장애자가 정부의 장관, 대통령이 될 날을 고대해 본다. 신체의 장애가 정신의 장애는 아니기 때문이다.

다리가 불편한 가족 일원이 주민등록증 갱신차 집 근처 동회에 갔었다. 휠체어로 그나마 정비가 잘된 동네의 길, 횡단보도 등을 가 보았다. 사람이 남의 입장에서 사물을 본다는 것이 얼마나 어려운가를 새삼 깨닫게 된다. 맑게 갠 날, 비 오는 날을 이해 못 하듯 햇볕을 받고 있는 위정자는 궂은 뭇 인생의 자리에 서기가 거의 불가능한 것이다.

사지가 없이 휠체어에 올라앉은 일본청년을 다시 본다. 그리고 그의 책 '오체 불만족'을 다시 음미한다. 자식 과보호에 익숙한 한국의 부모, 그들의 자식을 생각한다. 번지르르한 외모, 오체에 만족하고 그것만을 가꾸고 닦고 있는 우리의 모습을 본다.

오체만족 속에서 썩고 있는 정신. 젊음의 패기와 용기보다는 편안한 퇴직자의 안정된 여생을 즐기려는 듯한 젊은이. 많은 것을 생각하게 하는 한 장애자에게서 가장 건전하고 싱싱한 젊음의 패기, 희망의 무지개가 솟은 미래를 본다.

21세기 한국의 청년상도 그려본다. '장애는 불편하다. 그러나 불행하지는 않다'는 헬렌켈러의 말을 재확인하고 있다.

쿼바디스 한국의 정당정치

불쾌지수가 높은 중복더위가 한창이다. 냉방시설이 잘된 교수실이 있기에 하루의 중요한 시간들을 더 중요하게 만드는 작업이 여기저기에서 한창. 그 열기가 하늘을 찌르고 있다. 명동의 한 은행에서 볼일을 다 마치고 냉방이 잘된 버스를 타고 우이동 쪽으로 달리고 달렸다.

"교수님은 늘 젊으십니다. 학생들 보면 그 마음을 다 꿰뚫어 보시지요?" 오늘따라 한가한 은행원이 말한다.

"학생들의 그 많은 눈이 저의 첫 시간 강의를 듣고는 저를 꿰뚫어 보지요."

혹시 달라진 거리 풍경이 있나 나는 부담 없는 여행자의 입장에서 차창 밖을 본다. 창밖을 스쳐 지나가는 높고 낮은 건물. 경복궁 옆 한 정부청사를 보았을 때 갑자기 한국의 정당정치는 어디로 가고 있나 가슴이 답답해졌다.

새 천년이 열리기까지 얼마 남지 않았다. 한 해의 6월이 지나면 세월은 내리막길인 양 가속이 붙어 빨리도 달린다. 이 중요한 시점에 우리의 정치지도자들은 미래의 천년을 바라보고 있을까. 정당마다 정치지도자마다 내년 총선을 대비하여 새 인물 영입, 새 정당 창당, 보수인사 영입, 외부인사 수혈, 5·6공 세력의 정치재개 움직임 등등 말도 많고 행보도 빠르다. 그런데 투표자 한 사람의 눈에 비친 정치가들의 움직임은 나라의 장래를 뒷전으로 한 이기적인 정쟁으로만 보인다. 이와 같은 견해가 한 정치 문외한의 견해만이 아니라는 데 사태의 심각성이 있다.

국가경영과 국민통합의 구심이 되어야 할 우리의 정치는 구태의연한 19세기적 사고와 행태로 국가발전, 정치발전을 가로막고 있다. 정파이기주의, 끝도 없는 정쟁과 부패는 국민의 정치불신과 정치혐오증을 가중시키고 있다.

툭하면 끼리끼리 합쳐 만드는 새 정당. 그 정당의 구성원을 분석해 보면 구태의연한, 성공한, 실패한 구 정치인의 집합소. 몇 명 참신하다는 젊은 정치인을 영입해도 정치의 틀이 고목이기에 새싹, 새잎, 새 열매를 기대할 수 없다.

일반인의 직장에는 퇴직해야 할 때가 있다. 더 있고 싶고, 기운이 넘치더라도 퇴직해야 할 때에는 반드시 물러나야 한다. 그러나 우리네 정치지도자는 새 천년을 대비하기는커녕 새 천년에 계속해서 구태의연한 정치를 계속하고자 부패인물, 정당순례자, 환란책임자, 인권탄압자, 공작정치인, 사생활 문란자 등 벌써 은퇴했어야 할 법적, 정치적, 도덕적으로 문제가 많은 인물이 활개를 치고 있다.

19세기 말 100년 전에도 우리네 지도자들은 우물 안 개구리식 국제정세 인식과 권력의 흙탕 싸움으로 20세기를 맞아 5년 만에 을사조약, 10년 만에 한일합방조약으로 망국의 비극을 겪어야 했다.

1899년 독립협회 측은 만민공동회 등 시민운동을 중심으로 개혁과 개방을 추진하고, 수구세력은 보부상의 황국협회 조직 등을 통해 이에 맞서 첨예하게 대결하다가 이런 틈새를 교묘하게 이용한 일제에 국권을 빼앗겼다.

새 천년은 냉혹한 무한경쟁으로 그 장을 열 것이다. 과연 우리는 국제경쟁에서 살아남을 준비를 하고 있는가. 우리는 어느 분야에서 국제경쟁력을 보유하고 있나. 정치, 경제, 과학, 기술, 대학, 어느 것 하나 내세울 만한 것이 없다.

정치의 틀과 주체가 바뀌어야 한다. 헌 틀에 정계개편, 유명한 분들은 이제 정계에서 물러날 때가 되었다. 같은 무리가 이리저리 실리에 따라 모이고 헤어지고.

새로운 사람의 새로운 정치 틀이 아쉽다. '정당한' 이념과 정책의 정립은 사전상의 용어일 뿐일까. 현 집권당은 21세기를 내다보며, 새로운 천년을 꿈꾸며 지역통합, 평화통일 그리고 국제경쟁력을 공고히 하며 새로 태어나야 하지 않을까.

버스는 이윽고 내가 내릴 정류장을 알리고 있었다. 한국의 정당정치는 '꿀 꿀이 죽'이 되어서는 안 된다. 우리의 정당정치는 여당답고, 야당다워야 하지 않을까.

개와 주인

내가 사는 아파트 단지 주위에는 애완견이 많다. 이에 따라 심심하지 않게 개와 관련된 상점이 여러 개 있다. 개 병원, 개 파는 상점, 개 미용원 등등. 그런데 지역신문이나 회보, 통지문 등을 보면 아파트에서 개를 사육하는 것은 불법으로 되어 있다. 우선 개의 짖어대는 소리, 산보하며 흘리고 다니는 배설물 등. 단독주택에서 개를 기른 적이 있으나 슬프게 헤어진 이후 나는 개를 키우지 않는다. 실내에서, 정해진 내부에서 개를 키우면 누구에게나 자명한 일이 벌어지기 때문이다.

아침 일찍 그리고 퇴근이 좀 이르다 싶은 늦은 오후에 나는 개를 산보시키는 크루컷의 사나이를 보게 된다. 그의 앞이나 뒤에는 푸들개가 앙증맞게 종종걸음으로 주인을 따라간다. 푸들개의 주인은 하루에 적어도 내 눈에 띄는 때는 뒤로 걷는다. 아마 건강을 위해서일 것이다. 그런데 그의 사랑하는 개는 정상적으로 앞으로 달린다. 몸집에 비해 살이 찐 푸들개는 뒤로 걷는 주인이 못마땅한지 앞으로 앞으로 잔디 속으로, 작은 숲 속으로 실례를 계속하며 달리고 달린다. 개의 주인은 무엇을 하는 사람일까. 출퇴근 시간에 구애를 받지 않고 건강다지기 걷기대회를 아침저녁으로 하는 것으로 보아 정년퇴임한 사람이라고 생각하였다. 뒤로 걸어도 자세가 흐트러지지 않고 모퉁이를 직각으로 꺾어 도는 것으로 보아 적어도 육사 출신이 아닌가 소설을 써 보았다. 이상하게 그의 푸들은 주인 같은 얼굴에 규율과 질서가 배어 있다. 실례하는 것은 제외하고.

자주 마주치는 또 하나의 개와 주인 커플이 있다. 푸근한 차림과 용모의 아주머니와 그녀의 회색빛 개. 머리형이며 뭉실한 허리가 쏙 서로 빼닮았다. 아주머니의 찍찍 끄는 슬리퍼식 걸음걸이. 땅딸한 개도 싱그러운 오솔길을 삐뚤삐뚤 걸어간다. 이때 가장 좋은 대비는 작전상 후퇴. 분초를 다투는 출근길에는 멀리서 그들을 보면 돌아서 일찌감치 다른 길로 가며 '해브 휜' 하고 속으로 말한다.

개와 인간의 관계는 깊고 깊다. 애완견이 한국에 소개된 것은 우리의 황구나 진돗개의 역사에 비하면 얼마 되지 않았다. 우리에게 개는 애완견이기보다는 집 지키는 개였다. 그러던 것이 서양의 작은 개의 한국 진출로 이 작은 애완견들은 주인과 같이 침식을 하며 격상된 생활을 이 땅에서 누리게 되었다.

오래전 뉴욕의 센트럴파크를 거닌 적이 있다. 단 10분 사이에 수백 마리의 개를 본 것 같은 착각이 들 정도로 크기와 모양, 색, 차림새가 다른 개를 접했다. 어떤 주인은 자기 개가 실례를 하면 플라스틱 봉지에 그것을 담아 넣기도 하였다. 뉴욕에는 인간도 많지만 개도 많았다. 또 오래전 파리에서 파리장 같은 애완견을 많이 보았다. 거리 곳곳이 이 개들의 실례로 오염되어 있는 것을 보았다.

누구나 즐겨야 할 우리의 산책로가 개의 오물로 더러워지는 것을 보며 우리도 센트럴파크의 한 개주인처럼 오물을 치우는 문화인, 개주인을 보고 싶다.

유학 시절 미국인 방 친구의 초대로 그녀의 부모 댁에 갔다가 집 안 가득 흩날리던 개털이 생각난다. 자연스럽게 그날 디너도 개털이 섞여 있어 나는 미국 사철탕을 일찍 맛보았다.

개와 주인! 오래 살면 부부가 서로 닮듯이 개와 주인이 닮는 것을 본다. 여러 유형의 개를 매일 본다. 단정한 개, 자유분방형의 개, 더러운 개, 깨끗한 개, 뚱보 개, 야윈 개, 버릇없는 개, 예의를 좀 아는 개 등등.

개와 그의 주인에게서 독특한 문화를 읽는다. 다양한 인간이 빚어내는 특이한 삶을 본다. 뒤로 걷건, 앞으로 걷건 자유이다. 꼭 어때야 된다는 공식이 없는 삶을 개도 그의 주인도 따르고 있다. 그러나 공동체 의식을 지키며 남, 이웃을 배려하는 개와 그의 주인이 될 수는 없는 것일까 자주 나는 생각한다.

한국의 삶의 질

　최근의 유엔개발계획(UNP)은 세계 각국의 삶의 질을 측정하기 위해 산정하는 인간개발지수(HDI) 순위를 발표하였다. 조사 대상 174개국 가운데서 한국은 30위. 그 많은 나라 중에서 그래도 제법 앞쪽이 아닌가 안심하고 자축마저 하려는 일부 계층도 있으리라.

　인간개발지수는 도대체 무엇인가. 각국의 평균수명과 교육수준, 1인당 국내총생산(GDP) 등을 토대로 인간다운 생활수준을 가늠하기 위해 개발한 지수라고 할 수 있겠다. 유엔개발계획은 1990년부터 그 내용을 발표해 왔다. 그동안 한국은 96년에 29위, 97년에 32위 등 30위 안팎에서 오르락내리락하고 있다.

　돌이켜 보면 한국의 삶의 내용은 큰 변화를 보여주고 있다. 평균수명의 경우 현재 74세. 60년대에는 54세였다. 영아사망률은 현재 1천 명당 6명. 60년대에는 85명. 한편 한국 성인의 98% 이상이 문자해독능력을 갖고 있다.

　그러나 과거와 마찬가지로 답보상태 아니 어느 면에서는 퇴보를 보이고 있는 영역이 있다. 바로 여성과 관련된 것. 한국 여성의 의원직 비율은 고작 3.7%, 고위관리직은 4.2% 그리고 기술전문직은 4.5%. 여성의 진출도를 토대로 한 성별권한 측정 순위는 78위.

　한편 캐나다는 올해에도 1위를 차지해 6년째 수위를 고수하고 있다. 그 뒤를 이어 노르웨이와 미국, 일본, 벨기에, 스웨덴, 오스트레일리아, 네덜란드, 아이슬란드, 영국, 프랑스, 스위스. 일본은 지난해 8위에서 4위로 올라섰다. 한국은?

매년 국제회의, 학회, 세미나 등에 참석할 때마다 놀라운 경험을 한다. 그것은 캐나다 여성의 리더십과 일본여성의 활발한 국제회의 참석.

우리의 주위를 돌아본다. 우리의 물, 산천, 토양, 농산물, 교육환경, 국제화 정도 그리고 투명성과 신뢰도를 생각해 본다.

매일 마시는 물. 우리 신체의 중요한 부분을 차지하고 있는 물. 물맛 좋기로 유명했던 한국에는 약수는 온데간데없고 오수와 폐수가 넘치고 있다. 주말 아파트촌에는 정수된 물을 나르는 트럭이 즐비. 야외에서 흐르는 냇물을 떠 밥을 지었던 이야기도 옛것. 세계 기상변화로 야기된 강우량 감소는 저수지의 바닥을 거북이 등으로 만들고 있다. 물. 물. 물. 물 쓰듯 한다는 말이 물을 아끼듯 한다고 바뀔 지경.

화학약품, 중금속, 인간 쓰레기로 오염된 우리네 산천과 토양. 그곳에서 오염된 물로 자란 농산물. 인성교육보다는 경쟁심, 점수경쟁에 찌든 교육. 세계는 날로 좁아져 국제화하지 않으면 살아남기 어려운 이때 한국의 국제화 수준은 어느 수준일까.

조지타운대학교 교수이며 아시아재단의 수석고문인 데이빗 스타인버그의 '투명성과 신뢰성'이란 글을 음미해 본다.

"정치경제학에서 오늘날 많이 쓰이는 두 개의 유행 어휘가 있다. 하나는 투명성. 또 하나는 신뢰성. 투명성은 완곡어법으로 표현한 부패란 말이다. 그런데 한국사회에는 가족의 개념을 넘어서는 신뢰의 반경이 짧다. 권력, 충성, 도덕성이 제도화되어 있지 않고 개인화되어 있다. 신뢰성이 아는 사람을 중심으로 움직일 때 사회는 파편화되어 파당을 이루게 된다. 미국 같은 다른 사회가 인종, 계층 등으로 나뉘고 있을 때 문화, 인종, 언어가 단일한 한국은 이 중요한 자산을 버리고 있다."

그의 주장대로 사회적 자산으로서의 신뢰성은 좋은 것이다. 그리고 투명성이 내내 신뢰성을 받들어 주는 것이 사실이다. 무엇보다도 투명성과 신뢰성이 제구실을 할 때 한국의 삶의 질은 양을 뛰어넘는 참된 '질'을 회복하게 될 것이다.

태풍과 오솔길 그리고 인생

며칠 만에 접하는 맑은 하늘을 벗하고 집 근처 오솔길을 걷는다. 태풍 올가의 위력이 이곳에도 미쳐 그 흔적이 보인다. 때도 없이 울어대는 매미 소리. 시끄러운 소리에 끌려 장대같이 하늘에 솟아 있는 포플러나무, 아카시아 나무 그리고 이름 모를 나무를 올려다본다. 그런데 작은 숲 속 길은 전과 같은 고요가 사라졌다. 30년은 자라왔을 큰 나무가 뿌리째 뽑혀 길을 막고 있다. 여기저기 길옆은 넘어진 나무들의 전시장. 부지런한 경비 아저씨의 손은 새벽녘에 이미 넘어진 몇 나무를 장작으로 가지런히 진열시킨 뒤. 단단하게 깔아놓은 보도블록을 밀치고 반쯤 위로 뿌리를 내민 가로수.

오솔길이 예전의 평화와 고요를 되찾으려면 많은 날, 달, 해가 지나야 할 것 같다. 여기저기 드러누운 나무가 제거되는 날 숲 속 길은 새 모습을 하고 있을 것이다.

사람은 만나면 헤어진다. 생명은 태어나고 소멸한다. 많은 여름을 지냈건만 올여름 후 이 숲 속 길은 다른 모습을 하고 있을 것이다.

늘 익숙하게 생각했던 오솔길은 잠시 균형을 잃은 채 새 나무가 그곳으로 이사 오기 전까지는 이가 빠진 채 불균형의 미를 드러낼 것이다.

거목이 쓰러져 오솔길은 허전하다. 친한 벗이 갑자기 사라진 느낌. 오가며 나누던 나무와의 대화. 태풍 올가는 모든 것을 옭아매어 꼼짝 못 하게 만들었다.

　넘어진 거목을 다시 본다. 아직 잎은 싱싱하게 푸르디푸르다. 어느 장사가 나타나 그 자리에 나무를 바로 일으켜 세워 원상복구시켰으면 하는 억지 희망을 펼쳐본다.

　자연 앞에 무기력한 인간. 쓰러진 나무는 우렁차게 외친다. '인간들아 오만방자하지 말게. 내가 다시 태풍 아저씨를 불러오면 인간의 산은 강이 되고 강은 산이 될 수도 있으니까. 겸손하게 사시게. 자연훼손은 그만하고. 나나 인간이나 유한한 존재. 키만 크면 뭐하고, 머리가 좋으면 뭐하나. 센 바람이 노하는 날 우리 모두는 같은 운명.'

　동화 속 푸른 하늘을 오늘에야 본다. 햇빛이 강하다. 먹구름 비에 짓눌렸던 며칠이 어느새 사라졌다. 풍덩풍덩 발목까지 오는 물줄기를 헤치고 가야 했던 안산의 한 강연장. 스무 명의 외국인은 장대 같은 비만 보며 한국의 두 아침을 맞았었다. 궂은 날이 있으면 반드시 새날, 밝은 날이 있는 법. 맑은 한국의 하늘을 볼 그들을 생각하니 마음이 가볍다.

　어려움이 있은 뒤 기쁨은 배로 찾아오는 법. 나라 형편도 이와 같은 주기를 벗어날 수는 없을 것이다. 희망, 절망, 그리고 희망, 절망의 나이테를 희망, 기회, 희망, 기회의 나이테로 나는 굳히고 싶다.

교수와 공간

　교수가 되면 교수실이 배정된다. 그것의 크기가 작고 크건 간에 교수는 공간이 필요한 인간이다. 그를 둘러싸고 있는 것은 책. 책책책. 전공분야에 따라 각 교수의 방은 독특한 색채를 띤다. 철학, 사학, 국문학 교수의 방은 흑백의 향연, 주로 검고 희거나 다른 짙은 색이 서가를 압도하고 있다. 불문학, 영문학, 서반아 문학 전공 교수의 방은 화려하다. 책 표지가 울긋불긋, 서양화가의 서가와 다르지 않다.

　컴퓨터의 보급으로 어느 교수실은 책이 사라진 경우도 있다. CD롬에 모든 정보가 입력되어 있기 때문이다. 그런 경우 교수실은 휑하니 넓어 보인다. 오래전 어려운 시절 한방을 두 교수가 나누어 쓰던 시절도 있었다. 드나드는 학생, 손님의 잦은 발길로 연구는 지장을 받았다.

　오늘 내가 점령하고 있는 공간을 새삼 돌아본다. 벽 한 면은 책장 세 개가, 다른 면은 책상, 의자, 캐비닛, 잡지꽂이, 소형냉장고 그리고 세면대가 요지부동. 책 사이에도 또 책꽂이. 온갖 사전과 파일이 가득차 있다. 한쪽 벽에는 에밀레종 탁본 그리고 그림 다섯 점이 붙어 있다. 이름 있는 날 찍힌 초상화 사진도 걸려 있다. 제자들과의 약속이라 떼지도 못하고 구석에 걸린 사진과 나는 쑥스러운 관계.

　새 교수실, 새 공간을 배정받은 지도 여러 해가 지났다. 집에도 서재가 두 개가 있으나 나의 활동무대는 학교의 교수실. 창가 시렁에 놓인 온갖 클래식 CD, 라디오 그리고 시계, 런던의 코벤트 가든 찻집 출신 고풍스런 집 모양의 홍차가 담긴 주석 용기, 이 모두는 일종의 시큐리티 블랭킷(security blanket). 서가 앞에는 온갖 사진이 즐비하다. 10년 단위의 한두 점 추억의 사진이지만 많이도 쌓였다. 북쪽에 교수실이 배정된 이후 내 방의 식물들은 햇볕 구경을 못 하고 있어도 그 푸른 잎은 늘 독야청청. 중앙냉온시스템이 잘 작동되어 계절에 관계없이 교수실은 쾌적하다. 좋아하는 책읽기를 직업과 연결시켜 일생을 산다는 것은 큰 축복. 방음이 잘된 묵직한 문은 학문의 길이 무겁다는 것을 일깨워 주고 있다.

씨름하던 논문 하나를 탈고한 해방감. 수정의 수정은 뒤로 미루고 오늘은 나의 공간을 밀렸던 가벼운 독서에 바친다. 『화엄동백』, 『인간에 대한 예의』, 『조선왕조실록』, 『괴테의 이탈리아 기행』 등이 손을 내밀고 있다.

젊음이 넘치는 나의 공간. 어느 부호의 별장, 어느 유명 골프장이 더 시원하고 즐거움을 줄 수 있을까. 서가에 널려 있는 흰 조약돌에서 스코틀랜드 한 해안의 파도 소리가 들린다. 천리포의 운치가 되살아난다.

문에 붙은 손바닥 크기의 엽서는 루부르 박물관. 투명한 벽시계는 체코 프라하의 시계탑.

오래전 은퇴하신 나의 은사는 연구실 분위기를 그대로 유지하기 위해 오피스텔을 마련하여 매일 출퇴근하셨다. 그러나 그것은 '교수의 공간'과는 거리가 멀었다.

은퇴한 후 가장 그리워질 것은 아마도 대학의 연구실일 것이다. 그것을 너무도 잘 알기에 나는 매일 나의 공간을 최대로 만끽하며 오늘도 시공을 초월해 여러 시대, 여러 나라를 넘나들고 있다. 귀한 하루하루가 더욱 소중하게 느껴지는 나날이다.

1999. 8. 6.

코코아차에 담긴 추억

파일스(Pyles)와 앨지오(Algeo)의 영어사 책을 보면 코코아(cocoa)는 스페인에서 영어로 들어온 외래어라고 한다. 그런데 여러 기록을 보면 코코아는 1476년 아메리카 신대륙을 발견한 크리스토퍼 콜럼버스가 고향으로 가져온 진기한 물건 중 하나였다. 그러나 스페인 사람들은 그 당시 코코아에 별로 관심이 없었다. 그로부터 40여 년 후 1519년 아스텍(오늘의 멕시코)을 정복한 에르난 코르테스는 코코아 열매로 만든 호코아틀을 아스텍 왕인 몬테수마로부터 대접받고 이에 매료되어 코코아를 스페인에 널리 보급하게 되었다.

아스텍 왕 몬테수마는 호코아틀을 매일 50잔이나 마셨다고 한다. 코르테스는 황금 잔에 담은 호코아틀을 아스텍 왕에게 대접받았다. 그런데 그 맛이 너무 써 코르테스는 몬테수마만큼 즐길 수 없었다. 그래서 스페인 사람들은 호코아틀에 계피, 바닐라, 사탕수수 등을 첨가하여 뜨겁게 마시게 되었는데 이것이 초콜릿의 개발이다.

스페인의 귀족사회에서 초콜릿은 제일의 기호품이 되었다. 자연히 스페인은 해외 식민지에서 코코아를 대량으로 재배하여 수익을 올렸다. 이 맛이 구라파 다른 지역에도 전해졌으나 그 제조 방법은 비밀. 1세기 동안 다른 나라에서는 초콜릿을 만들지 못했다. 그러나 차츰 이 기술은 가톨릭 수사에 의

해 프랑스에 이어 다른 지역으로 전해졌고 17세기 중반에 영국에는 초콜릿 하우스가 최초로 문을 열었다.

유럽 각국은 코코아에 높은 수입관세를 부과해 초콜릿은 상류층, 귀족들의 독점물이라 서민은 그 냄새 맡기도 어려웠었다. 그 후 고형 초콜릿은 19세기 중반 영국에서, 다시 그로부터 20년 후 밀크 초콜릿이 스위스에서 개발되었다.

오늘 신문에서 네덜란드 국립보건연구소의 초콜릿에 관련된 기사를 읽었다. '초콜릿에는 암과 심장병을 예방하는 카테킨 성분이 홍차의 4배나 들어 있어 적당량의 초콜릿 섭취는 건강과 장수에 좋다.'

책상 서랍에 고이 간직했던 큰 깍두기 크기의 초콜릿은 나도 모르게 이미 입에 들어가 있었다. 일 년 만에 다시 접하는 맛. 의사의 권고로 나는 그간 초콜릿과는 높은 담을 쌓고 살았다. 이 살살 녹는 혀끝의 맛. 그 어떤 맛과 함께 나는 여학교 시절 구역예배를 보았던 친구 남기네 사랑방에 가 있었다. 그 당시 한 교회 다니는 같은 구역 사람들은 번갈아 이 집 저 집 돌며 예배를 보았다. 그런데 남기네에서 예배를 본 후에는 반드시 코코아차가 나왔다. 작은 찻종이 아니라 머그에 담겨 나왔다. 따끈 쌉쌀 달콤한 코코아의 향기는 모든 이의 코를 간질였고 목으로 넘어가는 순간 가슴을 훈훈하게 덥혀 주었다. 코코아차의 주방장인 남기 어머니는 오래전 세상을 떠나셨고 그 집도 이제 여러 손을 거쳐 절로 변하였다. 경복궁 옆 산책로에 들어서기만 하면 나는 코코아의 맛을 떠올린다. 그와 함께 신앙심 많으셨던 이 권사님과 나의 어머니를 다시 뵙고 싶어진다.

이제 초콜릿 맛은 입속에서도 멀리멀리 사라졌다. 이성 저 뒤쪽 한 모퉁이의 감성은, '또 신문기사가 났단 봐라, CD 박스 위에 놓인 노란상자 속 휘트먼 초콜릿이 다음 차례다'라고 크게 외친다.

한국의 초코파이가 동구와 중국 등지에서 히트라고 한다. 스페인 귀족의 기호품, 사치품이었던 초콜릿은 이제 전세계로 넓게 퍼져 서민의 기호품으로 바뀌었다. 스위스, 미국, 영국, 스페인, 프랑스 여기저기 돌아볼 것도 없다.

한국의 초콜릿 맛도 일품이니까 말이다.

코코아의 영어 발음은 코우코우. 무슨 이유인지 이 발음이 마음에 들지 않는다. 비록 학생의 이 어휘 영어 발음을 고쳐주기는 하지만.

나쁜 콜레스테롤 수치가 높다는 나에게 의사는 초콜릿, 코코아차를 멀리하라고 충고하였다. 8월 26일은 의사 만나는 날.

그러나 나는 아주 가끔 신문기사, 뉴스 단신에 초콜릿, 코코아에 대한 희소식이 있을 때 구수하고 달콤한 코코아차나 초콜릿 한 개를 즐길 것이다. 그리고 의사에게 그 사실을 고백할 것이다.

1999. 8. 11.

『엔칼타 세계 영어 사전』의 의미

1999년 8월 초 영국영어나 미국영어를 강조하는 사전과는 거리가 먼 『엔칼타 세계 영어 사전』(*Encarta World English Dictionary*)이 발간되었다. 이 사전에는 세계 영어에 존재하는 어휘, 표현이 수록되어 있다. 그래서 자연히 영국영어 위주의 혹은 미국영어 위주의 사전에 큰 도전이 되고 있다.

이제 세계는 날로 좁아져 가고 있고 그에 따라 인간 커뮤니케이션의 매체인 언어가 더욱더 중요한 위치를 차지하고 있다. 자연히 세계 각국 인에게 통하는 영어는 국경을 초월하여 빠른 속도로 이동하며, 그 이동 속도만큼 빠르게 변화하고 있다. 영어는 우수한 지구촌 연결어이다. 그러므로 어떤 언어도 영어를 대신해 사용될 수 없다. 인구로 치면 중국어 사용자가 더 많지 않을까 의문을 제기할 수도 있겠다. 그러나 중국어는 세계 전역에서 다수의 세계시민이 사용하고 있는 언어가 아님은 자명하다.

크리스털(Crystal)에 의하면 오늘날 영어 사용자가 20억여 명에 육박하고 있다고 한다. 이 숫자는 영어 모국어 사용자뿐만 아니라 제2언어 또는 외국어로 영어를 사용하는 사람을 모두 포함한다. 7월 29일자 파이낸셜 타임스(Financial Times)에 의하면 현재 전세계적으로 10억의 인구가 영어를 배우고 있고, 2050년쯤에는 세계인의 절반이 영어를 해독할 것이며 영어를 모국어로 사용하는 최대 국가 중 그 세 번째가 나이지리아가 될 것이라고 한다. 캐나다나 호주는 그 자리를 내어주게 된다는 예측이다.

그러므로 『엔칼타 세계영어사전』은 사실상 세계 영어를 표준어로 인정한 첫 수순으로 여겨진다. 실상 세계 영어를 집중 연구하는 학회가 태동된 지도 여러 해가 지났다. 그 회원은 세계 각국인. 영국인, 미국인, 호주인 학자가 다수 활발하게 활동하고 있는 점을 눈여겨보아야 한다.

최근 보도에 의하면 미국 대통령 후보인 고어(Gore) 부통령과 조지 부시(Bush)가 선거 유세에서 경쟁적으로 스페인어를 구사하고 있다고 한다. 이는 미국의 여러 주 중 인구가 가장 많은 다섯 개 주를 의식하기 때문이다. 캘리포니아, 텍사스, 뉴욕, 플로리다 그리고 일리노이 주에는 스페인어를 구사하는 라틴아메리카계 시민이 많아 이 점이 그들의 스페인어 사용을 부채질하는 요인이란다.

다인종, 다문화권의 배경은 영어의 사용의 폭을 더욱 넓게 할 것이다. 각 인종, 각 문화를 대표하는 어휘는 영어로 계속해서 유입될 것이다. 게다가 각 지역에서 커가는 다양한 영어는 그 나름대로 독특한 뿌리를 내려갈 것이다. 인디안 영어, 싱가포르 영어, 나이지리아 영어, 필리핀 영어, 말레이시아 영어 등등. 무엇보다도 영어에 가미되는 어휘에는 속도가 날로 붙어 예전보다도 더 풍부한 어휘 목록을 영어는 갖게 될 것이다. 이는 또한 더 폭넓은 문화적 배경, 인종적 배경의 지식을 강요할 것이다.

그러면 『엔칼타 세계영어사전』의 두께는 날로 두꺼워져 가고 영어 표준화의 문제는 심심찮게 대두되고 언어학자, 영어학자의 연구대상이 넓어져 갈 것이다.

1999. 8. 18.

나의 발의 한탄

나의 발은 나의 신체 기관 가운데 가장 고생을 많이 하고 있는 기관이다. 온몸의 무게를 다 견뎌야 하는 발! 발이 나와 인연을 맺은 지도 어언 60년이 넘어 내 발도 대학의 정년을 바라보고 있다.

한 보고에 의하면 발은 1㎞를 걸을 때마다 16t의 무게를 견뎌야 한다고 한다. 아장아장 걸음마를 시작한 때부터 지금까지 내 발은 용케도 나를 잘 지탱해 왔다.

어린 시절 일제 말기에는 신발이 귀했다. 그래서 어쩌다 설날 새로 신게 된 검은 고무신은 말랑말랑, 보배 중의 보배였다. 이 귀한 선물을 접한 나는 자나깨나 신을 신고 즐거워했었다. 내 발은 그때 작은 주인을 원망했을 것이다. 그리고 다음과 같이 외쳤을 것이다. "자유를 달라 자유를 달라." 초등학교 시절 나는 학교로부터 20분 남짓 걸으면 되는 거리에서 살아 그때 내 작은 발은 나를 지탱해 주느라 수고했다. 등굣길 길거리의 구경거리가 많건만 나는 무엇이 그리 바쁜지 발이 잠시 휴식할 틈을 주지 않고 종종 걸음으로 학교로 향했었다. 때로 귀가할 때면 이 골목 저 골목 변화한 것이 없나 보러 발을 혹사시켰다.

중, 고등학교 시절도 30분 도보거리에 학교가 있어 줄곧 등하고 길에 내 발은 수고하였다. 그 당시 착용화는 운동화.

대학 시절 입학과 함께 투피스를 맞추어 입고부터 발 혹사는 시작되었다. 걷고, 버스에서 밀리고, 밟히고, 게다가 겉모양을 중시했던 시절 맵시 나는 구두 때문에 발은 한껏 기지개도 못 펴고 연일 움츠러들기만 했다. 콤비 구두는 꽉 죄는 끈으로 발등을 괴롭혔고 비가 오나 개이나 신었던 뾰족구두는 발 앞쪽을 죌 뿐만 아니라 발뒤꿈치를 필요 이상으로 콧대 높게 하였다. 때에 따라 바뀌는 구두 유행. 한때 유행했던 에나멜 구두는 반짝이는 효과 외에는 발을 질식시켰다. 게다가 앞이 뾰족한 구두는 발가락을 죄어 군살과 버선발 기형의 부산물만 양산.

유학 시절에도 내 발은 쉴 틈이 없이 캠퍼스가 좁다고 뛰어다녔다. 야자수가 늘어진 아름다운 낙원에서도 내 발은 책 무게까지 가세된 몸무게를 지탱하느라 고생고생. 무엇에 그리도 쫓기는지 하나우나마만 청록빛 바다에서 활개 칠 기회도 주어지지 않았다. 미시간 앤아버 근처 호수도 많건만 주인은 신 벗기를 마다하고 전진. 뉴욕의 지하철에 익숙해진 주인은 노선을 수시로 바꾸어 타며 이 대학 저 대학에서 진종일 연구. 그 결과 발은 감옥신세. 시카고의 레이크쇼드라브, 미시간 호숫가에서도 주인은 발을 해방시키지 않았다. 이곳저곳 여행을 즐기는 주인 탓에 내 발은 화산지역, 모래 위, 아스팔트 위, 바위틈 사이, 비행기 이코노미 클라스의 좁은 공간 짐 사이에서 질식할 것 같은 경험도 하였다. 주인은 미국 각 지역의 공원을 산책하고, 나이아가라 폭포행 선상에서, 그랜드캐년 계곡에서 탄성을 지르며 자연을 만끽하면서도 발은 늘 흰 양말로 뒤덮여 통풍이 안 되는 신에 묶여 있었다.

구라파, 아프리카, 스칸디나비아 여행 때는 좀 대우가 달라질까 고대했으나 자유의 희망은 절망으로, 네덜란드에서 발은 나막신에 들어가는 답답함도 경험했다.

가죽 구두를 애용했던 주인의 고집으로 교수생활 수십 년 동안에도 발은 힘든 나날의 연속. 그러던 어느 날 주인은 갑자기 무거운 구두에서 가벼운 신으로 발의 집을 바꾸었다. 옆집 발들을 보면 멋진 자동차에 실려 구두에서 해방되건만 이 주인은 지하철의 애용자라 늘 발에는 중력의 중력이 가해진다. 다른 주인들은 지하철에서 잠시 슬쩍 신발을 벗어 발에 예기치 않았던 자유를 주건만 이 주인은 신발을 벗는 법이 없다.

2002년 8월 31일은 내 주인의 정년퇴임일! 발도 퇴임을 고대하고 있다. 적어도 무거운 책가방과는 작별인사. 지하철의 무수한 계단을 주인은 잘도 오르내린다. 에스컬레이터도 안 타고.

내 발의 한탄의 소리가 날로 커가고 있다. 집에서도 운동기구까지 동원하여 발을 매일 움직이게 하는 주인. 주인의 취침시간만 기다리는 발. 새벽 5시 20분이면 기상하는 주인 때문에 발은 피곤하다. TV 볼 때면 가끔 날아드는 검은 망치. 검은 망치는 발의 허리를 두드린다. 그때 발은 외친다. '언제까지 주인님을 더 모셔야 됩니까!'

오늘따라 내 발을 쳐다본다. 시원찮은 주인을 보살펴온 발을. 발의 한탄을 더 듣기 전 기름과 로션으로 발을 달래본다. 같이 수고하자고. 아직도 뛰고 넘어야 할 산, 강이 있다고. 그리고 산 너머에는 무지개가 있다고.

1999. 8. 23.

매미의 합창 그리고 인간

맴맴맴~매앰. 이것은 나에게는 베토벤이나 쇼팽을 떠오르게 하는 고전적 매미의 교향곡이다. 그런데 어느 해부터인가 내가 사는 지역에는 온갖 나무가 무성한 탓인지 이름도 모를 매미들이 때도 없이 합창대회를 열고 있다. 올해 1999년 여름 예선전을 이 숲 마당에서 여는 듯 온갖 매미의 합창 열기가 대단하다.

쯔륵쯔륵 쯔쯔쯔~. 쏴아쏴아 쏴쏴쏴~밈밈밈 뚝~. 의성어가 발달한 한국어로도 다 기록할 수 없는 괴성의 매미파티가 밤낮없이 열리고 있다. 환한 보안등의 덕분으로 한밤, 새벽녘에도 매미의 합창은 계속. 잠 못 이루는 사람은 부지기수. 어떤 이는 날로 매미의 소리가 커 가는 것을 도시의 소음 때문이라고 했다. 시끄러운 곳에서는 크게 소리 질러야 그 소리가 상대방에게 들릴까 말까 하니까.

매미는 나무 둥지, 가지 등에 다닥다닥. 아마 매미의 천적이 사라진 탓일까. 베란다 앞 방충망에 앉아 독창하는 매미도 있다. 쏴르륵쏴쏴맴~찌이찌이 찡~. 매미의 함성이 여기저기에서 한창일 때 어디에선가 잡스런 노래와 다른 고전적인 매미의 소리가 들리면 나는 그 소리에만 귀를 기울인다. 어려서부터 들어온 매미다운 매미의 소리이기 때문이다.

잠시 저녁에 비가 오더니 매미 소리가 잠잠하다. 합창 예선전에서 모두 탈락하고 다른 동네 대회에 옮겨간 것일까.

잠시 조용한 밤 나는 매미와 인간을 생각해 본다. 유한한 인생살이에서 온갖 소리를 내고 사는 인간이 바로 매미가 아닐까. 남보다 더 크게 떠들며 더 큰 몫을 차지하려 좋지도 않은 목청을 돋우며 떠드는 인간. 정치가는 정치가대로, 노동자는 노동자대로 끼리끼리 자신의 이익을 위해서 불협화음의 소리를 내는 인간 합창단.

얼마 있으면 다가올 추운 겨울 대비도 없이 방종한 나날을 보내고 있는 우리를 매미에게서 본다. 천년만년 젊은 날이 지속될 것같이 착각하고 찰나에 만족하고 놀아대는 너와 나를 본다.

오랜만에 경험하는 조용한 한밤. 고요가 이제는 깊은 잠을 막는다. 오염된 환경에 익숙해 온 인간은 시끄러운 소리에 익숙해져 조용하면 일이 손에 잡히지 않는다.

아침이 밝았다. 여전히 매미의 노래가 들리지 않는다. 슬그머니 귀 한쪽이 심심해진다. 그 많은 매미가 어디로 갔나. 혹시 동맹파업 중인가.

학교 앞마당을 걷다가 멀리서 은은히 바람 타고 날아온 매미 소리를 듣는다. 맴맴맴~매앰. 세상이 제대로 되어가나 보다. 잡스런 매미 소리는 온데간데없고 고전적 매미의 울음이 차분한 여름 교정의 운치를 더해 주고 있다.

매미의 합창에서 다문화·다인종의 특색을 읽는다. 바벨탑 인간의 언어를 들어본다. 매미의 노래는 방언의 집합체. 소리의 높고 낮음, 매끈함과 껄끄러움이 파도를 치며 세상의 고막을 치고 있다.

매미, 인간. 어느 쪽을 보아도 화자만이 존재하고 청자는 없다. 남의 말을 잘 듣는 상대방이 없다.

제법 서늘해진 저녁이다. 아직 집 주위는 조용하다. 매미는 어디로 간 것일까. 매미의 합창이 은근히 기대되는 저녁이다. 한 청자가 매미를 기다리고 있다. 나의 경청하는 습관을 기르기 위함이리라.

1999. 8. 19.

새 틀 짜기 떡방아

새 천년이 열리기까지는 4개월이 남았다. 이 기간은 어찌 보면 20세기 영욕의 역사를 마무리하는 시간이며 다른 면에서 보면 새 천년을 준비하는 마지막 기회이다.

뭐니뭐니해도 이 짧은 기간에 마무리하고 큰 미래를 위해 대비해야 할 급선무 과제는 새 틀의 정치개혁이다. 사회전반에 새 바람, 새 운동이 벌어지고 있는 때, 한 가지 아직도 구태를 벗어나지 못한 부분. 이것은 정치이다. 오늘날 같은 정당과 정치구조로 새 천년을 맞기에는 너무 불안하다. 무엇보다 국가의 운명이 불안하다. 1세기 전에도 우리네 지도자들은 우물 안 진흙 싸움에서 벗어나지 못하고 사소한 이익, 이념만 좇다가 새 세기를 맞이했다. 1910년의 한일합방조약은 그 산물이다.

19세기 말 우리의 지도자들은 국제정세나 20세기에 대한 안목과 연구가 전혀 없이 권력쟁탈과 명분싸움으로 일관하더니, 그 틈새를 파고든 일제에게 국권을 빼앗겼다.

20세기를 마감하는 지금 우리의 울타리는 어떤가. 울타리 속 주인은 새 천년을 바라보고 있는 것일까. 중산층이었던 많은 한국인은 금 모으기 운동에 적극 가담해 IMF의 검은 터널을 줄여보려고 하다가 하류계층으로 줄달음치고 있다. 여의도 큰집 식구들은 무엇을 하고 있는가.

날로 심해지는 국제경쟁. 냉혹한 국제경쟁이 새 천년 초두의 세계질서라는데 우리의 정치 경제 과학 기술 대학 어느 분야에서 우리는 경쟁력을 갖추고 있는가.

국민통합과 국가경영의 구심이 되어야 할 우리네 정치는 낙제점. 재수, 삼수를 해도 어려운 경쟁대열에 낄 것 같지 않다. 건국 초기에는 어려워도 국회의원 선거에 관심이 많았었다.

'작대기 하나 누구누구' 하여 민주주의를 향한 집념이 강했었다.

오랜 군사 독재 문화 후 새 대통령이 탄생하면 뭔가 신선한 바람이 불 줄 알았다. 그러나…….

우리네 정치 틀은 낡은 방앗간. 묵은 쌀, 묵은 잡곡을 넣고 빻고 빻아도 떡살은 묵은 쌀, 묵은 잡곡. 각 정당은 새 틀을 짠다고 법석. 그러나 의식이 바뀌지 않은 옛 방앗간 주인은 그대로.

이 정당 저 정당 그 정당의 합당 습관은 새로운 풍습이 되어 이제 사람만 왔다 갔다. 누가 어느 당인지 알고 싶지도 않다. 내 주머니는 꼭 닫아 놓고 남의 주머니만 비우겠다고 아우성치는 주인.

새 틀 짜기 떡방아에는 원리원칙이 있어야 한다. 연령별 균형, 남녀 성별의 배합, 전문 인력의 공급, 새 시대를 이끌어 갈 확실한 이념과 정책, 청렴한 인재가 필요하다.

우리네 정당은 어떤 떡을 내놓을 것인가. 경단, 찰떡, 메떡, 개피떡, 절편, 송편이 뒤범벅. 각 떡의 맛이 나지 않는다.

내 고장 떡이 제일이라고 입맛이 다른 국민에게 강요할 수는 없는 일. 때에 따라 이 떡, 저 떡을 다 수용할 수는 없는 일일까.

떡의 맛을 구별 못 하는 혀의 미각이 굳어진 주인은 떡방앗간을 떠나야 되지 않을까.

제 2 부……

안 식 년

러시아인들과의 만남

　때는 1999년 8월 17일. 장소는 한국 국제협력단 회의실. 유난히도 무더운 이날 오후 2시간에 걸친 한국의 역사·문화·사회에 대한 강연을 하러 연사는 서울의 끝에서 끝으로 1시간 30분이 걸려 강연장에 들어섰다. 거의 매년 러시아인을 접했었지만 스무 명 남짓한 이들은 전에 접했던 러시아인과는 아주 다른 인상을 담고 있었다. '러시아 산업구조조정' 과정을 밟기 위해 내한한 이들은 러시아의 엘리트. 러시아의 다민족 배경을 대표하듯 이들의 모습은 다양한 특성의 극치였다.

　페레스트로이카, 글라스노스트 이후 러시아는 크게 변화했다. 러시아인의 표정도, 이미지도 계속 변화하고 있다. 잠시 강연 도중 휴식시간, 나는 어느새 수십 년 전 잠시 살았던 이북 평안북도의 한 거리에서 보았던 로스케가 생각났다. 검은 빵을 베개로 하고 이북에 진주했던 로스케. 그리고 6·25 때 서울에서 피할 수 없었던 스탈린의 대형 초상화. 이어 즐겨 불렀던 볼가강의 뱃노래. 톨스토이, 도스토예프스키, 투르게네프, 솔제니친. 그리고 또 은사의 장례식날 장지에서 처음 접했던 가냘픈 러시아 여인.

　점심시간 후의 강연. 달갑지 않은 시간이나 이들의 눈은 초롱초롱. 거의 중년을 넘은 남녀 러시아인은 청년대학생의 호기심으로 연사에게 도전장을 내고 있었다. 한국과 러시아와의 역사적인 관계, 한반도 분단의 원인, 러시아 거주 한인, 러시아 내 한국학의 현주소, 한국문화의 핵심은 질의응답시간에 계속해서 터진 이들의 관심.

신라왕조 천년의 역사는 이들을 매료시키는 듯하였고 신라호텔의 신라가 낯설지 않음을 확인시켰다.

특히 세종대왕의 한글창제는 놀라운 반응을 일으켰다. '한글날'의 기념은 문화민족의 자랑임을 그들은 수긍하였다. 모두는 한글로 '러시아'라고 써달라고 요청하였다. 그들 중 한국학을 전공하는 여 박사가 있음에도 불구하고.

끊임없이 외국의 침략만 받아왔던 한국. 그러나 오천 년 동안 안간힘을 쓰며 어려운 고비 고비를 넘긴 한국. 그들은 한국이 독특한 정체를 유지하며 극동에 남아 있는 것이 기적적이라는 눈치.

이윽고 이들의 단장인 반백의 신사가 입을 열었다. 러시아에는 한국계 시민이 많은데 이들은 모두 머리가 비상하다는 평을 듣고 있다고 했다. 각 주 부지사에 해당되는 사람 중에는 코리안이 많다고. 모두 뛰어난 두뇌 때문이라고 했다. 설명을 들으며 나는 강제이주를 당했던 이들 조상의 고초를 겪는 듯 마음 한구석이 답답해졌다. 빅토르 최. 이들은 그의 명성도 잊지 않았다.

세계는 그야말로 좁은 한 울타리. 로스케를 무서워했던 옛 소녀가 러시아인을 대상으로 강연을 하리라고는 예전에는 꿈도 못 꾸던 일. 기적은 언제나 있을 수 있는 일. 이들이 건네준 러시아 소개 안내 책자. 그리고 현란한 금색 테두리 청색 유리용기. 후자는 예술품이었다. 러시아에 대해 나는 얼마나 알고 있나. 여행책자를 통해 지리적인 간접경험을 쌓은 뒤 직접 러시아를 가 보기로 연사는 결심하고 있었다.

섭씨 34도의 무더운 여름날 오후. 싸늘한 러시아의 대평야를 달려본다. 편안한 얼굴의 이들 같은 러시아의 앞날을 희망해 본다. 공산국가, 독제국가, 철의 장막은 이들과는 너무나 거리감이 있었다. 사람이고 나라고 확실히 변할 수 있다. 우리의 북쪽 동토의 왕국에는 언제 해빙의 날이 올 것인지.

금강산 관광에 관심이 전혀 없는 연사는 어느새 경의선을 타고 만주를 지나 시베리아 벌판을 달리고 있었다. 종착역은 페테스브르크.

국치일을 보내며

20세기 마지막 '국치일'의 날은 밝았다. 1910년 8월 29일 우리가 일본에게 망국의 치욕을 당한 이후 매년 자연의 질서에 따라, 더러 이날을 뛰어 넘기지도 못하고, 꼬박꼬박 국치일을 경험해 왔다. 해를 거듭하며 우리의 치부는 줄어든 것일까. 오늘날 많은 젊은이는 아니 연세 드신 분도 이날을 그저 삼시 밥 먹듯 일상의 날로 여기고 살아왔다.

왜 우리는 국치일을 맞이할 수밖에 없었을까. 구한말 양반사회의 부패는 극에 달했다. 소위 그 당시 권세자, 돈 많은 사람, 학식 있는 사람의 교만은 하늘 높은 줄 몰랐었다.

최근 TV에 비추어진 옷 로비 의혹사건의 청문회 그리고 또 다른 청문회, 정치인의 정치자금 수수 등은 베일에 가려진 거짓말 대회장. 의혹을 풀려고 청문회장에 나온 국회의원 등은 의혹의 진실을 밝히기는커녕 말장난의 쇼장으로 청문회의 원래 취지를 퇴색시키며 온 국민을 실망시켰다. 또 하나의 국치가 기록되었다. 거짓말 내기 시합 같았던 청문회는 TV로 생생하게 여러 사람이 거짓말을 밥 먹듯 한다는 기록만 남기었다. 화장 뒤에 숨겨진 그대로의 얼굴을 시청자는 꿰뚫어 보고 있었다.

구한말의 권세자, 돈 많은 사람, 학식이 있는 사람의 교만은 나라를 구렁텅이로 몰고 갔었다. 나라보다는 개인, 사회 전체보다는 가문, 정의보다는 패거리의 이익추구. 이 모두는 이 땅에 국치일을 가져왔다.

그렇다면 오늘날의 정치인, 갑부, 지도층, 상류사회의 의식구조는 변하였을까. 1945년 해방 이후에 매년 자연의 질서에 따라 맞고 또 맞이했던 8월 29일. 우리는 이날을 기억 못 하고 젊은 세대에게 이날에 대한 역사의식도 깨우쳐주지 못한 채 어른답지 않게 행동했을 뿐이다. 그리고 계속 그릇되게 행동하고 있다.

새로운 천년을 맞는 시점에서 우리네 교육은 미래지향적일까. 컴퓨터의 보급, 핸드폰의 보편화, 세계화의 외침으로 우리의 체계적인 역사교육은 초등학교부터 이루어지고 있는 것일까.

1945년 이후에도 국치일은 보이지 않는 가운데 늘어만 가고 있다. 통치자의 옳지 않은 정책 선택, 사적인 욕심이 배제되지 않은 정책수립, 지역주의의 팽배 등은 국치일만 늘려가고 있다. 부패로 날줄 씨줄을 엮어가고 있는 많은 무리는 부패로 지은 높은 대궐을 부패로 도배하고 부패의 축하연을 열고 있다. 이보다 더 무섭고 놀랄 일이 어디에 있을까.

개인은 개인대로, 배움의 전당은 배움의 전당대로, 서울은 서울대로, 광주는 광주대로 치부를 쌓아가기만 한다. 지방자치제 시행 이후 본래의 의도는 퇴색된 채 우리의 거짓은 거짓말 탐지기를 고장내었다.

잠시 개인 남쪽 하늘을 본다. 푸른 하늘을 본다. 흰 조각구름을 따라 나도 흘러가 본다. 20세기로 우리의 공적인 국치일 그리고 사적인 무수한 국치일을 구름 위에 얹어 떠나보내고 싶다. 새로운 의식, 새로운 각오와 실천만이 국치일을 다시 맞지 않게 하지 않을까.

N세대와 이들의 부모

X세대란 어휘가 등장한 것이 어제 같은데 벌써 N세대가 우리에게 초속으로 달려오고 있다. N세대란 무엇인가. 이른바 이것은 네트 제너레이션(net generation)으로 베이비 붐 세대와 X세대를 잇는 차세대이다. 이들은 현실 세계만큼이나 사이버 공간을 삶의 중요한 무대로 인식하고 있다. 이들은 PC나 휴대폰을 이용한 '접속'을 중요시하는 '네트워크' 세대다. 편지 대신 전자 메일을 띄우고 면전 대화보다는 모니터와 컴퓨터를 매개체로 한 채팅을 즐긴다.

N세대의 부모는 이들과는 거리가 있다. 사이버 공간을 즐기는 이들은 부모와 긴 대화를 하지 않는다. 자신의 공간에 파묻혀 그 나름대로의 특징을 키워나간다. 이들은 컴퓨터 통신에 익숙해 그 막강한 정보력으로 무장하고 있다. 따라서 부모나 교사, 안내자가 없어도 컴퓨터 속에서 '모든 것'을 교육 받고 살아갈 능력을 갖추고 있다. 겉보기에 이들은 좋고 싫은 것이 분명하며 한 가지 일에 광적으로 빠지는 습관이 있다. 이들은 밤낮을 거꾸로 살기도 해 부모와는 마주치는 시간이 적다.

N세대란 글로벌 키워드는 언제부터 널리 사용하게 되었을까. '디지털의 성장 : 네트세대의 등장'의 저자인 돈·탭스콧이 그 주인이다. 그는 미국의 정보사회학자로 그의 책은 큰 파문을 일으켰다. 미국에서는 보통 인터넷과

함께 성장한 1977년 이후의 출생자를 N세대라고 한다.

이들 중에는 통신 중독증에 걸린 사람이 많다. 컴퓨터 채팅은 기본이고, 휴대폰 문자 메시지 기능을 이용, 메시지를 교환하고 있다. 이들은 부모와의 대화를 접어둔 채 인터넷이나 PC통신을 통해 서로의 의견을 개진하고, 또래 집단끼리의 세력을 구축해 가고 있다.

N세대는 자기들이 좋아하는 것을 찾아내면 그것을 전파하려고 적극적이다. 무엇을 하든 정보를 토대로 움직이고 행동한다.

사이버 공간에 익숙한 N세대들은 현실 세계에선 기성세대와 충돌을 겪는 사례가 많다. 부모와의 관계에서도 충돌이 잦다.

이들의 창조력, 튀는 아이디어는 N세대의 개성이다. 그러나 이들의 개성은 복제성이 높고, 정체성이 크게 결여되어 있다고 부모들은 한탄한다.

막강한 소비자 집단으로 부상한 이들의 물주는 부모. N세대를 경제적으로 휘어잡으려는 업체가 많다. 10대 고객 발굴에 혈안이 되어 있는 것은 이동 전화 업체. N세대는 싫증도 자주 낸다. 그래서 이들의 단말기는 빨강, 노랑, 핑크색 등으로 요란하다.

N세대를 바라본다. 곧 닥칠 21세기의 주인공 N세대를 눈여겨본다. 인내심, 은은한 맛, 깊이는 없다. 끊임없는 채팅, 판에 박은 듯한 상황판단, 얄은꾀는 이들의 특징.

한국의 21세기에 이들은 어떤 역할을 하게 될까. N세대란 어휘가 광고 상술 소재로 잊혀져 버릴 것인가. 또는 그 세력이 확장되어 하나의 문화현상으로 굳어질 것인지 아무도 예측하기 어렵다. 그러나 한 가지 확실한 것은 정보화 시대로 질주하고 있는 21세기 한국에서 N세대는 제외될 수 없을 것이다. 부모도 결국 이 점을 수용해야 하지 않을까.

우리 문화재의 현주소

　'국보급 신라 금동관 파손 은폐', '들끓는 흰개미 방제 시늉만 국보·보물 속앓이 심각', '부끄러운 문화재 표시판', '천마총 비만 오면 침수'는 우리의 귀한 문화재의 현주소를 알리는 신문기사의 표제이다.

　우리의 국보급 신라 금동관은 메트로폴리탄 박물관 전시 과정에서 장식 일부가 부러지는 사고를 당했다. 1998년 6월부터 1999년 1월까지 미국 메트로폴리탄 박물관 한국실 개관 특별전에 출품됐던 한 민간박물관 소장의 신라시대 금동관. 서기 5~6세기의 유물.

　전국에 펼쳐 있는 우리네 목조 건축문화재. 부석사, 봉정사, 용문사, 법주사, 수덕사, 마곡사, 송광사, 광한루, 통도사, 화엄사, 범어사, 선운사, 개암사, 무위사 등등. 이 모두의 일부 건축물은 흰개미, 가루나무 좀 등 해충 침해 및 습기, 무엇보다도 관리소홀과 마구잡이식 개·보수 같은 인위적 요소에 의해 크게 훼손되고 있다. 한 예로 문화재를 총괄하는 문화재청의 건조물 관리 전담인력은 4명. 그런데 전국 1천여 건조물을 수시로 일일이 점검해야 하는 것이 이들의 임무.

　한편 전국 어느 사찰이나 문화유적지의 표지판은 어떤가. 천편일률적인 겉핥기 설명. 그리고 옆에 나란히 새겨진 영문 설명은 오류투성이. 더러 엉터리 번역은 물론 철자도 마음대로 표기.

경주시 황남동 대릉원 내 사적 40호인 천마총. 비만 오면 내부에 물이 고이고 평소에도 습기가 심해 원형 훼손이 우려된다. 천마총 내부 전시실은 봉분 주변 평지보다 1m가량 낮고 관이 묻혔던 자리는 전시실보다 50㎝가량 낮다고 한다. 게다가 주변에는 연못이 있다. 신라 20대 자비왕 또는 21대 소지왕의 무덤으로 추정되는 이곳. 매년 외국관광객 2천여 명을 포함해 20여만 명이 찾는 명소이다.

'평화·협력의 새 천년 꿈을 펴자'는 구호와 함께 이제 곧 새 천년이 우리 앞에 다가오고 있다. 21세기는 문화의 세기라고 우리는 떠들고 있다. 책임 있는 세계화를 정치가들은 외치고 있다. 관광한국을 외친 것도 어제오늘의 일이 아니다. 2001년 우리는 한국 방문의 해를 앞두고 있다. 그 다음 해 2002년은 월드컵. 우리는 어떻게 새 세기, 새 천년을 맞이할 것인가.

문화재청에 따르면 매년 지자제로부터 요구되는 문화재 수리금액이 약 5천여 억 원이라 한다. 그런데 1999년 수리관련 예산은 9백89억 원. 따라서 긴급한 것만 보수하고 국보·보물은 천막으로 덮여 있는 상태.

연일 옷 로비 청문회가 열렸었다. 그 뒷이야기가 무성했다. 국회의원은 IMF체제하에서도 보좌관 수와 월급 늘리는 데만 여·야 만장일치. 각 지역마다 문화재를 아끼는, 책임지는 대표를, 당수를, 대통령을 선출하는 것이 어떨까.

수재의연금 내듯 우리 모두가 문화재 살리기 핫라인을 설치하여 천 원씩이라도 보태야 하지 않을까.

5000년의 역사를 가진 문화민족인 우리. 우리는 문화재 킬러를 그대로 방치해야 될까.

새 천년의 첫 사업으로 문화재 감시제를 채택하여 수시로 문화재를 둘러보고 훼손 정도를 파악하여 문화재 보호를 서둘러야 하겠다.

새 천년 사업으로 '평화의 열두 대문'을 세우는 것도 중요하나 그와 병행하여 전국 1천여 건조물을 다시 점검하고 보수하는 예산도 세우자.

당장 먹고 마시는 일도 급하나 우리의 조상이 남긴 유산을 갈고 닦는 지혜를 발휘하자. 세계화, '글로벌리즘', '밀레니어니즘'은 옛것의 체계적인 보존과 맞물려 진행되어야 한다. 문화재 보호 연구소, 건축설계사 등의 전문인력 활용 및 교육, 일반인 대상 교육, 고건축에 대한 지식 보급은 시급하다.

국보급의 우리의 유산은 해외나들이를 삼가야 하지 않을까. 땜질해 돌아오는 신라 금동관, 흰개미·해충으로 무너져 가는 고사찰, 침수된 천마총이 우리 문화재의 본적지로 굳어질까 두렵다.

지하철의 노래

1999년에도 며칠을 빼고는 나는 매일 지하철을 애용하고 있다. 오늘도 한국국제협력단 연수원에서 중국인 관리들에게 '한중 관계의 역사적 의의'에 관해 강연한 후 양재역에서 지하철에 올랐다. 양재역에서 대학 캠퍼스까지는 약 1시간 30분이 소요된다. 그중 약 45분간은 지하철 속에 있다. 오늘은 빈자리가 있어 앉아 왔다. 공기가 나쁘니, 이동인구가 너무 많다느니 또는 시끄럽다느니 지하철에 대해 말도 많지만 지하철에 오르면 나의 마음은 늘 가볍다.

무거운 헝겊 가방을 무릎에 올려놓으면 나는 곧 나와의 대화를 시작한다. 지하철에서 탐독하는 각종 책의 묘미도 기막히고 바쁜 일정 가운데 나를 돌아볼 시간이 있어 좋다. 전날 한 일을 되돌아보고 오늘의 일과를 점검해 본다. 혹시 주위 사람에게 섭섭하게 한 일은 없는지, 전날 계획한 대로 하루의 일을 다 마무리했는지, 자신에게 최선을 다했는지 묻는다.

잠시 눈을 감으면 더 편안하다. 감사의 기도를 드릴 수 있고 시공을 초월하여 이곳저곳을 돌아다닐 수 있다.

"왜 학교 근처로 이사 오지 않으세요. 통근하는 데 많은 시간을 낭비하시고 고생하시고……."

이것은 거의 매일 듣는 동료교수의 질문이다. 그때마다 나는 대답한다.

"직장에서는 좀 떨어져 사는 것이 정신건강에 좋지요."

실상 나는 지하철에서 천태만상의 인간을 본다. 보통사람을 본다. 시간에 쫓기는 샐러리맨을 출근시간에 본다. 나들이하는 우리네 아저씨, 아주머니를 낮 시간에 본다. 퇴근 시간에는 다 늘어져 피곤해하는 한국인의 군상을 본다. 미국의 시인 월트 휘트먼은 '나는 미국이 노래하는 것을 듣노라'라는 시를 썼다. 나는 매일 지하철에서 평범한 한국인을 접할 수 있는 것을 큰 낙으로 삼고 있다. 나는 한국인의 노래를 매일 들으며 땅속을 달린다. 이 어찌 귀한 시간이 아니겠는가.

정거장마다 오르내리는 사람들에게서 인생의 희로애락을 읽는다. 그들이 메고, 들고 다니는 짐에서 각자의 십자가를 본다. 재잘대는 어린 학생들에게서 약동하는 한국의 미래를 읽는다. 늘어지게 푹 자고 있는 승객의 얼굴에서 휴식할 수 있는 자유를 느낀다.

오가는 길 어쩌다 제자를 만나면 기쁨이 배로 뛴다. 안산에서 통학하는 제자를 같은 칸에서 만난 것은 두 번. 하루에 왕복 4시간을 그 제자는 지하철에서 보낸다고 했다. 나름대로의 꿈을 키우며 곧 닥쳐올 졸업 후의 인생을 설계하겠지.

지하철을 제때 못 타 애태우는 승객을 본다. 그런데 인생의 시간표는 반드시 계획한 차를 탄 사람에게 복과 행운이 돌아가는 것만은 아니기에 그곳에 하늘의 숨은 뜻이 있고 생활의 묘미가 있지 않을까.

매일 넘는 한강! 지하철이 이촌역을 지나 어둠에서 광명을 맞이할 때 나는 묘한 소리를 들으며, 다시 한강을 건너는 순간의 전율을 느낀다. 넓은 한강을 바라보며 출근할 때 집안의 스트레스를 털어놓았듯이 이번에는 직장의 스트레스를 던져 버린다.

넓고 넓은 강은 수많은 사람의 이야기를 관대하게 받아들이며 큰 귀를 더 크게 벌려 경청한다. 서울에 한강이 있다는 것은 큰 축복이다. 그리고 한강에서 그리 멀지 않은 곳에 아늑한 집이 있다는 것은 또 다른 축복이다.

한강은 흐르고 있다. 한강 위 전철도 정해진 궤도를 따라 달리고 있다. 무수한 인간도 정해진 인생행로를 따라 달리고 있다. 모두의 종착역은 어디일까.

묘한 소리를 내며 지하철은 달린다. 어제도 달렸고 오늘도 달리며 내일도 달릴 것이다. 지하철의 노래가 있는 한 한국인의 노래는 그치지 않을 것이다.

9월 7일

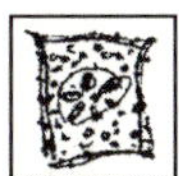

1999년 9월 7일은 부모님의 67회 결혼기념일이다. 1년 전 부인을 잃으신 아버지는 올해로 두 번째 결혼기념일을 맞으신다. 지궁스러운 큰딸은 올해도 잊지 않고 화사한 부케를 아버지께 안겨 드렸다. 돌아가시기 전 어머니는 귀가 잘 들리지 않으셔 보청기의 신세를 지셨다. 그러나 보청기도 귀의 대용품이지 그 불편한 것이야 이루 말할 수 없었다. 따라서 때로는 아버지와 어머니의 대화는 동문서답으로 끝나는 때도 있었다.

아흔이 넘도록 해로하신 부부이기에 한 분을 먼저 보낸 아버지의 외로움은 형언하기 어려우시리라. 남매처럼, 친구처럼 지내오신 두 분이기에 외기러기가 된 아버지는 적적해 하신다.

"그저 옆에 엄마가 있는 것과 없는 것은 너무나도 다르구나. 가장 말상대가 필요할 때 엄마는 가셨구나."

아버지는 종종 위와 같이 뇌까리신다.

"내가 하나님께 늘 기도했다. 네 어머니가 약하디 약하니까 두 사람 중 한 사람을 먼저 데려가시려거든 내 앞에서 어머니를 데려 가시라고. 내가 먼저 가면 그 고통을 어머니는 감당 못할 것일 테니까."

아버지는 기도의 응답으로 어머니를 먼저 하늘나라에 보내셨다. 그러나 문득문득 아버지는 어머니가 보고 싶으신지 자주 말씀하신다.

"네 어머니는 어쩌면 내 꿈에도 나타나지 않니. 하늘나라가 좋은가 보다."

그러고 보니 아버지와 어머니의 학창 시절 친구, 교회 친구가 하나씩 둘씩 모두 어느 날 세상을 떠나셨다. 꿈도, 계획도, 이상도 많았던 아름다운 분들이 모두.

"나이가 들면 주위에서 가까운 사람이 하나씩 사라지는 것이 가장 쇼킹하다. 하늘나라로 갈 준비는 하고 있으나 준비기간에 덧없이 모두 사라지는……."

아버지 말씀대로 인생살이라는 간이 무대는 못을 단단히 박기 전에 무대의 배우는 순서 없이 사라지고 다른 배우가 들어선다. 어디를 가나 요즘은 인산인해. 그러나 배우 하나하나는 가까운 사람과 사별한 상처받은 인생.

"발, 다리부터 노년이 시작된다고 하더니 마음대로 여기저기 다닐 수도 없고, 눈도 어두워지고."

간병인은 매일 일간신문을 아버지에게 읽어드린다. 둘째 딸은 신간소식을 놓치지 않고 내용이 좋고 밝은 소설, 여행담, 수필 책을 공급한다. 신이 정해 주신 인생의 길을 힘들고 고되어도 계속 가야 하기 때문이다.

부모님의 결혼기념일을 늘 챙기는 언니의 효심을 다시 본다. 여행을 즐기시던 어머니 생각이 난다. 구라파 여행을 못 시켜드린 것이 마음에 걸린다.

9월 7일. 아버지는 어떤 생각을 하고 계실까. 화사한 부케와 함께 화사한 저녁식단을 계획한다. 의사의 지시로 짜고 단 것은 금물. 동물성 기름기도 멀리해야 한다.

참외, 복숭아, 사과에 포도 몇 알을 끼어 탐스런 샐러드를 만든다. 칠갑산 표 메밀국수를 삶아 특제 소스와 곁들여 유리그릇에 담는다. 바람떡을 후식으로 삼을 예정.

"해피, 애니버서리!" 나는 외칠 것이다. 그리고 다음 말도 잊지 않을 것이다.

"만수무강하세요, 아버지. 오늘 밤에는 꿈속에서 어머니를 만나실 수 있을 거예요."

밤송이가 익어가는 좋은 계절, 태풍이 지나갔어도 비스듬히 앞으로 쓰러진 감나무에는 감이 주렁주렁.

"9월 7일이 있었기에 아버지 어머니의 아들딸은 세계를 무대로 뛰며 주어진 일에 최선을 다하고 살고 있습니다. 감사합니다."

아버지가 즐거운 나날을 보내시라고 우리는 큰절을 올릴 것이다. 그리고 말할 것이다.

"매니 매니 해피 리턴스!"

1999년 9월 9일

  1999년 9월 9일 목요일의 아침은 밝았다. 매일 맞이하는 아침은 아침이
련만 9라는 숫자가 다섯 번이나 겹쳐 있는 이날은 행운의 날만 같다. 아니
나 다를까 조간신문을 펼치니 오늘이 길일이라 중국인 신혼부부 999쌍이 제
주도에 와 합동결혼식을 올린다고 한다.

  예전부터 우리네 조상들은 꽉 차는 것, 넘치는 것보다는 좀 덜 찬 것, 약
간 모자라는 것을 미덕으로 삼았다. 꽉 찬 것은 흘러넘치거나 떨어질 수밖에
다른 도리가 없다. 그러나 좀 덜 찬 것에는 여유가 있고 희망이 있으며 여백
의 아름다움이 있다.

  오늘은 한 여성단체의 이사회가 있는 날. 회의 참석을 핑계로 집을 나서기
전 평소보다 두 시간의 여유가 있다. 시계를 본다. 이 방 저 방에서 아홉 시
를 알리는 멜로디가 코러스를 이룬다. 그 순간 9시 9분 9초를 특별하게 기
억하자는 생각이 불현듯 떠올라 가스레인지에 커피 주전자를 올려놓는다. 앞
의 99999에다 다시 999를 합치고 싶어진다. 이왕이면 여덟 번의 99999999에
다 다시 하나 채워 아홉 번의 9를 만들고 싶어 1초에 조금 덜 도달한 시간을
잡아 특제 커피 한 잔을 입에 댄다. 남이 못 느끼는 희열을 커피 한 모금에
서 느낀다. 커피 잔도 눈대중으로 10등분하여 9부에만 커피가 차게 해 마신
다. 블랙커피 애용자는 이 시간을 기억하려 넣을 것 다 넣어 맛있는 향내 나

는 커피를 음미한다.

그리고 2000년 10월 10일 10시 10분을 생각해 본다. 0이 겹쳐지는 그날에는 머그에 받침대를 받치고 잔에 넘치게 커피를 따라 1999년 9월 9일 9시 9분……의 맛과 비교해야겠다고 다짐한다.

인간은 참 이상한 조물주의 피조물. 작은 것에 큰 의미를 부여하고는 한껏 믿으려 한다. 나라마다 수에 대한 편견도 많다. 4를 싫어하는 만큼, 13이 불길하다는 지구촌 사람들이 있다.

실상 어떤 숫자이든 무슨 상관이 있으랴. 끊임없이 변하고 흐르는 영겁의 세월에서 유한한 인간이 만들어 낸 시간개념, 연월일이 어떻게 나뉘든 무슨 상관이 있겠는가?

그러나 어느 날 아침 오솔길 풀잎 위에서 이슬을 접하고 시상이 떠오르듯 인간은 별것 아닌 것에 이름을 붙이고 심오한 철학을 터득한 양 의기양양해 한다. 단조로움에서의 탈출, 무미건조한 일상생활로부터의 도피, 낯익은 것을 낯설게 만드는 인간의 창조력은 실로 장난의 연속.

1999년 저녁 9시 9분에 나는 오전과 같은 의식을 집행할 것이다. 그때 나는 KBS TV를 시청하고 있을 것이다. 밤이 깊어질 테니 커피대신 재스민 티를 음미할 것이다.

여러 해 전 백수에 세상을 떠나신 할머니 얼굴이 내 앞에 클로즈업된다. 99세에도 정정하셨던 인텔리 할머니를 나는 다시 뵐 수 없다. 어머니가 좋아하셨던 고모님. 하늘나라에서 오늘 두 분이 만나실 것만 같다. 그리고 아버지도 오늘 밤에 꿈속에서 어머니를 꼭 만나실 것만 같다.

1999년 9월 9일에 나대로의 온갖 의미를 이날에 부여해 본다. 이 모두는 살아 있다는 특권이 아닐까.

가치 있는 삶

수많은 사람이 길을 걷는다. 나도 길을 걷는다. 어딘가를 향해 생김새가 희한하게도 다 다른 사람들이 바삐 걷고 있다. 웬만한 큰길의 횡단보도에 이르면 사람의 수는 배, 삼 배, 십 배로 뛰어 인산인해를 이룬다. 사지를 흔들며 신호등의 지시대로 사람들은 얼룩무늬 횡단보도를 넘고 있다. 모두의 얼굴은 진지하다.

하루살이 같은 인생이라고들 하지만 이들은 누구나 가치 있는 삶을 살려고 걷고, 뛰고, 달리고 있다. 때로 이들은 신기루를 쫓듯이 나름대로의 가치에 비중을 두며 가치를 찾아 발걸음을 재촉한다.

그런데 가치란 무엇인가. 사전적 의미를 보면 가치는 값, 값어치, 사물의 됨됨이나 의의, 곧 진, 선, 미의 정도이다. 세상에 태어나는 순간부터 인간은 보고 느끼고 성장하는 길고도 짧은 과정을 거친다. 그 과정이 어떤가에 따라 한 인간이 꾸며가는 생의 가치는 천태만상이다.

어떤 이는 비싼 패물, 의상을 신체에 부착하고 모자를 겹쳐 써 몸의 값어치, 나아가 외면적 가치를 상승시키려 한다. 외면적 가치가 내면의 가치 상승에도 기여한다고 믿기 때문이다.

어떤 이는 정치에 입문하여 만인을 다스리는 일에서 가치를 찾고 있다. 이름을 널리 알리고 대중을 위해 일을 하고 동분서주하는 생활에서 생의 존재의의를 찾는다.

어떤 이는 음지에서 남의 눈에 띄지 않게 일하며 자신의 존재 이유를 찾고 있다. 나보다 남을 앞세우며 말없이 선행을 실천하고 있다.

또 어떤 이는 밤낮없이 연구에 연구를 거듭하며 인류역사에 공헌하고 있다. 새로운 발견, 기발한 발명은 노력의 대가이다.

가치는 과연 무엇인가. 가치는 각자가 만들어 내는 것이다. 각자가 만들어 내는 것이 어떤 색, 어떤 형태이든 상관이 없다. 그 됨됨이, 이기적이기만 한 좁은 테두리를 벗어나 참되고 착하고 아름다우면 되는 것이리라.

사람이 나고 가는 것은 하늘의 이치겠지만 살아 있는 동안의 일은 내 몫이다. 생각해 보면 사람에게는 운이 정해져 있는 것도 같다. 그러나 사람의 운은 그것을 닦아가는 사람의 마음가짐에 따라 광택이 나기도 하고, 꼬이기도 한다.

길을 걷는다. 앞으로 앞으로 시계추가 움직일 때마다 삶은 지속되고 연장된다. 뭇사람의 삶을 생각해 본다.

수많은 인간이 새겨놓은 사람의 문양을 본다. 더러는 날카롭고 더러는 무디다. 무딘 쪽이든 날카로운 쪽이든 상관없다. 뚱뚱한 사람, 야윈 사람, 땅딸한 사람, 훤칠하게 큰 사람. 생긴 대로 태어난 대로 생명이 다하는 날까지 열심히 살아가는 삶이면 가치가 있으리라.

실상 자신에게 충실한 삶을 살기는 쉽지 않다. 자신을 가장 잘 알고 시시각각으로 변하는 머리와 마음의 통치자가 바로 자기 자신이기 때문이다. 그러기에 가장 가까운 사람을 속일 수는 있어도 자신의 중심은 속이기 쉽지 않다. 그런 의미에서 자신을 제대로 다스리는 삶은 진솔할 수밖에 없으리라.

요즘 개인의 사생활을 엿보고 엿듣는 몰래 카메라와 도청장치가 크게 뉴스거리로 부각되고 있다. 그러나 이 모두는 사람의 중심, 속을 보고 들을 수 없는 공통된 결함이 있다. 겉으로 드러난 모습, 기록된 음파로 모든 것을 판단하는 아쉬움이 있기 때문이다.

그러나 보이지 않으면서 늘 임재하신 하나님의 눈에 비친 인간상은 어떠할까. 우리는 가치 있는 삶을 살고 있는 것일까.

망각의 축복

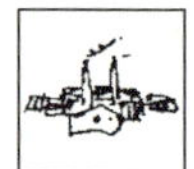

"얘야 거시기 어디 있니?"

"무슨 거시기요?"

"어제 네가 말했던 거시기 말이다."

"네, 거시기 건이 두 건이라 어느 거시기인지 모르겠네요."

"하하, 거시기가 하도 거시기해 너까지 거시기하는구나."

위의 대화는 시어머니와 며느리가 나눈 이야기다. 사람은 나이가 들어갈수록 기억력의 한계를 누구나 느끼게 된다. 요즘같이 하루가 다르게 모든 것이 발전되고 변화할 때 접하는 정보량은 상상을 불허할 정도로 많다. 만나는 사람, 속한 곳이 많은 현대인은 기억해야 할 일이 너무도 많다.

누구나 어릴 적 생활이 단순하고 모든 것이 새로 인식될 시기에 우리의 기억력은 놀랄 정도로 정확하고 강력했다. 그러나 20대, 30대, 40대를 지나며 기억력은 기억의 용량을 감당 못 하는지 서서히 줄어들기 시작한다. 50대에 시작되는 건망증은 세계 도처의 문학작품의 소재가 되기도 한다.

최근호 타임 잡지는(1999. 9. 13.) 미국의 프린스톤 대학교의 분자생물학 교실의 슈퍼 쥐(Super mouse) 이야기를 싣고 있다. 쥐의 DNA를 변모시켜 기억력이 왕성한 쥐가 탄생되었다는 것이다. 특별한 유전인자의 존재는 그 활용의 범위를 인간에게도 적용할 수 있음을 암시하고 있다. 치매나 기억

장애, 학습 부진에 새로 발명된 약을 투입할 경우 노년층으로 줄달음치고 있는 많은 사람에게 희소식을 전해 주리라는 것이다.

기억은 실상 우리의 정신생활에서 중심적 역할을 하고 있다. 따라서 기억력의 손실, 손상은 큰 장애물일 수밖에 없다.

일찍이 1962년 캐나다의 심리학자인 브렌다 밀러는 우리의 기억력 체계가 단순한 현상이 아니기에 뇌손상으로 수술을 받은 사람이 우수한 단기간 기억력만 보유할 뿐 장기간의 기억력으로 그것이 전환되지 못하는 것을 목격했다.

또 다른 학자는 기억력과 지능을 향상시키는 유전인자를 발견했다고 한다. 이 유전인자를 인간에게 접목시켰을 때 그 인간은 놀라운 기억력과 지능을 갖게 될 것이라고 한다.

유전인자의 조작으로 인간은 다시 말해 향상된 기억력을 갖게 될 것이다. 그런데 무엇 때문에 기억력을 향상시켜야 할까.

기억력이 너무 좋아지면 인간은 쓸데없는 것까지 모두 기억하게 될 것이다. 특출한, 놀라운 기억력을 가진 사람은 정신적으로 모두를 감당하기에 아주 피곤할 것이다.

무엇을 잊을 수 있는 적응력을 갖는 것도 큰 자산이다. 인간이 나이가 들수록 대체로 잊는 도수가 커지는 것은 다행한 일이다.

무엇을 잊는 것에는 사치와 평화가 깃들어 있다. 바로 망각이 마음을 말끔히 비워주고, 때론 특정한 것보다는 일반적인 것에 우리의 초점을 두게 한다.

나이가 들수록 인간은 두뇌에 여백이 필요하다. 두뇌가 꽉 차 요지부동일 때 창의력과 너그러움이 사라지는 것 같다.

망각의 축복은 거시기의 축복이다. 사람이 모든 것을 시시콜콜 기억하고 있는 것보다는 잊혀지는 것이 있을 때 사회도, 나라도, 개인도 발전할 수 있을 것이다.

은행잎에서 빼낸 어떤 성분의 알약을 먹고 기억력을 살리려고 애쓸 필요가 있을까. 망각할 수 있는 것은 신이 우리에게 내린 축복이 아닐까.

김치, 아! 김치

김치를 개인적으로 먹어온 지 60년이 넘었다. 태어나면서부터 김치를 먹었냐고 반문하겠으나 나를 낳아주신 어머니가 김치 애호가였으니까 태어날 때부터 나는 김치 영양분의 혜택을 입었으리라.

요즘 명동의 음식점을 가보면 온통 식탁이 젊은 일본 관광객, 중국인으로 넘치고 있는 것을 본다. 그들은 영양솥밥, 명동 칼국수, 왕만두, 수제비, 냉면, 갈비탕 무엇을 먹든 김치의 주고객임을 알게 된다. 김치가 일본인, 중국인에게 널리 퍼진 것은 최근 십수 년 안팎의 일 같다. 그 이전 일본을 방문했을 때는 맛없게 보이는 김치가 백화점 식품부를 장식했었다. 김치가 아니라 기무치. 감칠맛 나는 김치와는 달리 '기무치' 하면 국적 없는 사이비 김치라고 곧 알아차리게 된다.

어떻게 만든 것이 진짜 김치일까. 요즘 일본에서는 '김치제조법 논쟁'이 뜨겁다. 김치 종주국인 한국의 공격으로 일본은 방어하는 처지이나 돌아가는 추세가 김치 맛을 씁쓸하게 하고 있다.

몇 해 전 3월, 1996년으로 기억된다. 일본의 도쿄에서 국제식품기획위원회(CODEX) 아시아 부회가 개최되었다. 1998년 10월 기준으로 CODEX에는 163개국이 가입되어 있으며, 가맹국은 이 기구의 정한 기준에 따라 식품을 만들게 되어 있다. 당시 한국 농림수산부는 김치의 국제규격을 만들자고 일본에 제안했다. 물론 이때 일본은 날로 생산량이 급증하는 '일본식 김치'를 보호하고자 했다.

98년 일본의 김치 생산량은 18만 147톤. 이것은 절임 식품의 16.2%로 단일품목으로는 단무지를 제치고 1위로 급부상했다. 시장규모도 1000억 엔 이상이라는 보도다. 일본은 혹시 엄격한 규정이 제정되면 '일본식 김치'는 김치라는 명칭을 쓸 수 없는 것이 아닌가 위기감을 느껴 협상에 응한 것이다.

회의를 거듭하여 도달한 합의 내용은 대체로 다음과 같다. 우선 발효 해산물(새우젓, 멸치젓 등)은 넣어도 좋고 안 넣어도 좋다. 둘째, 끈기를 내기 위해 밀가루나 찹쌀가루를 넣어도 좋다. 셋째, 유산이나 구연산을 넣어도 좋다. 넷째, 파프리카(맵지 않은 고추 같은 것)를 천연색소로 써도 좋다. 그 외 다른 내용도 있으나 요지는 자연발효를 시키지 않은 '일본식 김치'도 김치로 인정해야 된다는 것이다.

합의 내용은 석연치 않은 면이 있다. 한국식 김치에는 거의 필요 없는 조건들이기 때문이다. 김치의 수출량을 의식한 한국 측의 양보로 합의가 이루어진 것인데 '김치붐'이 일어날 것인지.

어찌되었건 김치의 규격은 최종적으로 2001년 3월 CODEX 총회에서 확정된다. 지난 8월 27일부터 사흘간 가나가와현 가와사키시에서는 '한국김치문화제'가 도쿄 농업무역관 주최로 열렸다. 김치가 한국 전통문화의 한 부분이라는 인식을 강하게 확산시킨 점은 좋으나, 이 중요한 논의가 한국에는 전혀 알려지지 않은 채 진행된 아쉬움이 있다.

미국 친구 들로러스가 생각난다. 김치를 좋아하는 들로러스. 그는 한국 근무 시 김치냄새를 싫어하는 상관을 개의치 않고 하루 세끼 김치를 즐겨 먹었다. 그녀의 사무실에도 매일 점심시간에는 김치 병이 등장했다.

요즘 한국의 어린아이들은 피자, 스파게티는 즐기면서 김치나 된장을 멀리한다. 소위 쓰레기 음식인 정크푸드에 입맛이 익숙해져 영양가 있고 국적 있는 음식을 좋아하지 않는다.

유학 시절, 김치를 아무 슈퍼에서나 사기 힘들었던 시절에 나는 양배추,

오이, 양파 등을 넣어 엉터리 김치를 해 먹었다. 뉴욕에서는 생선가게가 가까워 가끔 생오징어젓도 담가 먹었다. 김치를 안 먹어도 잘 지내다가 나는 시험 때가 되면 김치생각으로 공부가 되지 않았다. 그때 미국인 방 친구 로즈는 이를 '김치열병'이라 지칭했고 그녀도 곧 시험 때면 같이 김치열병을 앓았다. 그녀는 김치 담그는 도사가 되어 스테이크를 구울 때면 꼭 김치를 곁들여 식구들에게 대접하는 열성을 보였다.

십수 년이 지난 어느 날 나는 그녀의 집을 방문했다. 못 보던 식구 고양이가 야옹거리고 있었다. 고양이의 이름이 무엇이냐고요? 김치.

요사이 우리 집에는 저녁상에만 김치가 오른다. 아침, 점심에는 식단의 성격상 김치를 먹게 되지 않는다. 그러나 하루에 한 번 접하는 싱싱하고 쩡하는 김치 맛은 무엇과도 바꿀 수 없는 맛.

2001년 김치의 국제규격은 한국인의 전통 제조법대로 확정되어야 하지 않을까. 발효되지 않은 김치는 김치라고 할 수 없다. 유학 시절 내가 '발명한' 엉터리 김치가 딴 고장에서 활개를 쳐서야 되겠는가.

세기말이란 낱말

1999년도 후반으로 들어서며 세기말(fin de siècle)이란 낱말이 우리의 귓전을 자주 두드린다. 세기말이란 말은 이 사람으로부터 저 사람으로 옮겨 가며 그 모습이 더욱더 불투명해지는 것 같다.

도대체 세기말이란 말은 무엇이기에 많은 사람에게 마법적 영향까지 주고 있는 것일까. 한 세기가 끝나고 다른 세기로 넘어간다는 의미에서의 단순한 세기 전환의 서술일 텐데 이 낱말은 왜 묵직한 의미를 지니는 것일까.

본래 세기말은 19세기에서 20세기로 넘어가는 전환기에 새롭게 태동한 심미주의적 경향과 조류를 뜻하는 것이었다. 아무튼 세기말은 역사의 특정한 단계를 마디맺음하고 새로운 역사의 장을 마련하려는 인간의 본성에서 나온 것이다. 우리는 물리적인 시간의 흐름을 단락 지어 의미를 부여하기 좋아한다. 그런가 하면 모든 변화의 가능성이 없어 보이는 절망을 새로운 생명을 시작하는 모습으로 바꾸어 놓는다.

우리네 사회에서 한 세기를 접으면서 반성의 소리가 큰 것은 웬일인가. 빠른 시일 내에 사회를 산업화하고 현대화했다는 자부심이 하루아침에 모래 위에 쌓은 탑으로 인식되었기 때문이다. 표면적으로 우리는 민주화를 이룩했음에도 불구하고 민주화의 상자 속을 들여다보면 우리의 정치 문화는 과거와 다름없이 새로 포장만 된 채 권력과 거짓말로 찌들어 있다. 우리네 정당은 이름만 바뀔 뿐 구성원의 의식구조는 구태의 연속. 이 정당, 저 정당으로 표류하는 직업적인 정치인. 실로 세기말의 문화적 현상에는 절망과 희망이 교차하고 있다.

세기말은 인류가 자신의 역사를 기록한 이래로 늘 있어 왔지만, 그것이 엄밀한 의미에서 개념으로 정립되고 하나의 용어로 정착된 것은 근대에 들어와서이다. 자유와 권리의 개념이 너와 나의 것이 되고 개인과 공동체의 관계가 새로운 시각에서 조명되기 시작한 근대의 도래 이후 우리는 세 번째로 세기말을 맞고 있다. 첫 번째 세기말은 18세기에서 19세기로 넘어가는 전환기였다. 그런데 18세기는 1701년에 반드시 시작된 것은 아니다. 18세기의 핵심적 사건은 이미 17세기부터 시작된 산업혁명, 종교개혁 등의 혁명이 도화선이 되어 1789년 프랑스 대혁명으로 마감하게 된다. 이것은 동시에 18세기 말의 역사적 상징성을 띠고 있었다. '자율적인 개인적 삶'은 그야말로 18세기 말의 화두였다.

개인의 탄생을 가져온 18세기와는 달리 19세기에는 1848년의 혁명과 공산당 선언으로 점철되는 '이제까지의 모든 사회의 역사는 계급투쟁의 역사이다'로 바뀐다. 자유주의, 민주주의, 공산주의, 사회주의, 파시즘 같은 다양한 이데올로기들이 실험대에 올랐다. 자연히 19세기 말의 화두는 '사회적인 자유의 실현'이라고 볼 수 있다.

20세기를 마감하고 21세기로 진입하는 마당에 우리의 고민은 무엇일까. 20세기에는 돌이켜 보면 실로 많은 역사적 사건이 발생했다. 두 차례에 걸친 세계대전, 유대인 학살, 원자폭탄의 투하, 식민정책의 잔학성, 원전사고, 생태계의 파괴, 사회주의 체제의 붕괴, 인구의 폭발, 신자유주의 경제의 보편화, 남북의 갈등, 자동화, 정보화로 인한 인간 노동의 소외 등.

20세기의 핵심 문제점은 학생운동으로 표출된 물질주의적 가치로부터 탈 물질주의적 가치로의 전향이라고 할 수 있다. '의미 있는 삶'을 위한 투쟁도 차츰 증발된 채 물질적 부를 뒤쫓는 개인주의와 이기주의가 팽배한 듯 보인다.

세기말은 그 의미가 무겁든 가볍든 곧 지나고 모르는 사이에 새 천년이

시작될 것이다. 우리 모두가 스스로를 돌아볼 수 있는 짬을 내는 것이 세기
말이란 말에 숨겨진 여유가 아닐까.

한국문화의 정체

한국정부초청 외국인에게 자주 우리의 문화, 역사, 사회에 대해 강연을 하고 있는 나는 종종 과연 내가 한국인이며, 한국문화에 대해 왈가왈부할 자격이 있나 의문을 갖게 된다. 이와 같은 위기감의 원인은 아마도 나를 비롯한 한국인의 현주소 때문이리라. 원적, 본적은 한국인이나 현주소는 한국인이 아닌 우리가 있지 않은가.

나는 외국인에게 항상 한국인이 반만년의 역사를 지니고 있으며 동일한 언어, 단일 민족의 특성을 지니고 있음을 강조한다. 그러나 우리는 과연 동일한 언어와 역사의 동질성으로부터 문화적으로 생명력 있는 정체성을 발전시켰는가.

실상 고유한 역사를 지닌 동질적 사회일수록 문화적 정체성의 위기는 있게 마련이다. 나라가 어려울 때 우리는 강박적인 애국심을 목격했다. 동질적인 사회일수록 문화적 정체성의 위기는 사회 전반의 위기로 이어지기 때문이다.

흔히 정치가들은 우리의 애국심을 호소할 때 공동체에 대한 책임과 상호부조의 미덕을 내세운다. 우리가 한 가족이며 한 핏줄임을 강조한다. 그들은 과연 애국자인가. 돌이켜 보면 한국사회를 구성하는 시민으로 상호부조의 도덕적 책무는 다하지 않으면서도 애국자가 되기도 한다. 유가적 전통에 젖은 우리는 조국에 대한 충성을 당연한 것으로 여겨왔다. 따라서 긴 역사에 젖어 오며 한국인의 정체성을 이성적으로 구성하거나 사유할 필요를 느끼지 않게 되었다.

여러 해 동안 살았던 미국에서 살수록 느꼈던 점은 민족적 익명성이 오히려 미국인의 정체성을 구성하는 강한 요소라는 점이다. 미국적이라고 할 때 그 말은 사람들의 출생이나 민족을 지칭하지 않고 시민권을 가리킨다. 또한 다원주의에서 태동되고 다원주의를 추구하는 미국 정치는 반드시 문화적 적합성과 동질성을 요구하지 않는다.

한국적이란 말은 그럼 과연 무엇을 말하나. 한국적인 것이 가장 세계적이라고 우리는 너나없이 외친다. 외국손님에게 연사가 한국인은 고유한 언어와 역사를 가졌다고 외치는 것이 우리 스스로에 대한 이해로 이끌어지지 않는다. 따라서 그것은 외국인의 우리 문화 이해에도 별로 도움이 되지 않을 것이다. 그렇다면 한국인이 공통적으로 갖고 있는 긍정적인 민족성은 무엇일까. 정이다. 우리는 어느 다른 민족보다도 정을 고귀한 가치로 생각한다. 정은 한국인의 성격과 문화적 정체성을 구성하는 핵심적 요소 중의 하나이다. 우리는 서양과 동양의 문화적 차이를 언급할 때 서양인은 동양인과 달리 합리적이고 계산적이며 이기적이라고 꼬집는다. 그래서 그들은 정이 없는 냉혈 동물이라고 욕도 한다.

우리의 정은 무엇인가. 우리의 정은 개인보다는 공동체, 권리보다는 공동선, 합리적 계산보다는 감정적인 유대를 높이 평가한다. 상호간의 관계, 감정과 밀접한 관계를 맺으며 정은 때로 비합리적 특성을 지니기도 한다.

우리의 정은 분명 고유한 가치를 지니고 있다. 정으로 맺어진 인간관계에 너무 예속되지 않고 서양의 합리주의 입장을 받아들여야 한다고들 주장하는 이가 있다.

무엇이라고 하던 정은 인간관계를 더욱 인간답게 만드는 기본도리인 것만은 확실하다.

남을 세우면서도 자신을 세운다는 유가적 원리를 생각해 본다. 이 원리는

정에도 타당하다. 우리 문화의 동질성은 의로운 정의 창조적 계승에 바탕을
두고 있는 것이며 다른 문화와의 배타적 차별을 통해 형성된 것이 아니라고
오늘도 외쳐본다.

1999. 9. 16.

1999년의 추석 보름달

강풍과 비구름대를 동반한 태풍 '앤(Ann)'에 이어 태풍 '바트(Bart)'가 오키나와 남동 해상에서 발생하여, 한국은 모처럼의 추석 연휴에 오만상을 찌푸린 하늘을 볼 것이라 한다. 따라서 쟁반같이 둥근 달도 구름 위 창공에서 홀로 빛을 발하고 있겠지.

매년 맞는 한가위 보름달이지만 20세기 마지막 이름 있는 날의 달을 못 본다 생각하니 그 서운한 마음을 감출 수 없다. 별과 우주를 잘 아는 한 전문가에 의하면 추석 달은 해마다 같은 모습이 아니라고. 또한 진짜 한가위 보름달은 추석 이튿날인 9월 25일에 뜬다고 한다. 이날 해 지기 전 오후 5시 51분쯤이 달 뜨는 시간. 이는 달의 삭망주기(그믐에서 그믐 사이 29.5일)와 음력 한 달(29일 혹은 30일)이 정확히 일치하지 않기 때문이다.

다른 보고에 의하면 올 추석 달은 지난해 추석 달보다 면적이 10%가량 작아 보일 것이란다. 이는 달의 공전궤도가 타원이기 때문이다. 달이 지구와 가장 멀리 떨어져 있을 때와 가장 가까울 때의 면적 차이는 무려 25%에 이른다. 금세기 중 지구와 달이 가장 가까이 있었던 때는 지난 1912년 1월 4일로 35만 6천 3백 km가량 떨어져 있었다. 이에 반해 지난 5월 30일에는 달과 지구의 거리가 40만 6천 3백 km로 가장 가까울 때에 비해 5만 km나 멀리 있었다.

한국인이 즐겨 찾는 추석 달과 정월 대보름달을 생각한다. 전문가는 최근

3~4년은 오히려 추석 달이 대보름달보다 그 면적이 10% 안팎 컸다고 한다.

달을 보며 지난 수년간의 달과 비교하고 크고 작음을 파악하는 한국인은 아주 극소수에 불과할 것이다. 풍요에 감사하는 축제인 한가위 달은 수적인 개념, 천문학적 사실과는 동떨어져 우리의 심금을 울려온 달이다. 그러기에 어떤 우주인이 언제 몇 번 달나라에 다녀왔느냐는 한가위 달을 보고 싶어하는 나에게는 상관이 없다. 달은 연구의 대상, 미래 우주인의 삶의 터전, 선진국 과학의 힘겨루기 대상이기 전에 성스러운 우리의 마음의 안식처이기 때문이다.

20세기에 지내온 수많은 한가위를 생각한다. 한가위 달을 많이도 보아왔다. 시골에서 도시에서, 산에서, 들에서 휘영청 밝은 달을 보아왔다. 그 많은 달 중 가장 기억에 남는 것은 초등학교 시절 접했던 언덕 위에 솟은 크고 큰 달이다. 밤을 새워 손수 만들어 주신 추석빔과 새 신. 추석날 새로 입고 신는 경이로움. 새 옷에서 나는 소리와 냄새는 수십 년이 지난 오늘날까지도 귀와 코를 놀라게 하고 있다. 한가위에 새로 신은 신발은 마음을 하늘로 높이 높이 띄웠다.

아무렇게나 대량으로 만든 국적불명의 추석 옷을 본다. 그나마 요즘에는 한복을 입는 어린이 수효도 점점 줄어 달 보기가 부끄럽다. 아무 때나 사는 신발. 동화가 서려 있지 않은 이 시대의 달. 달을 구태여 보려는 인구도 줄어가고 있는 세태.

20세기의 마지막 추석 달을 마지막으로 떠나보내며 한국, 한국인의 안녕을 기원하려던 계획은 비 오는 밤 어둠 속에서 축축한 기도로 끝날 것 같다.

추석의 들뜬 기분을 거리에서 읽는다. 동네마다 막히는 차량의 대열에서 느낀다. 물가가 올랐느니, 조상을 기리는 상에 온통 중국산 제물을 올릴 판이라느니, 세상이 시끄럽다.

"올 추석에 어디 가세요?"

"늘 집에 있지요. 60년 전 부모님에게 떠밀려 혼자 월남한 사람. 이 사람은 죄인입니다."

공연한 질문을 상대방에게 던졌구나 후회하는 순간 도서관 직원은 말을 계속한다.

"임진각에도 여러 해 가보았지만 고향이 멀기는 매한가지. 마음만 더 아파 그곳에도 안 갑니다."

이산의 슬픔을 누가 알 것인가. 하늘에 두둥실 뜬 크고 큰 달은 남과 북의 식구를 모두 내려다볼 것이다. 눈에 보이는 달만이 달이 아니니까.

2000년의 더 큰 달을 고대해 본다. 오늘 이루어지지 않은 계획에는 희망과 꿈을 지니고 살라는 숨은 뜻이 있지 않을까.

1999. 9. 21.

안식년

『우리말 큰 사전』의 안식년 풀이는 다음과 같다. "유대사람이 일곱 해 만에 한 해씩 안식하던 해. 종에게 자유를 주고 빚을 탕감하여 주었다. 서양 선교사들이 일곱 해 만에 한 해씩 쉬는 해."

어느 때부터인가 우리네 대학들에도 안식년 바람이 불기 시작했다. 주로 미션스쿨이라는 기독교 대학들은 비교적 이르게 대학교수에게 안식년제를 시행해 왔다. 주위를 돌아보면 요즘은 심심찮게 모 교수는 안식년으로 외국에 가셨다느니, 김 아무개는 두 번째 안식년을 맞아 때맞추어 받은 훌부라이트 교환교수 특권이 겹쳐 아주 잘되었다느니 등의 이야기를 듣는다. 어떤 대학은 교수의 형편에 따라 6개월씩 1년의 안식년을 나누어 사용하게도 한다.

나의 형제자매도 교수가 직업이라 모두 안식년을 한두 번씩은 맞이했었다. 오랜 교수생활을 하며 일상의 일에서 미루어 오던 일을 일정기간 동안 한시적이나 가르치는 부담 없이 몰두할 수 있는 기회가 온다면 좋을 수밖에 없을 것이다. 어느 교수는 쉬는 동안 저서를 집필한다, 연구와 논문 쓰는 일에 전념한다. 또 어떤 이는 창작 생활의 기쁨을 만끽한다. 어떤 교수는 전공과 관계된 테마여행을 한다. 어떤 교수는 밀린 가사, 자식 농사에 비료를 뿌린다.

안식년! 아, 안식년 얼마나 좋은 것인가. 그러나 안식을 할 것인가 안 할 것인가 그것이 문제로다. 일상의 쳇바퀴 생활에 지치고 찌든 우리는 누구나 안식을 원하고 있기 때문이다. 정년에 가까운 노교수들은 그들대로, 중년 교수들은 교수대로, 초년병 교수들은 그들대로 안식의 특권을 누리고 싶은 각기 나름대로의 타당한 이유가 있다.

오랜 세월 동안 안식 없이 은퇴를 맞이하면 억울하다. 중년의 연구활동 활성기에 좀 쉬며 역작을 내야 한다. 나이 많은 분들보다는 배우고 볼 것이 많은 젊은 교수는 안식의 투자가 필요하다. 누구 하나 허튼소리를 하는 교수는 없다.

한편 1년에 며칠 안 되는 공휴일, 연휴를 경험하는 일반 직장인은 다음과 같이 크게 외친다. "교수는 긴 방학이 1년에 두 번씩이나 있고 비교적 근무시간이 융통성이 있는데 안식은 무슨 안식!"

우리는 항상 상대방의 직업에 대해 많이 알고 있다고 착각하고 산다. 실상 호랑이 굴에 들어가면 굴 밖에서 생각하던 굴과는 아주 딴판인 것을 보고 느끼게 된다.

교수에게는 솔직하게 안식년이 필요하다. 안식년에서 얻는 육체적, 정신적 재충전은 어느 계량기로도 측정할 수 없기 때문이다.

정년을 몇 년 앞둔 나에게 어느 날 한 교수가 귀띔해 주었다.

"최 교수님, 안식년에 관심 없으세요?"

"안식년이라고요?"

남의 이야기하는 것 같은 반응에 귀띔한 교수는 겸연쩍어하며 말을 이었다.

"안식년을 가지려면 적어도 퇴임하기 전 2년은 남아 있어야 한대요."

정보를 주는 그 교수에게 감사했다. 안식년에 대해 깊이 생각해 보지 않은 나는 그제야 안식년을 생각해 본다.

내가 봉직하고 있는 대학은 대학 중에서는 뒤늦게 안식년을 채택하였는데, 나이가 많은 교수들 중 한두 명은 안식년을 6개월씩 택했다.

안식년을 택했던 교수가 6개월 쉬고 돌아온 뒤 이야기한다. "가르치는 부담 없이 하고 싶은 일을 자신의 시간표대로 따라 하니까 참 좋습디다. 월급도 그대로 받고."

안식을 할 것인가 안 할 것인가. 무안식에 익숙해 온 나는 어차피 매일 매일이 도전의 연속인데 새삼스럽게 안식을 나 자신에게 세뇌시키는 일이 힘들다는 결론에 도달했다. 몇 년 후면 교단을 떠날 마당에, 예전 속도대로 일을 계속하는 것이 정신건강에도 좋다는 억지 결론을 내린다.

정말 좋은 안식은 하늘의 나팔이 나를 부를 때 이루어지리라. 그때 일찍 헤어졌던 모든 이와도 재회하는 안식의 희열이 있으리라.

1999. 9. 21.

달아 달아 한가위 달아

　태풍 앤과 그 뒤를 바짝 이어 더 강력한 태풍 바트의 위력을 누구도 꺾지 못할 기세였다. 방송사마다 내보내는 일기예보, 상황보고는 거의 100% 한가위 보름달의 기대에 먹칠을 하고 있었다. 20세기 마지막 추석에 애석하게도 둥근달을 못 보고 많은 비만 맞을 것이라고 누구나 믿고 있었다. 첨단 장비가 동원되어 예보되는 일기는 요즘 따라 백발백중, 신기하게도 잘도 들어맞았다.

　실상 최근 며칠 동안 한국인은 넘실거리는 황금빛 들판, 쪽빛 같은 푸른 하늘, 옷자락으로 살금살금 스며드는 기분 좋은 산들바람 대신 눅눅하고 쩌든 비바람, 오만상을 찡그린 하늘, 흙탕물에 쓰러진 들녘의 추수할 벼를 보았다. 찡그린 지붕 밑 인간의 얼굴도 마치 최후 지구의 날을 맞은 듯 침울하고 거의 비극적이었다. 비가 주룩주룩 내리는 추석 저녁 식구들은 모든 것을 포기하고 오순도순 집 안에서만 지내고 있던 차였다.

　밤 10시경 서재의 큰 창문 꽃나무 사이로 강한 붉은 빛이 구름 사이를 오가고 있었다. 이윽고 두둥실 기다리던 달이 환한 얼굴을 내밀었다. 기적의 순간! 태풍 바트는 한반도를 벗어나기 시작하여 난데없이 20세기 추석의 마지막 달은 해맑은 얼굴을 빛내고 있었다.

　창문을 나도 모르게 활짝 열었다. 둥근달은 더 크게 나에게 다가오고 있었다. 아무리 쳐다보아도 눈은 부시지 않았다. 달을 보며 분단된 국토를 생각했다. 달을 보며 이 나라 저 나라에 흩어져 사는 형제자매를 생각했다. 달을 보며 하늘에 계신 사랑하는 분들을 생각했다. 달을 보며 21세기 통일된 코리아를 생각했다.

기적이란 항상 있을 수 있는 것. 보이지 않는 하나님의 섭리가 있을 때 절망은 희망으로, 원망은 감사로, 무는 유로, 정지했던 것은 움직이며 세상과 인간을 변화시키리라.

조국의 분단과 함께 우리의 마음에는 38선이 그어졌고, 땅굴이 무수히 파였다. 우리의 머리는 커진 반면 우리의 양심은 날로 졸아들고 있다.

달을 다시 쳐다본다. 이번에는 통일된 후의 달이 제 빛을 발하는 듯 두 배로 커진 달이 온 천지를 놀라게 하고 있다.

통일된 한반도에서 달을 보고 싶다. 비무장지대를 관통하는 통일 열차를 타고 달리다 21세기의 달을 보고 싶다. 기적은 언제나 일어날 수 있는 것. 우리 마음속의 철의 장막, 죽의 장막이 걷히는 날 통일이 될 것이다. 그리고 한반도의 달도 분단의 설움을 딛고서 기적의 달로 변할 것이다.

어릴 적 동네 개구쟁이들이 달이 언덕으로 치솟자 달 따러 간다고 정신없이 달렸던 일이 생각난다. 달아 달아 한가위 달아, 오천 년 동안 우리와 함께 지냈던 달아. 누구보다도 한민족의 애환을 꿰뚫어 보아왔던 달아. 이 민족이 가엾지도 않나? 21세기 초 어느 날 우리의 소원을 들어주시게. 그대의 밝은 빛 아래서 7천만이 강강술래를 출 수 있게 도와주시게.

달아 달아 한가위 달아, 21세기 내내 격동하는 한반도를 내려다보며 우리의 상처를 아물게 하고, 쓰러진 사람을 일으켜 세우며, 수많은 어린이에게 계수나무와 토끼를 선사해 주었던 것 감사하네.

달아 달아 한가위 달아, 21세기에도 건강하고 복 많이 받으시게.

1999. 9. 24.

린튼과 언더우드

19세기 말 한국에 와 기독교의 사랑을 뿌리내린 선교사로 1세기 넘게 이 땅에 살며 '선교사의 집안'을 이룬 사람들이 있다. 서울 양화진 외국인 묘지에 묻힌 5백70여 명 종교인의 유해는 이 땅에 심은 크리스천 신앙의 증거이다.

최근 KBS '일요스페셜'은 개신교 선교사의 후손인 린튼 형제의 북한 돕기를 방영하였다. 또 얼마 전 각 신문은 호러스 언더우드의 유해가 오랜만에 한국으로 이장된 이야기를 실었다. 과연 린튼과 언더우드는 어떤 사람들인가.

린튼은 1895년 미국 남장로회 선교사로 한국에 온 유진 벨에서 시작된다. 벨은 전라도의 나주·목포·광주 등의 지역에서 활동하면서 많은 교회를 세웠다. 그를 '전라선교의 개척자'라고 부르는 것은 당연한 일이다. 벨은 같은 남장로회 소속 선교사였던 윌리엄 린튼을 사위로 삼아 선교사 집안의 대를 있게 된다.

린튼은 전주 신흥학교 교장으로 오랫동안 재직했다. 일제 말기 그의 신사참배 거부는 신흥학교의 문을 닫게 하였다. 윌리엄 린튼의 아들 가운데 3남인 휴와 4남인 토마스는 아버지의 뜻에 따라 미국으로 건너가 신학을 공부하고 돌아와 각각 순천과 광주에서 농촌선교에 헌신하였다. 휴의 부인인 루이스는 40년이 넘게 순천에서 기독결핵재활원장으로 봉사하고 있다.

휴 린튼의 아들인 스티븐과 존 형제는 '전라도 토종'으로 연세대 동문이며 형은 철학을, 동생은 의학을 전공했다. 이들은 한국여인과 결혼했다. 아들 형제는 1995년 외증조부의 한국 선교 1백년을 기념해 유진 벨 재단을 세웠다. 동 재단은 북한에 구호식량을 보내고 결핵퇴치사업을 지원 중이었다. 유진 벨 재단이 북한에 전달한 물품은 식량 8천 톤, 결핵 검친자 5대, 결핵약 1만2천 명분에 달한다고 한다(중앙일보 1999년 9월 29일).

결핵으로 고통받는 북한 주민을 일일이 방문하며 그들의 수준으로 몸소 내려가 환자를 대하는 이들 형제의 모습은 진실 그 자체였다. 북한의 결핵 예방원과 요양소에서의 사랑의 실천은 어느 설교보다도 더 웅변적이었다. 오지에서의 신앙의 실천은 공산주의의 굳은 탈도 모두 벗기고 있었다.

한편 호러스 언더우드는 1885년 4월 미국 북장로회 선교사로 한국에 파견되어 서울에서 한국의 어머니 교회인 새문안교회를 세우고, 이어 경신학교와 연세대학교를 설립하였다. 언더우드가는 5대째 한국과 인연을 맺고 있다. 1985년 부활절 새벽에 인천의 제2부두에서는 색다른 행사가 있었다. 그때부터 꼭 100년 전 호러스 언더우드의 내한 장면이 그의 증손자인 윌리엄에 의해 재연되고 있었다. 언더우드 1세가 별세한 지 83년 만에 이 귀한 행사가 이루어졌다.

9월 19일에는 언더우드 1세의 140번째 생일날을 기해 그의 유해가 한국으로 이장되었다. 그의 아내 아들 며느리가 묻혀 있는 합정동 외인묘지에서 이장 예배도 있었다.

일찍이 총각목사 언더우드 1세는 한국에서 선교사이며 시카고대학 출신 여의사 릴리언스 호톤과 결혼했다. 결혼식에 명성황후는 말 다섯 마리에 동전 꾸러미 등 많은 결혼선물을 하사하였다고 전해지고 있다. 릴리언스가 황후의 시의였기 때문에 그들 사이에 친분이 두터웠다고 한다. 한편 언더우드 1세도 오랫동안 고종을 가까이 모셨고, 황제가 손수 내리는 태극훈장을 받았다고 한다.

한국에 대학을 세우는 결실을 보지 못한 채 병 치료차 미국에 가 있던 언더우드 1세는 임종 때 '거기 가야 한다'는 말을 되풀이하였다고 한다. 그는 마침내 '거기'로 돌아왔다. 그의 외아들인 언더우드 2세 원한경은 연희전문학교에서 강의하였다. 3대 교장으로 취임하기도 하였다. 나의 외조부와 친분이 두터웠던 그는 사회에 봉사하는 일, 학교를 세워가는 일에 뜻을 같이하셨다. 언더우드 3세인 원일한 교수는 새문안 교회 장로로, 연세대 재단의 일원으로, 각 사회단체에서 봉사를 하고 있다. 한편 원일한의 맏아들 원한광은 연세대 영문학 교수로 재직하고 있다. 부자는 모두 한국어에 능통하다.

　하나님 사랑, 한국 사랑을 실천해 온 린튼가와 언더우드가 이들은 한국인보다 더 한국적이며, 한국인 신앙인에게 꽹과리 신앙의 헛됨을 일깨워준 산 증인이 아닐까.

포르투갈인과의 해후

　때는 1999년 9월 29일 오후. 장소는 롯데월드 호텔 3층 에메랄드룸. 참석자는 포르투갈 기업체 임원 27명 그리고 포르투갈 무역진흥공사 임원 등.

　외국인을 대상으로 우리의 문화, 역사, 사회에 대해 강연을 해왔지만 포르투갈인 고급두뇌 앞에서 이야기하는 것은 이번이 처음이다.

　유럽대륙 변방의 작은 나라 포르투갈. 포르투갈인을 보는 순간 나는 어느새 십여 년 전 5월 말 방문하였던, 자루같이 기다란 포르투갈이 눈앞에 성큼 다가왔다. 옛 항구도시이며 포르투갈의 수도인 리스본·좁은 자갈길·코불드스톤 길, 오렌지색 타일 지붕과 어울리는 이 고장은 바다냄새, 코르크나무가 이색미를 강조하지 않았던가. 15세기에 이곳은 해상왕국의 극치. 오래전의 위용 당당했던 기상은 어디로 사라졌는지, 부두 물가에는 이름 모를 이곳 새와 어망같이 구멍이 뚫린 세타 파는 행상만 보였다. 1755년 어느 날 갑자기 일어난 지진은 이 중세도시를 폐허로 만들었다.

　길가에서 작은 용기에 담아 파는 해산물을 맛보았다. 찝질, 짭짤 뒷맛을 감당하기 어려운 일행은 리스본 도시 중심가 뒷골목 어느 카페로 향했다. 때마침 울려 퍼지는 파두(Fado). 과거에 대한 향수를 짙게 배게 하는 발라드는 놓친 사랑과 지나간 영광의 이야기였다. 얼기설기 대충 엮어진 듯한 어망 흰 세타는 이곳의 기념물.

한나절 지나 도착한 코임브라! 굽이굽이 도는 층계식 가파른 거리가 특징인 경사진 도시는 그 문화적, 역사적 중요성으로 볼 때 리스본에 버금가는 듯했다. 일찍이 1290년 이곳에 세워진 대학교는 포르투갈 배움의 중심지였음을 여실히 증명하고 있었다. 5월 말 2주간 코임브라에서는 매년 학생들의 축제가 열린다. 도시 중앙에 우뚝 선 산타크르즈 수도원은 1131년에 짓기 시작하여 16세기까지도 미완성 상태였다. 도시 위쪽에 자리한 올드 유니버시티는 도서관, 박물관, 채플이 고색창연한 광채를 한껏 발휘하고 있었다.

강연하는 도중 주마등같이 눈앞을 지나가던 이 모두는 시공을 초월하여 현재와 과거를 연결하고 있었다.

수염이 덥수룩하게 난 포르투갈 기업인 대표. 그는 미안하다는 짧은 인사를 남기고 포르투갈어로 긴 인사말을 하였다. 오로지 알아들은 어휘는 내 이름. 아, 나를 소개하는구나 짐작하고 단 위에 올랐다.

청중에는 대여섯 명의 포르투갈 여인이 있었다. 14시간의 긴 비행기 여행 때문인지 이들의 눈은 시에스타 시간이 아니냐고 나에게 침묵의 시위를 하는 듯했다.

한 시간 반의 강연은 끝났다. 이어지는 이들의 질문은 시에스타 시간이 끝났음을 알리는 듯 귓전을 울렸다. 한국인의 흥, 멋에 관심이 있는 이들. 애잔하면서도 동양적인 신비감이 서려 있는 듯한 이들의 표정에서 나는 파두를 들었다. 최강의 해양대국에서 서유럽의 최빈국으로 전락한 포르투갈인의 영고성쇠 그것을 나는 이들의 얼굴에서 보았다. 포르투갈 가수 베빈다의 파두가 들려온다. 목을 뒤로 젖힌 채 부르는 이 소리. 어쩐지 우리와 통하는 가락. 한국인의 '한'을 그 속에서 느낀다.

유럽대륙 끝자락에 위치한 포르투갈인들은 바다를 향한 탈출욕과 조국에 대한 집착 사이에서 복합된 감정을 키웠으리라.

포르투갈 기업인들의 박수를 받으며 연사는 열배, 백배의 박수를 그들에게 보냈다. 왜?

젊은 노인들

최근 주위에는 뚱보 어린이가 증가하고 있다. 아들딸 가리지 않고 한 자녀만을 둔 가정이 부쩍 늘고 있기에 공주와 왕자의 체중은 늘어만 간다. 예전과는 달리 요즘의 어린이는 형제자매와 매일 부닥치며 모든 것을 나누어 먹고, 같이 사용하고, 대물림 옷을 입고, 아니 항상 한 치수 큰 옷을 입으며, 무엇인가 항상 부족하고, 사고 싶은 것이 많았던 때의 어린이들과는 아주 다른 세상에서 살고 있다. '풍요'의 덕이랄까 이들은 확실히 한국인이면서 동시에 한국인이 아니다. 어려서부터 별식으로 간주되었던 '서양식' 기름진 음식에 익숙해진 이들은 이국적인 음식점을 드나들며 모두 뚱보가 되어 있다.

그런데 문제는 체중이 과다한 아이들에게 나타나는 온갖 질병. 고혈압·관상동맥질환·퇴행성관절염·골다공증 등의 질병이 젊은층에서도 자주 나타나고 있다. 서구식 식습관과 자동차·엘리베이터를 일상적으로 사용하는 데 따라 신체활동량은 감소하고 생활이 복잡해지는 데서 오는 스트레스의 급증은 젊은층의 노화를 재촉하고 있다. 그뿐만 아니라 우리네 젊은층, 십대의 흡연율도 세계의 통계를 무색하게 하고 있다. 게다가 일찍부터 시작되는 공부의 열기, 과외활동의 부담은 어린이로부터 뛰어노는 즐거움을 앗아가고 있다.

현대사회에서 살고 있는 '젊은층'은 스트레스를 많이 받고 있다. 스트레스를 받으면 카페콜라민·코티졸·혈중지질 등이 증가하고, 이들 물질이 많아

지면 혈압이 높아지고 이것은 혈관 벽에 나쁜 영향을 미쳐 성인심장병·뇌졸중 등 심혈관 질환을 촉진하게 된다.

켄터키프라이드 치킨, 피자 헛, 햄버거 집을 가득채운 젊은이들을 본다. 이들의 만나는 장소는 모두 동물성 기름으로 뒤범벅이 된 곳.

우리네 조상이 발명한 건전한 전통식단은 어디로 갔는지? 요즘 아이들은 김치를 좋아하지 않는다. 온갖 나물 맛에 익숙하지 않다. 된장국을 싫어한다. 청국장은 더더욱 질색하는 이들의 기피음식.

치즈, 토마토케첩, 마요네즈는 이들의 된장, 고추장, 간장에 해당된다. 우리네 온갖 떡을 이들은 그리 즐겨 먹지 않는다. 이들은 버터, 기름, 달걀투성이의 케이크를 좋아한다.

운동부족, 영양과다의 결과가 이미 우리네 30대에 나타나고 있다. 고혈압, 관절염, 골다공증…… 사춘기 한 소년이 성인병을 앓고 있다. 약물과용으로 또 다른 병이 추가되고 있다.

또 다른 형태의 젊은 노인들이 38선 북녘에 살고 있다. 이들은 영양실조로 일찍 늙어가는 또 다른 한민족이다. 위생 불량한 환경에서 초근목피 산야를 헤매는 북의 젊은이는 먹을 것이 없고, 약이 없어 죽어가고 있다.

이 모두는 한반도의 양쪽 일부의 이야기라고 하기에는 사태가 심각하다.

젊은 노인들의 다음 세대를 생각한다. 건강하지 않은 부모는 어떤 후손을 이 땅에 물려줄 것인지? 제대로 나이 먹어가는 '정상적인' 우리를 어디서 찾아야 할까.

주위를 살펴본다. 모두가 정상적인 제 또래 어린이, 젊은 청년이길 바라는 마음으로 사방을 둘러본다. 살을 뺀다고, 체중을 갑자기 줄인다고 흡연을 하는 십대가 부지기수이다. 젊은이다운 젊은 놀이에 몰두하는 무리를 보고 싶다.

젊은 노인의 양산은 노인답지 않은 늙은 젊은이가 많기 때문이 아닐까.

눈빛과 낯빛

십여 년도 더 오래전 런던에서 가르치고 있을 때 어느 학기 중간 나는 버스 편으로 포르투갈·스페인·모로코 여행에 나섰다. 여행은 비행기로 시작되어 스페인 남쪽 알리칸티에 다다른 그때부터는 버스 여행이 시작되었다. 스페인과 포르투갈 여행 후 모로코로의 기나긴 버스 여행은 창가에서 성서의 구약시대를 그대로 재연시키고 있었다. 굽이굽이 너머 펼쳐지는 언덕과 산, 멀리서 양떼를 몰고 가는 어린 양치는 아이. 안내원은 그 어린 목동이 동물과 함께 들판에서 잠을 자기도 한다고 일러주었다. 버스가 스페인에서 멀어지면 멀어질수록 화장실도 휴식의 공간으로서의 장소로부터 점점 멀어만 갔다. 자연히 관광객의 눈빛, 낯빛에서 공통적으로 싫은 기색이 돌기 시작했다.

긴 버스 여행 끝에 현대와 고대가 공존하고 있는 훼즈(Fez)라는 고장에 도착. 프랑스가 지었다는 현대식 호텔에 여장을 풀었다.

일행은 훼즈의 흙길을 따라 구약시대 집이 밀집해 있는 듯한 고장, 작은 상점이 즐비한 시장 골목을 따라 안내원의 발꿈치를 따라가기에도 바빴다. 현대식 호텔에서 불과 15분 거리에 있는 구닥다리 시장. 모로코의 전통악기 하나를 구경하다 나는 일행에서 눈 깜짝할 사이에 뒤로 처져 난감한 한때를 맞이했었다. 아마도 내 눈빛 낯빛은 본고장 사람에게 당황한 기색을 역력히 보였으리라. 낙타에 짐을 한껏 실은 이 고장 사람들. 이 모퉁이, 저 모퉁이에서 갑자기 덤벼드는 행상들. '아탕시옹, 아탕시옹'은 이곳이 프랑스의 지배를 받았었다는 슬픈 역사를 말해 주고 있었다. '아탕시옹'의 메아리가 계속 울리는 가운데 이 골목 저 골목을 누비다 나는 그만 길을 잃고 말았다. 나에게서 발하는 눈빛, 낯빛에서 곤혹스러운 상태를 꿰뚫어 본 한 소년의 안내로 나는 무사히 호텔로 돌아왔다. 점심 식사 후 일행은 카사블랑카로 가는 도중 한 양탄자 판매점에 안내되었다. 이 고장 특유의 박하나뭇잎 차를 마신 뒤 네댓 명씩 한 무리가 되어 일행은 각기 다른 양탄자 판매장으로 들어갔다. 방에 들어서자마자 양탄자 상인은 양탄자를 누가 정말로 살지를 잘도 알아냈다. 특별한 눈빛, 낯빛을 띤 사람을 그들은 골라내어 굽이굽이 여러 방 층계를 넘어 독방으로 인도되어 수십 개의 양탄자 전시가 시작되었다. 크고 작은 양탄자, 형형색색의 양탄자는 넓은 방 한가운데 물결치며 가벼운 듯 사뿐사뿐 펼쳐졌다. 나는 펼쳐진 양탄자보다도 판매원의 눈빛, 낯빛에 이미 감탄하고 있었다. 수십 년간 단련된 눈빛과 낯빛은 상대방의 눈빛과 낯빛을 꿰뚫어 보며 최면 상태로 일행을 끌고 가고 있었다.

도대체 눈빛과 낯빛은 무엇인가. 눈빛·낯빛은 한 사람의 감정·의지 같은 상태를 드러내 주는 기호일 뿐만 아니라, 발화행위같이 의사소통의 매체가 되고 있다. 특히 유가전통에서의 눈빛·낯빛은 권력관계뿐 아니라 도덕관계를 나타내 주는 복합적 기호체계이다. 한 개인이 다양한 도덕적 상황에 직면하여 각 상황에 적합한 눈빛·낯빛을 자연스럽게 표출하기 위해서는 고도로 세련된 표현 감각과 독해 감각을 필요로 한다. 그리고 이와 같은 표현 감각과 독해 감각을 익히기 위해서는, 어떤 상황에 어떤 낯빛이 적합한지 즉각적으로 파악할 수 있는 직관능력이 요구된다고 유가에서는 주장한다.

한편 도가는 유가적 눈빛·낯빛을 탐탁하게 여기지 않는다. 도가의 관점에서 보면 유가의 '수신'을 통하여 다듬어진 '예'에 맞는 눈빛·낯빛은 인간 스스로가 만들어 낸 무대 위의 연출이며, 다른 동물과 함께 공유한 자연스러운 감정의 표출이 아니다. 다시 말해 도가는 상황에 적합하게 절제된 예절바른 눈빛·낯빛보다는 원초적 감정의 자연스러운 '웃음'과 '울음'에 더 큰 진실성을 부여한다.

유가, 도가를 떠나 오늘 우리의 눈빛, 낯빛을 생각해 본다. 주위를 아랑곳하지 않는 너와 나의 눈빛·낯빛은 냉담하거나 절제되지 않고 무관심한 것은 아닐까. 우리의 눈빛·낯빛은 한낱 비이성적이고 비합리적인 것으로 접어두어야 할까.

1999. 10. 4.

감나무를 쳐다보며

내가 사는 보금자리 앞 정원 양쪽 끝에는 감나무가 두 그루 서 있다. 시끄러운 사람들의 세상살이도 다 초월한 듯 감나무는 의젓하게 요즘 붉고 싱싱한 얼굴을 마음껏 내밀고 있다. 노란 감나무 꽃에서 초록빛 작은 열매, 다시 붉은 얼굴로 커가는 감을 감나무는 봄, 여름, 가을 보아왔다. 유난히도 무덥고 축축했던 여름, 큰 태풍도 두 번이나 견디어 낸 감나무를 쳐다본다.

집 앞 감나무는 남쪽에만 나뭇가지가 무성한 기형 감나무. 아래층 아파트 주인의 성화로 실내가 어둡다고 하여 한쪽 가지를 모두 잃은 가엾은 나무, 태풍이 모질게 몰아치던 어느 날 밤 감나무는 잎과 열매가 무성한 앞쪽 나뭇가지의 무게 때문에 거의 뽑힐 듯 남쪽으로 기울더니 불안하지만 엉거주춤한 상태로 서 있다.

가을로 접어들며 열매가 커가자 감나무는 더욱 정상이 아닌 자태를 보여주고 있다. 이와 유사한 온갖 큰 나무에는 버팀목이 반대 방향에 세워졌으나 이 감나무는 용케도 나무 균형을 그런대로 잡고 있는 터라 경비 아저씨도 괜찮다는 말을 남긴 채 관심 밖이었다.

오늘 아침 출근길에 감나무를 쳐다본다. 4층 아파트 공사에 일꾼들이 네댓 명 오르내린다 하더니 들은 대로 이들의 몽둥이세례를 받은 낮은 쪽 감은 멍들어 있다.

멍든 감을 보는 순간 수많은 지체부자유 한국인을 생각했다. 이미 앓고 있는 상처에 더 큰 괴로움을 주고 있는 우리네 도로, 교통시설, 무엇보다도 아직 멀고 멀기만 한 사람들의 무관심, 냉담한 태도를 보았다.

천 원이면 두 개 살 수 있는 감. 그것 살 돈을 벌자고 관상용 감나무의 열매를 만물의 영장이 뭇매질하고 있는 것일까. 아직 감 열매는 성장을 계속하고 있다. 붉은 얼굴은 10월, 11월 초까지 더 붉어지며 커가고 있을 것이다.

탐스러운 열매, 아름다운 꽃을 그대로 감상할 줄 모르는 우리. 이 모두를 어느 때까지 각박한 생활, IMF, 우리 몸에 밴 군사문화, 한국전쟁 등등에 그 탓을 돌려야 할까.

일상생활이 너무 바빠 가까운 들녘에 나가볼 틈이 없는 사람들에게 아파트 내 제법 넓은 공원, 집 앞 화단은 삶의 오아시스.

감나무 근처 다른 식물을 본다. 경멸의 대상인 잡초도 가지가지. 큰 나무 그늘 아래서도 '보잘것없는' 꽃을 피우며 소임을 다하고 있는 풀들. 뽑히고 뽑혀도 끝내 다시 고개를 들어 잡초의 생을 완성하려는 생명력.

멀리 있는 가을 들판에 나갈 것 없다. 가까운 곳에서 자라는 모든 풀잎, 나무를 눈여겨본다. 황금물결이 막 시작된 가을의 향연을 눈앞에서 본다. 뒤늦게 솟아오른 부활초의 싱그러운 꽃대공 위 짙은 보라색 꽃, 이름 모를 늦게 핀 흰꽃 무리에서 나는 깊은 산골짜기에 하얗게 피어나는 억새를 본다. 하늘을 찌르듯 자란 이름을 알 수 없는 상록수의 두꺼운 나이테에서 인생을 본다.

다시 감나무를 올려다본다. 내 키의 두 배로 커버린 감나무에서 이 나무를 심은 아버지의 나무사랑, 인간사랑의 숨은 뜻을 읽는다.

본의 아니게 지체 부자유한 나무에게 더 이상의 괴로움은 주지 말자. 팔·다리를 갖고 있는 나무는 곧 인간이다. 자식을 학대하는 소수의 부모를 닮지 말자. 상처 입은 감나무, 기우뚱 앞으로 고개를 숙인 감나무는 최악의 상태에서도, 이 가을 열매를 맺어 본분을 다하고 있지 않은가.

모든 잎이 다 떨어져 앙상한 늦가을, 아니 초겨울까지 올해에는 감이 홍시

가 될 때까지 달려 있기 바란다. 이것이 상처 입은 감나무에 대한 인간의 최
소한의 예의가 아닐는지.

1999. 10. 18.

노벨평화상과 MSF

1900년대의 마지막 노벨평화상이 '국경 없는 의사회'에 돌아갔다. 무엇보다도 이 상이 정치적, 군사적 영향력으로부터 자유롭고 시민적인 느낌이라 이번 수상을 대환영한다.

'국경 없는 의사회(MSF)'는 어떤 조직인가. 이 의사회는 1971년 12월 나이지리아 내전에 국제적십자사의 일원으로 참여했던 프랑스의 의사들과 언론인 12명이 결성한 세계 최대의 비군사―비정부 긴급 의료구호단체다. 벨기에 브뤼셀에 본부를 두고 있는 MSF는 현재 20개국에 사무소를 두고 있으며 중립·공평·자원봉사의 3대 원칙에 따라 인류애를 실천하고 있다. 매년 3000명 이상의 자원봉사자들이 내전, 기근, 지진, 난민 등으로 질병에 감염되고 부상당한 인류를 위해 세계 80여 개국에서 구호활동을 펴고 있다.

1972년에는 지진이 발생한 니카라과에서, 1975년에는 전화에 휩쓸린 베트남에서 활약하였고, 1990년 걸프전 때는 60대의 전세기를 타고 날아가 7만 명에게 구호의 손길을 폈었다.

MSF는 르완다, 나이지리아, 콩고, 에티오피아, 소말리아, 보스니아―헤르체고비나 등 의료진의 손길을 필요로 하는 곳에서 대활약을 하였다. 최근에는 분쟁에 휩싸인 코소보와 동티모르, 지진 피해를 입은 터키와 대만 등에서 의료활동을 펼쳤다. 북한도 예외가 아니라 MSF는 의약품 배급 등의 활동을 하다 북한당국의 불공정한 행위에 항의하고 철수한 바 있다.

노벨평화상을 그동안 여러 단체와 개인이 수상했다. 1950년대 이후 이번 MSF의 수상을 제외하고 10회나 이 상이 단체에 돌아갔다는 것은 그 시사하는 바가 크다. 국제지뢰금지운동(ICBL), 핵군축단체 '퍼그워시회의', 유엔평화유지군, 핵전쟁 예방을 위한 국제물리학자회의, 국제사면위원회(Amnesty International), 국제노동기구(ILO), 유엔아동기금(UNICEF), 적십자국제위원회와 적십자사연맹 그리고 유엔난민고등판무관실(UNHCR)이 과거에 평화상 단체상을 수상하였다.

곧 맞이할 21세기에는 인위적인 국경이 없었으면 한다. '국경 없는 의사회'가 20세기 마지막 노벨 평화수상자가 된 데는 깊은 숨은 뜻이 있으리라.

정치와 군사 권력으로부터 독립된 MSF는 21세기가 지향해야 할 거울이기도 하다. 무명으로 남기 원하는 이들 자원봉사자들의 활동은 평화를 얻기 위한 전투, 명성을 추구하지 않고 온갖 형태의 불의와 전쟁에 처한 인간에게 인간됨의 존엄성을 유지해 주고자 힘쓰고 있다.

어떤 한 개인보다는 숭고한 운동을 웅변적으로 옳게 펼치고 있는 단체에게 계속해서 노벨평화상이 돌아가기를 고대한다.

분쟁-재난 지역에서 생명을 내놓고 인술을 펴고 있는 의료 천사들. 그들은 실로 인류애의 참된 대사이다.

세계인구가 60억을 넘었다는 보도가 있었다. 2050년에는 인도, 중국 순으로 인구가 많아진다고 한다(「타임」 1999. 10. 18일자). 그런데 세계인구의 60%를 아시아가 그리고 20%를 아프리카가 점유한다고 하니 MSF의 미래의 손길이 어느 곳에 더 가야 할지 알 것도 같다.

1996년에도 MSF는 서울평화상을 수상했었다. 그것은 당연한 수상이었다. 날로 좁아 가는 지구촌에 실제로 국경이 없는 평화로운 세상이 21세기에 꼭 도래하길 고대한다. 한반도의 허리를 막고 있는 쇠사슬도 쉽게 풀리는 기적의 날이 올 것을 확신한다. 그때 '국경 없는 의사회', 참된 의사회는 높고 넓게 부활할 것이리라.

내게 문제가 있지 않은가

최근 한 일간 신문에 소설가 구효서는 '귄터 그라스가 한국에 온다면……'이
란 아침생각을 펼쳤다. 그의 좋은 글을 읽는 순간 나는 귄터 그라스가 우리
캠퍼스에 온다면 하고 캠퍼스 구석구석을 돌아다보았다. 10월 하순 북한산
을 적당한 거리에서 바라다보고 있는 캠퍼스는 내가 봉직해서가 아니라 어
디에 내놓아도 손색없는 아름다운 자태를 마음껏 과시하고 있다. 어디를 올
려다보나 놓칠 수 없는 산. 울긋불긋 옷단장을 계절에 맞게 하기 시작한 산
은 우리학교 소유의 산 같다. 사철 산을 적당한 거리에서 관조할 수 있는 이
기쁨 무엇에다 비교할 수 있을까.

그런데 이 아름다운 캠퍼스에는 요즘 보기 흉한 현수막이 여기저기 등장
했다. 북한을 동조하는 듯한 과격한 학생들의 너절한 현수막, 대학평가와 관
련된 이제 퇴색한 현수막, 그리고 학생들의 중간시험이 시작된 10월 18일
아침에 등장한 또 하나의 새빨간 현수막. 새빨간 현수막은 학교 앞 잔디를
선동하고 있다. 자신의 견해를 밝히는 자유를 누가 나무랄 리 없다. 그러나
나는 학생들이 시험에 몰두하는 기간에 눈에 피로를 안겨주는 선동적인 색
상의 플래카드가 걸린 것을 보고 마음이 아팠다. 게시판에는 서로를 비방하
는 문구들. 작은 캠퍼스, 가을의 정취에 맞지 않는 이 초대받지 않은 손님들
을 보며 적어도 주위 경관, 계절을 생각해 현수막의 색을 골랐으면 얼마나

더 멋있었을까 우스운 생각을 해본다.

그간 이 아름다운 교정의 안식구들은 너나없이 크고 작은 상처를 입고 살아왔다. 우리의 우선 과제는 무엇일까. 사사로운 인정, 지연, 학연 이제 모든 것을 털어버리고 이 교육기관의 앞날만을 생각해야 될 때가 되지 않았나. 시험 치러 온 학생들을 본다. 시험에 정신이 팔린 상황에서도 꼬박꼬박 내가 학생들의 절을 받은 것도 오늘도 수십 번. 오늘따라 내가 과연 이들의 절을 받을 자격이 있나 의문을 갖게 된다.

어쩌면 우리의 입맛, 눈빛은 노골적인 욕설과 단선적이고 표피적인 유머, 기호에 길들여져 있는지 모른다. 우리의 의사표현도 이 수준을 넘지 못하고 있다. 이곳이 대학인지 아닌지 구별이 되지 않는 요즈음이다. 들리는 소식은 코미디의 연속. 우스운 말과 행동을 서슴없이 저질러 놓고 웃기는커녕 오히려 흥분하고 화를 내는 사람들을 보며 어떻게 반응해야 할까. 곰곰이 생각해 보니 이 모두는 나의 자화상!

남을 제대로 칭찬하거나 나무랄 줄도 모르는 우리. 이는 매일 벌어지는 우리 사회의 얄팍한 정치, 코믹한 에피소드에 길들여진 탓일까.

귄터 그라스가 우리 캠퍼스에 온다면 무엇이라고 할까. 가까이 있으면서도 거리를 엄격히 지키고 서 있는 산을 보고 느끼는 것이 없느냐고 할 것이다. 거리를 두고 서로 존경할 때 우리 사이를 가르고 있는 울타리는 무너질 것이다.

나와 관계된 일, 나의 제자, 내가 속한 집단, 나의 전공, 나의 연구분야, 나의 승진, 나의 승급, 나. 나. 나. 우리 모두에게는 실로 문제가 많다. 나를 제외시키고 모든 문제를 해결하려는 데 실로 가장 큰 문제가 있지 않을까.

가을은 깊어간다. 세월은 어김없이 흘러간다. 너도 가고 나도 간다. 영겁의 세월, 배움의 전당의 앞날, 수많은 제자의 인생행로를 생각하게 하는 제법 철학적인 이 순간 작은 깨달음이 나의 마음을 두드린다. 모든 문제는 나로부터 시작되었다. 왜 나는 일찍이 '아니오'를 '예'라고 하였나. 왜 나는 불의를 눈감아 왔나. 왜 나는 싫은 순간을 단지 모면하는 것으로 만족하였나.

왜 나는 더 좋은 강의를 하지 못했나. 왜 나는 넘어진 사람을 일으켜 주지 않았나.

1999. 10. 20.

'즈믄이' 2000, 사이버 대사

　오늘 조선일보(1999. 10. 22.)에는 이색적인 신문의 알림난이 소개되었다. 한국을 빛낼 뉴 밀레니엄 주역 '즈믄이' 2000명을 뽑습니다. 신조어 '즈믄이'는 '새 즈믄해(뉴 밀레니엄)의 젊은이'를 뜻하는 말로 즈믄이의 자격은 만 20세의 젊은이. 나이도 중요하지만 컴퓨터와 인터넷 그리고 영어실력을 갖추어야 한다. 학력, 직업, 거주지역은 즈믄이 자격에 관계가 없다. 각국마다 새 천년을 맞이할 행사 구조물이 소개되고 있는 이때 한국의 새천년준비위원회의 광고는 기발하고 관심을 끈다.

　무한한 사이버 공간에서 한국을 대표하여 세계와 우주를 무대로 활약할 21세기의 주역은 선발되면 온갖 활동을 펼치게 되어 있다. 즈믄이들은 데이콤 천리안에 2000개의 한글—영문 홈페이지를 만들고, 국경 없는 사이버 공간에서 그 지혜와 상상력과 희망을 마음껏 펼치며, 세계의 젊은이들과 함께 어울리는 '즈믄이' 대사로 활동할 것이란다.

　계획된 행사로는 인터넷 밀레니엄 페스티벌, 밀레니엄 앰배서더, 인터넷 UN총회, 인터넷 프론티어 등 20여 개가 있으며 즈믄이의 창의력에 따라 다양한 행사가 펼쳐질 수 있다.

　한 예로 인터넷 밀레니엄 페스티벌은 2000년 1월~12월까지 매달 1개 나라를 선정하여, 그 나라의 젊은이와 우리 즈믄이들이 인터넷으로 교류하며,

인터넷 애니메이션이나 게임 겨루기, 인터넷 상송페스티벌, MP3 음악회 같은 문화행사를 개최하게 되어 있다.

사이버 대사를 뽑아 세계와 교류할 수 있게 하고, 국가 간 '사이버 외교관'을 서로 교환하여 상호방문의 기회를 갖게도 한다고 한다.

최근 학문적인 아시아 연구에 큰 공헌을 해 온 헨리루스재단(Henry Luce Foundation)의 설립 25주년 기념 여론조사 결과를 보면 미국인의 아시아에 대한 아니 한국에 대한 지식이 아직도 걸음마 단계임을 알 수 있다. 10월 19일 발표에 의하면 1200명의 조사대상 미국인 중 45%가 서울이 북한의 수도가 아니라 했고 그중 39%는 서울을 북한의 수도로 알고 있었다. 이들 중 71%는 아직도 한국이 미국원조로 살아간다고 믿고 있었다. 18%만이 그것이 사실이 아님을 알고 있었다. 남한과 북한을 구별 못 하는 사람도 소수 있었으나 혹시 북한이 남한을 공격할 경우 48~43%의 사람들은 미국이 한국을 도와 방어해야 한다는 견해를 보이고 있다.

'우리 문화 알리기'가 전세계적으로 아직도 미흡한 이때 즈믄이들의 우리 고유문화 알리기가 큰 성공을 거두기 바라는 마음 간절하다. 인터넷상에서 우리 고유의 문화유산, 전통, 역사를 알리는 일은 아무리 강조해도 지나치지 않을 것이다. 우리의 도자기, 인삼, 김치, 의상 등등 우리 것을 제대로 소개하는 이들의 활약이 기대된다.

즈믄이의 활약은 우리 것을 알리는 활동으로 끝나지 말고 세계를 무대로 상대국의 문화를 제대로 흡수해 소화하며 나아가 인류의 평화, 환경, 새 인간, 지식창조, 역사 등에 눈을 돌리는 지구촌의 새 희망, 새 등대 밝히기로 확장되길 바란다.

2000명으로 시작되는 미래 세대가 할 일은 무한하다. 이들의 개척자 정신이 젊은 세대 외에도 중·장년층, 노년층에까지 전염되어 사업이 날로 확대되리라고 나는 확신한다.

즈믄이의 운동은 새 천년이 시작되면서 그 파급효과가 폭발적일 것이다. 이와 함께 한국의 디지털 강국으로의 꿈은 구체적인 성공의 프로젝트로 탈바꿈될 것이다. 즈믄이는 새로운 세대로 힘차게 전진하며 또 새로운 신조어 부대를 양산해 갈 것이다.

지리적인 국경을 초월하여 무한한 신대륙에 도전할 즈믄이들에게 하늘의 가호가 있길 기도한다. 사이버 신대륙을 궁극적으로 지배하는 숨은 힘을 누구도 부정해서는 안 되지 않을까.

성공의 참된 척도

『우리말 큰 사전』에 성공은 목적하는 바를 이룸이라고 간단하게 정의되고 있다. 우리는 일상생활에서 '성공을 빈다', 또는 '성공을 축하한다'는 표현을 자주 사용한다.

우리는 대개 성공이라고 하는 것에 쉽게 도취된다. 빠른 시간 내에 성공을 하고 남의 찬사와 인정을 받고 동의를 구하는 데 서두르며 인생을 보낸다. 그러다 보면 성공에 너무 집착하여, 인생에서 가치 있는 삶이 무엇인가 보지도 못하고 지나치게 된다.

어느 부모에게 성공은 자식이 세칭 일류학교에 우수한 성적으로 합격하는 것이다. 보통 사람에게 의미 있는 성취가 무엇이냐고 물으면 어떻게 대답할 것인가. "큰 돈을 버는 것이지요", "승진하는 겁니다", "물론 경쟁에서 이기는 것입니다", "장기적인 목표를 달성하는 것이지요", "최고가 되는 것입니다", "남에게 인정을 받는 겁니다"라고 열거할 것이다.

언제부터인가 우리는 너나없이 인생의 외적인 측면에 초점을 두고 성공, 실패를 논하여 왔다. 계속해서 나아지는 외적인 성장을 중시하는 것은 분명 잘못이 아니다.

그러나 인생의 주된 목표가 내적인 평화와 행복인 사람에게는 외면적인, 겉으로 드러난 것은 성취 목록이나 성공 사례에 포함되지 않을 것이다. 신문에 좋은 일로 사진이 나고 TV에 초청인사로 나가고 하는 일은 누구나 할 수 있는 일이 아니며 일종의 성공으로 볼 수도 있겠다. 그러나 이와 같은 일은 성공으로 여기면서도 중심을 잃지 않고 자기 자리에서 열심히 사는 것을 중요한 성취나 성공으로 여기지 않는 사람이 대다수 있음을 부인할 수 없다.

그렇다면 과연 우리의 인생에서 가장 우선해야 하는 것은 무엇일까. 사랑과 평화로 가득한 삶을 살고 싶다고 하면서도 삶의 질을 고양시키는 친절과 관용 같은 것을 성취로 정의하고 높이 평가하지 않는 이유는 어디에 있는가.

가장 의미 있는 성취는 어디에 존재할까. 바로 각자의 내부에 존재한다. 얼음판같이 살벌한 상황에서 나는 침착했나? 어떤 도전에 나는 객관성을 띠고 대응했나? 나는 남의 의견에 항상 과민한 반응을 일으키지 않는가? 나는 한마디로 행복한 사람인가? 나는 나의 문제를 남에게 전가하여 희열을 느끼지 않는가? 나는 남에게 관대한가?

이와 같은 끊임없는 질문은 개인의 성공의 참된 척도가 어떤 평가보다는 각자의 정체파악, 마음속에 주인으로 모셔야 할 사랑에 있음을 깨닫게 한다.

오로지 외형적인, 물질적인 성취를 쫓다보면 정말 인생에서 중요한 것이 무엇인지 고민할 틈도 없게 된다. 이것은 비극이며 절망적인 인생이다.

크고 작은 것을 떠나 의미 있는 성취가 무엇인지 곰곰이 생각할 여유가 있는 사람은 성공의 문턱에 한발 더 가까이 간 것이리라.

허공에 떠 있는 성공. 풍선같이 크고 작게 온갖 색으로 단장된 성공을 본다. 바람이 빠지거나, 장애물에 부딪치면 당장 사라지는 성공을 본다. 하늘로 색스럽게 올라가고 올라가는 성공의 풍선. 그러나 풍선은 풍선인지라 언제 그것이 추락하여 원래의 쭈글쭈글한 몰골을 나타낼지 누구도 안심할 수 없는 외면적인 성공. 주위에서 성공한 사람을 찾아보자. 내가 알고 있는 성공의 척도는 무엇 무엇일까. 국회의원, 대통령, 판사, 검사, 의사, 교수는 모두 성공한 사람일까?

백령도 할머니

　서해 최북단 섬 백령도로 한 할머니가 거처를 옮기신 지 수년이 된다. 북한을 눈앞에 두고 분단 현실을 느끼게 하는 곳으로 유명한 그 섬으로 왜 할머니는 살러 가셔야 했나. 연세도 90에 가까우신 할머니가. 백령도에 사시다가도 서울로 오셔야 될 연세가 아닌가. 혹시 백령도가 남다른 멋을 지녔기 때문일까. 하늘과 바다, 땅과 사람에 청정함이 묻어나는 곳이기 때문일까. 아무것도 모르는 사람은 멋진 관광지에서 사시니 그 할머니는 얼마나 좋으실까 부러워할지도 모른다. 또 어떤 이는 할머니가 시끄러운 도시로부터 잠시 자신을 '유배'시키러 그곳으로 가셨다고 생각할 수도 있을 것이다. 온갖 추측은 아름답기만 하다.

　그러나 이 할머니는 아들과 며느리의 학대를 못 견디어 백령도의 작은아들 집으로 옮겨가신 것이다. 손자 손녀가 크는 동안 할머니는 직장을 가진 며느리를 도와 온갖 궂은일을 도맡아 하셨다. 그러나 아들이 병이 들고 며느리가 직장을 그만두면서 그녀는 집안의 천덕구니가 되었다. 같은 집에서 식구들은 할머니를 없는 사람으로 간주하기 시작하면서 식사도 따로 지어 잡숫게 하고 불나는 것이 무섭다고 가스레인지도 못 만지게 하여 찬밥을 드시는 일이 비일비재.

　이 소식을 알게 되신 어머니는 색스런 음식을 장만할 때마다 할머니에게 전하셨다. 온갖 국을 잘 끓이셨던 어머니는 항상 국을 넉넉하게 끓이셔서 따끈한 국을 줄곧 할머니에게 공급하셨다.

그러던 어느 날 할머니는 작별인사 한마디도 없이 서울을 떠나셨다. 백령도 아들이 서울에 들렀을 때 타의로 섬으로 가셨다. 서울을 특히 좋아했던 할머니는 효자 아들이 있는 섬으로 이사하셨다.

소식이 끊긴 지 2개월 후 전화가 왔다. 백령도에서 전화가 왔다. 할머니는 어머니를 잊지 못해 전화를 하셨다.

"늘 끓여 주시던 온갖 국 생각이 간절합니다."

"안녕하세요. 서울 언제 오시나요?"

"다 늙어 어디 서울 갈 수나 있나요. 이곳저곳이 쑤시는데 이곳에는 큰 병원도 없지요."

관광지 백령도는 기암괴석이 반기고 물뱀이 노니는 곳만은 아닌 것 같았다.

"저희 집에라도 한번 오세요."

"감사합니다. 참 제 아들 집에는 별일 없는지요."

"멀리서 가끔 볼 뿐 별일 없는 것 같습니다."

백령도 할머니는 서울을 떠난 후 아들과는 단절상태. 두어 달에 한 번 정도 오던 전화가 반년이 넘어도 오지 않고 그간 세월만 조용히 흘러갔다.

또다시 전화가 왔을 때는 어머니가 돌아가신 후였다. 전화를 끊지 않고 슬프게 우시던 백령도 할머니.

매년 주문해 일 년 동안 애용하는 까나리 젓을 사겠느냐는 전화가 단골집에서 왔다. 포구마다 산그늘이 지지 않는 공터에 까나리 저장통이 수백, 수천 개가 빼곡히 들어차 있다는 백령도.

까나리 젓을 올해도 주문하며 백령도 할머니를 생각한다. 그곳 전화번호를 절대로 알려주시지 않는 할머니에게 안부 전화를 어머니 대신 걸 수도 없다.

맛있는 국을 먹을 때마다 떠오르는 백령도 할머니. 효자 아들과 편안한 여생을 보내시라고 마음속으로 인사드린다.

아들, 며느리가 더 늙었을 때 '백령도 어머니'의 외로움을 이해할 수 있을는지. 백령도의 진촌리 산 위로 삐죽 솟아오른 전각. 얼마 전 문을 연 심청각. 인당수로 추정되는 황해도 장연 앞바다가 서북쪽으로 보이는 곳에 인당수에 빠지기 직전 심청이 형상화되어 동상으로 서 있다고 한다. 동상을 대면하며 백령도 할머니는 무슨 생각을 하실까? 아들과 며느리는 심청의 동상 소식을 알고 있을까?

제 3 부 ……

한 발씩 이성으로

우리는 부끄럽다

　요즘 우리 주변에서 일어나는 일을 보면 가슴이 답답해지고 부끄럽기 짝이 없다. 연일 터지는 사건은 우리나라 대기업의 붕괴와 함께 우리의 신의, 책임감, 양심의 붕괴 같아 우려된다.

　있을 수 없는 일의 발생을 또다시 본다. 환자에게 관장을 한다며 양잿물을 넣어 죽게 한 종합병원, 사건의 은폐에 따른 계속적인 아까운 생명의 손실.

　지난 9월 14일 경북 문경에서 추락한 공군 F-5F전투기의 추락은 95%의 물이 함유된 연료 때문. 공군은 "5만 배럴짜리 연료탱크 바닥에 생긴 균열로 지하수가 스며들었고, 이를 사고 한 달 전에 나머지 연료탱크 4개로 옮겼으나⋯⋯ 항공유 속에 포함된 물과 불순물을 제거하는 유류 저장소 여과장치와 급유차의 여과장치가 모두 고장나 물이 섞인 항공유가 전투기에 주입되었다"고 발표했다. 매일 하게 되어 있는 물 제거 작업이 이루어지지 않았다는 사실. 매일의 작은 임무 회피가 빚어낸 큰 충격. 50억 원 상당의 기체는 문경읍 왕의산 중턱에 추락. 앞날이 촉망되는 젊은 부조종사의 터무없는 희생⋯⋯.

　언제까지 우리는 다반사로 발생하는 어처구니없는 일에 흥분하고 분개하며 한탄만 해야 하는가. 무엇이든 대충하면 되고 눈가림만 잘하면 넘어가는 우리의 속성. 끈질기게 물고 늘어지고 따지고 따져 진실을 밝혀내고, 거짓을 막는 장치가 허술한 우리 사회. 무엇부터 고쳐나가야 할까 감이 잡히지 않는 나날이다.

오늘 신문을 펴 든다. 새로운 것이 없다. 당리당략을 노린 정치가의 싸움, 정당의 싸움만이 시끄럽다. 건설적인 싸움, 발전적인 싸움, 국가의 미래를 우선 염두에 둔 정쟁을 보고 싶다. 개인의 야심 극대화, 내가 속한 정당, 앞으로 있을 선거용 정치와 근시안적인 공약 남발. IMF 이후 생활에 허덕이는 서민을 염두에 두지 않은 각종 기념관, 건물의 건립. 누가 이 모두의 뒷감당을 하게 되어 있나. 보통 시민의 안전, 쾌적한 삶에 위정자는 얼마나 세심한 배려를 하고 있나. 전시용 행사, 국민의 대다수 동의를 얻고 있지 않은 기념관의 건립은 뒤로 미루자. 갑자기 진행되고 있는 어느 한 대통령의 기념관 건립 발표. 보통시민은 잘잘못이 있는 역대 대통령들의 역사자료실을 갖기 원한다. 재임 중의 치적과 실책을 있는 그대로 볼 수 있는 배움의 장이 필요하다. 국가가 앞서서 어느 한 대통령의 기념관 설립에 국민의 세금을 사용하는 것은 객관성이 결여되어 있다. 왜 해결할 일이 끝도 없는 이때, 아니 더 시급하게 손쓸 곳이 많은 이때 한 대통령의 기념관에 공적자금을, 운영비까지 감당하려 하는지. 이 모두는 우리를 부끄럽게 한다.

대학은 나은 구석이 있나. 우리의 교육정책은? 교육부 장관의 사견에 따라 달라지는 개혁의 고삐. 그 많은 교육자들은 다 어디에 있나. 로비와 돈의 위력에 따라 바뀌는 교육철학. 이 모두는 우리를 부끄럽게 한다.

게릴라식 모진 비가 쏟아진 후 해맑아진 가을 하늘. 오늘따라 천고마비의 계절을 느끼며 산과 들을 바라본다. 온갖 시련을 넘어 제 본분을 다한 황금의 들판. 농부의 피땀 어린 정성이 거둔 알곡을 본다. 노점 과일상의 목판에 가득 담긴 울긋불긋한 온갖 과일을 본다. 그리고 큰 양푼에 수북이 담아 놓은 검은 밤을 보며 풍요로움보다는 부족함을 느끼는 이유는 무엇일까. 하늘을 보나 땅을 보나 부끄러운 우리. 우리는 언제까지 부끄럼을 타야 할까.

1999. 10. 30.

한 발씩 이성으로

이른 아침 출근길 교문 앞 잔디가 오늘따라 황홀하다. 그간 여러 달 캠퍼스 크기에 어울리지 않는 대형 원색 현수막이 여러 개 학교의 얼굴을 더럽히고 있었기 때문이리라. 그 내용은 이제 잊고 싶다. 게시판, 출입구 창문, 기둥을 장식했던 인신공격성 대자보도 오늘 눈에 띄지 않는다. 참 오랜만에 캠퍼스에 고요가 깃든 기분이다. 정말 그럴까?

11월 첫날 캠퍼스에는 10년 만에 교수 한 분이 돌아오셨다. '민주화 운동을 하다가 부당하게 재임용에서 탈락된' 교수가 기적적으로 다시 출근. 그간 여러 명의 교수가 대학을 떠났으나 본 대학에서 복직되기는 이번이 두 번째.

나라로 보나 대학으로 보나 우리는 소수의 목소리 큰 권력자의 입노름대로 있지 않았어야 했던 많은 일이 발생했다. 이것은 개인의 인격파괴, 경제적 어려움과 함께 사회 전반에 부당한 권력남용, 윤리부재, 도덕성 결여, 피할 수 없을 것 같던 군사문화, 일방적 명령하달 풍토는 우리 몸에 어느새 배어 작은 힘 있는 자리에 누구나 앉기만 하면 과거에 신물나게 보아 우리 인격의 일부가 되어버린 듯한 '권력'이 되살아나곤 한다.

토론문화가 정착되어 있지 않은 우리 사회. 해결해야 할 민생문제가 산적해 있는 이때 우리의 손으로 뽑은 국회의원들은 생산적 타협문화에서 점점 멀어만 가고 있다.

요즘 매일 신문의 아까운 지면을 차지하고 있는 '언론장악 문건'. 도대체 언론개혁은 누가 주도해야 하나. 권력과 언론의 관계, 언론인의 사명, 언론인의 윤리성. 정치인의 조건 반사적 현장 모면 발언, 이 모두는 옳은 정신으로 건실하게 살아가려고 애쓰는 다수의 소시민을 분노하게 한다. 이와 유사한 아니 똑같은 일이 배움의 전당에서도 일어나고 있으니 이것의 연결고리를 어떻게 이해해야 할까. 책임회피, 말 바꾸기, 이기적인 가면 쓰기. 내로라하는 지도층이 이럴진대 그것을 바라보는 학생은 어떤 느낌일까. 흉보면서 배운다는 말이 사실이 아니길 바라는 오늘이다.

세상은 날로 좁아지고 있다. 내 나라, 내 학교, 내 고장도 중요하나 좀더 시야를 넓혀 지구촌을 생각하며 세계를 무대로 삼고 넓고 크게 우리 모두가 성장할 수는 없는 것인지.

주한 벨지움 대사는 '코리아 타임즈'(1999. 11. 3.)에 기고한 글에서 한국인의 가치 중 나와 다른 것을 수용 못 하는 아쉬움이 있음을 옳게 지적했다. 한반도를 뛰어넘어 다른 언어도 많이 구사하며 세계의 시민으로 한국이 커 가기를 충고하고 있다. 우리의 대학생도 나의 모교, 한국인의 좁은 울타리를 뛰어넘어 넓고 크게 활동무대를 삼을 때 자연히 한국인이라는 정체, 어느 대학 출신이라는 개개인의 됨됨도 다른 차원의 의미를 갖게 될 것이다.

국회의원, 여당, 야당, 언론인, 독자 그리고 대학 내 이 파, 저 파, 이저파인 우리. 우리는 모두 우리를 너무 가까이서 괴롭히고 있는 문제를 객관화하며 생각해 봐야 되지 않을까. 우리 모두는 문제의 핵심에서 한 발짝 물러나 감정을 억제하고 이성적으로 모든 것을 생각해야 한다.

잘못이 있으면 인정하고 서로의 입장을 바꾸어 토론을 통한 타협으로 어렵더라도 이 '집단 히스테리'를 잠재워야 되지 않을까.

우리 모두는 일탈행위의 명수들이다. 자라면서 매일 본 것이 주로 그런 것이니까. 우리는 민주주의를 외치면서도 비민주적인 가정을 꾸미고 있다. 각 가정의 구성원은 '평등'한가. 부모는 자식을 소유물로, 장식물로 생각하지 않는지, 자식은 부모의 권리 행사를 방해하고 있지 않은지.

이제 한국인인 우리는 하는 일이 크든 작든 주어진 일과 '나의 일'에 충실해야 하지 않을까. 선반에 올려놓아 방치한 우리의 이성을 매일 사용하는 식탁 한가운데로 옮겨놓아야 하지 않을까. 휴지같이 구겨진 우리의 양심을 펴야 되지 않을까. 이 모두는 갑자기 이루어지지 않는 것. 한 발씩 한 발씩 이성을 되찾는 일에 다가가야 되지 않을까? '빨리빨리'는 금물이다. 한 발씩 이성으로, 서로의 감정과는 휴전.

낙엽의 축제

수십 년간 매년 보아왔던 낙엽. 낙엽의 축제가 멀고 가까운 곳에서 열리고 있다. 올해의 낙엽은 왠지 더 색스럽고 발걸음을 멈추게 한다.

새벽 5시 극동 방송 청취로 시작된 오늘. 어둠이 짙은 안개 낀 창밖을 내다보며 아침 찬 공기에 다소곳이 고개 숙이고 있는 오색찬란한 나뭇잎을 본다. 어둠 속이나 근처 환한 가로등의 조명으로 나뭇잎은 형언하기 어려운 차림새. 제법 겹겹이 옷을 그대로 입고 있는 나무가 있는가 하면 어떤 나무는 서너 개 잎만 몸체 일부를 장식하고 있다.

아침 7시. 과일, 야채, 보리빵, 저지방 우유로 식사를 마친 후 식구와 작별인사를 하고는 늘 다니는 길을 따라 낙엽으로 화려한 카펫 길을 걷는다. 연세가 드신 환경미화원의 빗자루가 지나가기 전 길은 오색 가을빛으로 듬뿍 물든 크고 작은 나뭇잎으로 푹신거린다. 편안하고 납작한 신발에 와 닿는 이 가을의 촉감.

나도 모르게 은행잎의 노란 손짓이 발걸음을 멈추게 한다. 노란 은행잎도 한 나무 식구이련만 그 색이 옅고, 진하고, 퇴색된 것 등 각가지 형태를 하고 있다. 유난히도 큰 은행잎 대여섯 잎을 모아본다. 다시 두어 발짝 떼었을 때 이번에는 새빨갛다 못해 검붉기까지 한 낙엽이 나를 유혹한다. 다시 서너 잎을 줍는다. 손에 쥔 낙엽이 이제 제법 두툼하다. 주위를 돌아다본다. 낙엽의 계절이 영원히 계속될 것 같지 않은 아쉬움을 여기저기에서 본다. 인기척이 없는 오솔길이 끝나는 지점에서 돌아서 뒤를 본다. 지난해에도 낙엽은 쌓였었다. 그런데 변한 것이 있다. 태풍이 오기 전 이 오솔길은 더 많은 나무가 서 있었다. 자연히 나뭇잎도 더 무성했다. 낙엽도 더 많았었다. 이 길을 애용하셨던 어머니도 지금은 안 계시다. 오솔길을 더 풍부하게 했던 나무도 십여 그루 자연 도태되었다. 오솔길에서 인생의 의미를 새삼 깨닫는다.

아침 8시. 대학 캠퍼스에도 낙엽의 축제가 한창. 고개를 들면 사방이 울긋불긋. 아름다운 교정, 산야 그리고 푸른 하늘. 한 시간 전에 보았던 낙엽과는 다른 종류의 낙엽 양탄자가 내 발걸음을 더욱 가볍게 한다. 어느 여왕, 국가원수가 이보다도 더 화려한 가을 나무의 사열을 받겠는가. 다시 넓고, 좁다란 낙엽을 손에 쥔다. 여기저기 유혹이 많아 손놀림이 바빠지고 그 덕분에 아침 허리 운동도 반복된다. 빨간 단풍잎이 어울리니 낙엽식구 대열은 생동감이 넘친다.

헝겊가방 한 모퉁이에 어느새 쌓인 낙엽을 들고 연구실에 들어온다. 큰 테이블 위 한 모퉁이 흰 종이 위에 낙엽을 펼쳐 놓는다. 작은 방에서도 바야흐로 낙엽의 축제는 시작된다.

일주일 전 생전 은행잎을 못 보았다는 미국의 남쪽 친구에게 한국의 은행잎 가을 소식을 보냈었다. 그녀의 집 주위 사람에게 한국의 낙엽은 색스런 소식을, 이국적인 메시지를 전할 것이다.

일과를 정식으로 시작하기 전 오늘은 미치 앨봄(Mitch Albom)의 책 『화요일은 모리와 함께』(*Tuesdays with Morrie*)를 읽는다. 뉴욕 교외에 사는 사촌 오빠가 보내준 책. 책은 다음과 같이 시작된다.

"나의 노교수 생의 마지막 수업은 창 너머 무궁화 보이는 그의 서재에서 시작되었다. 수업은 화요일마다 있었다. 아침 식사 후에 시작되었으며 주제는 인생의 의미. 강의 내용은 그의 경험. 학점은 없음. 매주 구두시험. 질문에 응답해야 하고, 자신의 질문도 해야 함. 때로 교수의 머리를 베개의 편안한 위치로 옮겨 놓거나 그의 안경을 코 한가운데로 다시 고쳐 놓아야 하는 육체적인 노동도 요구된다. 작별인사로 그에게 키스하면 과외 점수를 딴다. 책은 필요 없다. 강의의 주제는 사랑, 일, 지역사회, 가족, 나이 먹기, 용서 그리고 마지막으로 주검. 마지막 강의는 극히 간단하여 말 몇 마디. 졸업 대신에 장례식이 있었다. 학기말 시험은 없었으나 배운 것을 토대로 긴 논문을 써야 했다. 바로 이 글이 그것이다. 나의 노교수 생의 마지막 수업에는 학생이 한 사람뿐. 내가 바로 그 학생이었다."

올해의 낙엽 축제는 감동적으로 생을 마친 모리 교수 이야기가 있기에 더욱 의미가 있는 것이 아닐까. 낙엽을 다시 본다. 낙엽 중의 낙엽은 모리 교수가 아닐까?

코다리와 어느 미국인

수유리 4.19탑 쪽으로 올라가다 보면 4.19공원에 거의 다다를 무렵 왼쪽에 한 음식점이 눈에 띈다. 외장이 화려하거나 고객의 시선을 끌기 위해 특별한 장치를 한 흔적은 없으나 코다리라는 이름이 고객을 매혹한다. 한글 읽는 것을 겨우 깨친 한 미국인 친구는 코다리를 보는 순간 코는 nose 그리고 다리는 leg, 도대체 그것이 무엇인지 나에게 물었다. 코다리가 우리 어휘인데 그것에 무식한 나는 그 의문을 풀어주려고 10년도 전에 코다리와 인연을 맺게 되었다.

나지막한 식탁에 앉아 있던 우리는 코를 진동하는 그 구수한 냄새에 일단 안심하고 기대에 한껏 부풀어 코다리를 기다리고 있었다. 주인아주머니에게 코다리가 무엇이냐고 묻는 대신 우리는 이름 모를 음식을 시켜 직접 먹어보며 코다리의 정체를 알아내기로 했다.

점심시간으로는 시간이 좀 일러 주위에는 손님이 하나도 없었다. 호기심, 기대감, 장난기마저 한참 발동된 우리 앞에 나타난 것은 온갖 채소로 뒤덮인 갸름한 흰 큰 접시. 큰 접시는 온통 노랗고, 희고, 파랗고 김이 모락모락. 이 많은 것을 어떻게 다 먹을 수 있을까 염려까지 되었다. 그것뿐이랴! 반찬으로 나온 전통짠지, 우거지배추무잎, 각종 젓갈, 김치, 생채 그리고 나물. 흰밥 두 공기는 들뜬 식단을 안정시키고 있었다.

미국 친구는 휘둥거리던 눈을 잠시 고정시키더니 나에게 물었다.

"어디부터 공격해 들어가야 합니까?"

"위부터."

코다리찜은 정말 먹음직스러웠다. 콩나물, 무, 호박, 파, 당근, 마늘이 뒤섞인 접시는 화려했다. 채소를 덜어 이것저것 먹는 순간 젓가락은 이윽고 기다란 물체에 닿았다. 신대륙을 발견한 콜럼버스처럼 두 사람은 채소를 옆으로 대충 밀어 놓고는 약간 꼬들꼬들 표면이 마른 것 같은 명태를 발견. 이것이 코다리임을 깨닫게 되었다. 온갖 양념이 배어 구수한 명태. 명태가 코다리도 되는 것을 알게 되었다. 코다리찜은 냄비에 물을 넣고 끓이는 것이 아니라 증기로 쪄내는 음식이라 국물이 많지 않고 채소와 코다리를 적셔줄 정도라 그 맛이 정제된 느낌.

이야기를 즐기는 미국친구는 말이 없었다. 먹는 일로 한참 분주했다. 성격이 활달한 그였기에 음식에 까다롭지 않은 것은 알았으나 코다리찜에 그렇게 열중할 줄은 뜻밖이었다. 말없이 코다리찜을 즐기면서 어느새 나는 미국 뉴욕에 가 있었다. 유학 시절의 어느 겨울 나는 뉴욕 생선가게에서 동태를 본 순간 발걸음이 떨어지지 않았다. 마침내 그것을 사가지고 와 기숙사의 간이 부엌에서 주말 동태찌개 파티를 열어 냄새를 피우던 일이 새로웠다. 동태찌개 실력은 생오징어로 옮겨져 오징어와 생무채를 섞어 오징어젓도 만들었다. 논문을 쓰다가 막히거나 '홈씩'에 걸렸을 때 특효약은 오징어젓 한 젓가락.

이윽고 정신을 차려 다시 수유리로 돌아왔을 때 미국친구는 '원더풀'을 연발하며 코다리의 꼬리부분을 공격하고 있었다. 생각해 보면 명태만큼 다양한 이름으로 한국인의 미각을 자극해 온 생선도 없는 것 같다. 어려서부터 가장 많이 먹은 생선은 아마도 명태일 것이다.

명태는 말리고 얼리는 정도에 따라 구분되는데 선어상태로 판매되는 것은 생태, 얼린 것은 동태, 약 60일간 건조한 것은 북어, 40일간 얼렸다 말렸다를 스무 번 이상 거듭한 상품은 황태, 그리고 15일 정도 반쯤 말린 것은 코다리. 코다리는 코를 꿰어 4마리를 1세트로 판매하고 있어 붙여진 이름이란다.

　한일 어업협정 이후 국산 생태는 시장에서 보기 힘들어졌다. 생태는 일본산이 대부분이라 한다. 코다리찜 음식점 아주머니로부터 코다리에도 그 종류가 있음을 알게 되었다. 냉동건조 코다리와 해풍건조 코다리.

　동료교수 바바라도 코다리찜의 주요 고객. 입맛이 세계화된 외국인 친구에게 나는 오늘도 내일도 코다리찜을 권할 것이다. 한국인의 그윽한 맛을 가장 잘 대변해 주는 음식은 코다리찜.

1999. 11. 11.

전국 청소년 영어연극대회

　문화관광부의 후원 아래 한국걸스카우트연맹이 주최한 제32회 전국청소년 영어연극대회가 11월 마지막 토요일에 국회헌정기념관 대강당에서 열렸다. 전국의 지역예선에서 최종적으로 선발된 17개 팀이 본선대회에 진출했는데 그 구성원은 고등학교가 세 팀, 중학교가 여섯 팀 그리고 초등학교가 여덟 팀이었다. 영국인, 미국인 교수를 포함해 심사위원은 5명.

　본선대회 진출 팀의 연극제목은 다양했다. '우리는 하나', '신기한 친구', '너를 얼마나 사랑하는지 알아맞혀 봐!', '우리의 밝은 미래를 위해', '로미오 와 줄리엣', '지구는 일회용이 아닙니다', '용감한 염소 3형제', '약간 세지 뭐!', '하나 되어 아름다운 지구', '우리는 하나', '왕따', '우리가 함께 할 때 세상은?', '우리들의 아름다운 세계', '사랑의 하모니', '아나바다', 그리고 '우 리는 세계 귀신'.

　연극은 10분 내에 모두 공연되어야 했고 심사는 원고, 발음, 표현, 태도, 제한시간, 청중반응 항목을 기준으로 채점되었다. 개회선언과 국민의례 후 17개 팀은 1년간 준비해 온 연극을 펼쳐 보였다. 눈 깜짝할 사이에 설치된 무대 배경, 경제적인 물자절약 의상, 간결한 대사는 곧 청중을 사로잡았다. 초등학생들의 정확한 영어 발음, 자연스러운 연기, 연기자의 협동심은 청중 을 매료시켰다. 이어 중학생의 어른스러운 연극내용, 갈고닦은 연기는 청중으로 하여금 이들이 초등학생의 선배임을 확인시켜 주었다. 이들 역시 유창한 영어로 세계인의 의사소통 매체가 다름 아닌 영어임을 깨우쳐 주었다.

이윽고 강원, 인천, 부산의 대표 고등학교 팀은 대학생과 비슷한 면모를 풍기며 영어와 연기의 묘미를 소화한 듯한 표정이었다. 학교공부에만 매달리지 않고 여유 있는 창조적 과외활동을 펴온 이들에게서 나는 한국의 밝은 미래를 읽을 수 있었다. 한국걸스카우트연맹과 인연을 맺어 영어웅변대회, 영어연극대회의 심사위원 노릇을 한 지도 어언 10년이 넘었다. 첫 번 웅변대회 수상자는 이미 엄마, 아빠가 되었다. 한국걸스카우트 강단을 탈피하여 올해에는 여의도의 국회 헌정기념관 대강당. 처음 들어가 본 국회의 헌정 기념관. 세계화의 바람을 타고 우리네 초중고생은 해를 거듭할수록 영어구사 능력이 향상되고 있다. 좋은 일이다. 연극을 통해 작가, 배우, 나 아닌 다른 정체를 경험하는 것은 귀하고 값진 일일게다.

국회 헌정기념관 계단 위 벽면을 장식한 이승만 박사, 신익희 씨 등 애국 인사들을 보며 인생의 무상을 잠시 느껴보았다. 국회 앞에 진을 치고 있는 데모대 그리고 이를 막으려는 닭장차 청년들.

영어연극 심사를 하는 바쁜 와중에서도 머리 한구석은 개운치가 않았다. 우리네 정치인, 국회의원은 사이좋게 건설적인 연극을 할 수 없는 것일까. 여당 그리고 야당, 당리당략을 따라서만 행동하는 많은 무리. 자신들의 세비 인상에만 만장일치 합의를 본 국회의사당 주인들.

또 한 가지 걱정이 머리의 다른 구석을 스쳐 지나갔다. 배우들의 정확한 영어발음, 억양을 접하며 이 어린이들이 바른 국어 발음하기에는 얼마나 시간을 할애하고 있을까. 어린 나이에 외국어 습득을 지나치게 강조하다 보면 우리의 국어는 어찌될 것인가.

우열을 가리기 힘든 17편의 연극은 모두 성공적인 무대공연을 마쳤다. 대상, 금상, 은상, 동상, 장려상이 주어졌다. 지난 31회 때 대상을 받았던 초등학교 연극반 지도교사가 시상이 끝난 후 나에게 다가왔다.

"심사위원장님, 이번 32회 때 '로미오와 줄리엣'이 꼭 대상을 받을 줄 알았는데 금상을 탔습니다. 무엇이 부족했나요. 내년을 위해 조언해 주세요."

"글쎄요. 제 채점표에는 다섯 팀이 동점입니다. 1년간의 노고에 위로와 축하를 보냅니다. 다음번 연극 지도 때는 그 지도 과정을 하루하루 즐기세요. 어린이들이 일찍부터 다양한 상의 묘미를 터득하는 것도 큰 공부입니다. 노력했으나 본선에 오르지 못한 무수한 어린 배우 그리고 지도교사를 고향 가시는 길에 대신 생각해 주세요."

걸스카우트 운동의 사명을 나는 새삼 떠올렸다. "소녀와 젊은 여성이 책임 있는 세계시민으로서 그들의 잠재력을 최대한 개발하는 데 있다."

1999. 11. 27.

교훈 사랑

내가 장구한 세월 몸담아 온 대학의 교훈은 사랑이다. 대학의 요람의 첫 쪽도 사랑에 대한 교훈 이야기로 채워져 있다. 교훈 사랑이란 표제 밑에 교육의 이념이 적혀 있다.

교육의 이념

자신에 대한 사랑의 실현

1. 학문의 탐구를 통한 지성의 함양

2. 품성의 도야를 통한 인격의 고양

3. 전문지식의 습득을 통한 사회전문인으로서의 성장

4. 여성교육을 통한 지도자적 여성으로의 완성

이웃에 대한 사랑의 실현

1. 우리의 문화와 전통가치에 대한 이해를 바탕으로 국가공동체에 대한 봉사

2. 다른 나라의 문화와 가치관에 대한 이해와 인류공동체와의 협력

3. 생명의 가치에 대한 이해와 환경의 보존

많은 눈이 올 것이라고 예보된 오늘 눈 대신에 비가 촉촉이 내리고 있다.

채점, 리포트 읽기, 크리스마스카드 띄우기를 다 마친 오후 정말 오랜만에 나는 사치스런 오후를 보내고 있다. 감기 기운이 있어 매캐한 목을 설록차로 달래며 읽고 싶어도 미루어 온 책을 읽는다. 안토니오 비발디의 사계(The Four Seasons)가 이어폰으로 계속 울려 퍼진다. 봄, 여름, 가을, 겨울 언제 들어도 가슴을 울리는 선율, 연구실은 창밖 날씨와 달리 따뜻하고 환하다. 헤밍웨이의 단편 "깨끗하고 불이 환한 곳"(A Clean Well-lighted Place)을 생각나게 하는 환한 교수실. 큰 책상 한 모퉁이에는 1999년의 가을이 덧없이 가는 것을 지연시키려 모아놓은 울긋불긋한 낙엽과 감이 가을이 아직 계속됨을 알리고 있다. 가을의 전성기와 다른 것은 낙엽 위에 얹혀 있던 두 개의 감 중 하나가 사라진 것. 홍시가 다 되어 터질 것 같은 감 하나를 열흘 전 조교 정은이에게 주었다. 남은 감 한 개는 아직 단단한 몸체를 유지한 채 2000년까지 갈 것 같다.

오늘은 2000년 2월 27일 졸업할 영문과 학생의 사은회 날. 졸업예정자 중 절반가량은 이미 취직이 되어 출근 중. 대학 근처 한 식당에서 있을 저녁 6시 30분의 사은회까지는 아직도 2시간의 여유가 있다. 비발디의 사계는 흐르고 흘러 이제 가을을 지나 겨울로 향하고 있다. 이 사치스런 시간에 대학의 교훈 사랑을 새삼 생각해 본다. 내가 사랑하는 덕성여대는 시끄러운 소용돌이에 진입한 지 2년이 넘어가고 있다. 아직도 흑백, 청군과 백군의 싸움은 치열하다. 서로가 옳다고 극과 극을 치닫고 있는 현실. 교수실 문 밑으로는 서로를 비방하는 유인물이 두껍고 얇게 배포되고 있다.

우리 대학의 교훈은 사랑. 남의 이야기를 접어두고 나는 이 귀한 시간 앞에 언급된 '자신에 대한 사랑의 실현'과 '이웃에 대한 사랑의 실현'에 대해 생각해 본다. 지성의 함양, 인격의 고양, 사회전문인으로서의 성장, 지도자적 여성으로의 완성, 국가공동체에 대한 봉사, 인류공동체와의 협력, 생명의 가치에 대한 이해 및 환경의 보존과 나와의 관계를 생각해 보았다. 나는 여러 면에서 사랑의 실현과는 아직도 거리가 있음을 고백할 수밖에 없다.

불신과 불화로 심각한 내부 분열을 겪고 있는 우리 대학. 아니 대학은 사회의 축소판, 정치의 축소판. 누가 누구를 탓할 수 있을까. 고소 고발이 난무한 대학가. 진실의 소리는 어디에 숨어 있는지. 짧은 지상에서의 인생행로에서 '정도'를 걷는 것은 불가능할까. 이기심, 욕심, 탐욕, 거짓된 증언, 참된 스칼라십이 결여되어 있는 우리네 풍토. 보름도 채 남지 않은 1999년. 곧 닥칠 희망의 2000년에 우리 모두는 서로 과거지사를 모두 용서하고 화해할 수는 없는 것일까. 갈등과 반목이여 안녕! 교훈 '사랑'이 너와 나의

마음에 제대로 안착할 때 이 대학, 이 나라에 참된 평화가 깃들고 교육다운 교육이 이루어지리라. 우리 모두는 참된 결실을 맺기 위해 화해의 결단을 내려야 하지 않을까.

1999. 12. 16.

수십 년 만에 되돌아온 편지 스무 장

12월 15일은 '판도라의 상자'가 열린 날, 한국전쟁 직후의 타임캡슐이 공개된 날. 여느 때와 마찬가지로 나는 우체통에서 각종 크기의 봉투, 광고물을 안고 아파트에 입성했다. 습관대로 저녁식사 후 기대감에 차 색스런 각종 봉투를 뜯기 시작했다. 작은 봉투 사이에 제법 큰 누런 봉투가 두툼하게 배를 내밀고 있었다. 그것은 반세기간의 집안 친구인 한 미국인에게서 온 것.

봉투를 여는 순간 작고 큰 봉투에 든 퇴색한 편지가 쏟아져 나왔다. 더러는 항공우편 봉투에 얌전히 들어 있었고, 또 더러는 봉투 없는 알몸으로 눈에도 너무 익은 옛적 한국의 편지지가 눈을 황홀하게 했다. 황홀한 것은 조금 뒤 이야기이고 처음 몇 초 동안은 아니 이럴 수가. 그것이 전부였다. 바랜 편지 뭉텅이는 최씨 가문과 쉬프리 가문이 주고받은 편지 스무 장. 아버지의 서신 8장, 어머니 서신 1장, 나의 편지 9장 그리고 미국인이 쓴 추천서 사본과 브린모(Bryn Mawr) 대학원 영문과 입학허가서 사본 1통.

편지 연대는 1954년 6월 27일로부터 1960년 5월 15일. 추천서와 허가서의 연대는 1962년 1월. 사십 년도 더 전의 기록이 한꺼번에 눈을 아찔하게 하며 어느 사이 마음은 고등학교, 대학교 저학년 시기로 이미 가 있었다. 아니 이럴 수가?

차근차근 편지를 한 통씩 열며 아니 이게 웬일인가 감탄을 연발. 쉬프리는 얼마 전에도 한국전쟁 후 서울의 모습, 자주 집을 드나들며 찍었던 기록사진, 영어에 유창하신 할아버지, 아버지와의 만남을 기록한 사진을 보내왔었다. 쉬프리는 그의 집 천장 밑 방(attic)을 정리하며 옛 기록 정리에 나섰다고 짧은 쪽지에 설명. 장구한 세월 동안 간직했던 기록물을 보낸 사람에게 되돌려 주어 그 당시를 회상하는 즐거움을 가지라는 배려에 벌린 입은 더욱 커졌다.

1954년은 한국전쟁 휴전이 된 다음 해. 고등학생 시절 한국인은 너나없이 가난했다. 학생 시절 문관으로 한국에 1년 남짓 머물렀던 쉬프리와의 가족 인연은 최씨 가문과 쉬프리 가문의 인연을 오늘날까지 지속시켰다.

이제 모두 하늘나라의 일원이 되신 어머니가 쉬프리 어머니에게 보냈던 편지를 읽는 순간 눈물이 핑. 어머니의 우리말 편지, 그리고 그것의 나의 영어번역물. 고등학생 영어실력이 오죽하였겠나. 45년 만에 읽어본 나의 고등학생 시절의 영어수준. 한국어로 쓰인 어머니의 아름다운 서신은 한 편의 문학작품. 나는 거의 반세기 전부터 번역으로 반역을 시작했다.

편지는 한국전쟁 후의 어려운 사회상, 부패한 정치, 여름방학과 추석 풍경, 형제자매 이야기, 커피 맛, 외국인이 좋아했던 떡국, 추석 정취, 방학숙제, 새와 토끼 기르기, 교회생활, 식물채집, Y-teen 수련회, 영어 독일어 강습, 빌리 그레헴 목사의 전도 집회, 공산당의 잔학상, 학교생활, 가족간의 화목 등등을 있는 그대로 보여주고 있었다. 천장 밑 다락방의 종이뭉치를 그대로 없앨 수도 있었으련만 편지 내용을 일일이 읽고 태평양 건너 편지주인에게 되돌려 주는 배려. 무엇이든 싹싹 버리는 데 익숙해진 나를 오늘따라 되돌아본다. 전쟁의 폐허를 딛고 오늘에 이른 한국, 한국인을 생각하게 하는 편지.

편지는 내 영어실력의 거울이며 우리 가족의 역사. 스무 장에 상응하는 이쪽 기록물을 보낼 수 없는 아쉬움. 팩스니 이메일(e-mail)이니 세상은 많이도 변했으나 편지의 옛 맛은 새롭기만 하다.

수십 년 전의 우표, 항공우편 봉투, 편지지, 볼펜이 나오기 이전 파카 만

년필로 쓴 잉크편지: 이 모두는 타임캡슐 속 우리 가문의 보배.

오늘 미국에 사는 막내 동생으로부터 전화가 걸려왔다.

"언니, 참 재미있는 일이 있다. 쉬프리가 내가 초등학교 시절 써 보낸 한글 편지를 언니 번역물과 함께 나에게 다시 보냈어."

"애, 나도 스무 장이나 받았는데."

"어머나, 쉬프리가 세상 떠날 준비를 하나 봐요. 우리도 모두 주위를 정리하며 살아야 되겠지요?"

"그래, 사람은 매일 배울 것뿐이다. 그런데 좀 슬픈 생각이 든다."

"타임캡슐을 연 것 같아 언니야."

"나도 똑같은 생각을 했는데."

이제 스무 장의 역사적인 기록은 어느 것과도 바꿀 수 없는 나의 재산1호.

1999. 12. 15.

사라진 문진

근 10년이 넘게 매일 애용하던 문진이 사라졌다. A4 용지를 많이 사용하는 나에게, 한꺼번에 여러 책을 왔다갔다 하며 읽기를 좋아하는 나에게 문진은 좁은 책상을 체계적으로 활용하게 하는 한 도우미. 그 도우미가 사라진 지 일주일이 넘었다. 도우미가 사라진 첫날은 사방을 찾고 또 찾으며 헤맸다. 책 뭉치, 사전 뒤, 카렌다 옆을 다 뒤져도 없는 것이 확인된 후 책상 서랍 여섯 개를 수십 번 열고 닫았다. 그것도 부족해 창문시렁, 천정도 애교로 쳐다보았다. 문진은 온데간데없었다.

사라진 문진은 20㎝ 길이의 초록빛 사각 쇠뭉치. 10년 전 한 제자가 선생님께 꼭 필요한 것이라고 두고 간 것. 국적 미상의 초록빛 쇳덩어리는 강산이 변할 정도로 오랫동안 주인을 잘 모셔온 충신. 별것 아닌 줄로 생각하고 매일 사용하던 문진이 사라지자 마음이 허전. 이틀 동안은 일이 손에 잡히지 않았다. 마치 문진 때문에 여러 편의 논문, 강연 원고, 수필집이 완성된 듯 문진의 진가를 주인은 그것이 없어진 다음에야 깨닫게 되었다고나 할까. 늘 가까이 있는 것은 당연시하고 무심하게 대하며, 한번 애틋하게 돌보아 주지도 않는다더니 나의 도우미 문진은 주인이 바쁘다는 핑계로 책상 서랍 안에도 들어가 본 적이 없었다. 여름 한나절에는 냉방장치로 너무 추웠고, 여름밤에는 한여름 밤의 꿈도 꿀 수 없게 밀폐된 교수실에서 더위로 거의 질식

상태였다. 겨울이면 그와는 정반대로, 더위와 추위의 또 다른 교차를 경험했다. 봄과 가을은 그런대로 지내기 좋은 계절. 그러나 주인은 꽃 피는 계절, 독서의 계절이라며 계속 작업, 문진은 쉴 날이 없었다.

묵직한 문진이 사라진 내 책상 위 종이뭉치는 허전하다. 창문의 바람이 조금만 스쳐도 종이는 제 모습을 잃는다.

두 책, 세 책까지 가로질러 펴놓은 책을 누르던 문진. 묵직한 문진을 그리워하며 오늘도 주인은 그것이 혹시 나타나지 않을까 연구실 전등을 켜는 순간 사방을 두리번거린다.

지금까지 내가 소유해 온 문진은 세 개. 하나는 사반세기 전 체코슬로바키아에서 근무했던 미국친구 들로러스(Delores)가 보내준 사과모양의 크리스털 문진. 이 문진은 너무 예쁜 탓에 장식장을 10여 년 지키다가 언제부터인가는 부엌 한 선반의 장식품으로 빨간 종과 함께 주인에게 봉사하고 있다. 사과 문진이 코리아로 시집온 후 문진의 고국은 체코와 슬로바키아로 양분되었다. 미국친구도 그곳을 떠나 지금은 미국의 동부에 살고 있다. 두 번째 문진은 작디작은 한국의 놋쇠 돼지. 이것도 그 크기와 앳된 돼지 얼굴 때문에 문진의 역할은 제대로 하지 못해 온 또 다른 서재 장식품. 셋째 것은 사라진 초록색 문진.

세 번째 것을 그리워하는 주인은 1999년 말까지는 도우미 없이 지내기로 결심. 2000년이 시작되는 첫 주 남대문시장 근처 놋쇠 그릇 상점을 뒤져 적당한 도우미를 선정할 계획임.

새 도우미가 생긴 날 주인은 문진에게 이름도 지어주고 알뜰살뜰 잘 보살필 것을 다짐하는 간소한 나의 예식도 갖출 작정.

두어 주도 채 남지 않은 1999년 말까지는 사라진 도우미의 공적을 기리며 문진 없이 불편하게 지내리라. 가진 것이 너무 많은 주인은 법정 스님의 『무소유』를 여러 번 읽은 뒤에도 깨달은 것이 없는지. 새 식구를 왜 또 맞이하려고 하는 것일까?

음악이 있는 세밑

이틀 후면 한 세기가 끝난다. 각종 신문, 방송은 새천년맞이 행사 소개로 떠들썩하다. 전세계의 매스컴도 축하 이벤트 홍보에 열을 올리고 있다. 마음 같았으면 모든 곳에 동시에 가 기발한 행사를 보고 싶다.

나는 인기척이 없는 고요한 연구실에서 지금 친구가 보낸 피아노곡을 듣고 있다. 건반에 손을 올려놓으면 저절로 작곡되어 나오는 성령이 같이하신 곡으로 친구는 미국에서 선교활동을 펴고 있다.

그 곡을 며칠 전 나도 받아 듣고 또 듣는다. 마음이 아픈 사람에게 친구는 수많은 카세트테이프를 복사해 보내주어 치유의 기적을 낳고 있다. 가끔 방문하는 고국에서 그녀는 시각장애자 교회에 가 봉사활동을 펼친다. 세 아이의 어머니 그리고 산부인과 의사의 부인인 그녀. 그녀는 동분서주 봉사활동으로 이번 세기를 마칠 것이다.

친구를 그리며 나를 돌아본다. 지나온 세월이 숫자상으로는 많기도 하다. 초등학교 졸업한 지 2000년이면 50년, 고등학교는 44년, 대학교는 40년이 된다. 그러나 이 모든 것이 지금 한 점에 모이며 세월이 정지한 것 같다. 30세에 세상을 떠난 영국 시인 셸리(Percy B. Shelley)에 비하면 두 배 이상 세상살이를 한 것이다. 여학교 시절 내내 길동무였던 피아니스트 친구는 가회동, 소격동, 팔판동을 지나 경복궁 돌담길을 걸어 광화문에 위치한 학교를 수없이 동행했던 친구. 일제시대에 태어나 6·25를 거쳤고 부산의 영도천막학교에서도 같이 공부했던 친구. 우리보다 3학년 위였던 두 사람의 언니들도 같은 여학교 선배. 우리들의 어머니도 같은 여학교 동문.

감미로운 음악은 계속 연구실을 가득 채우고 있다. 밀린 일을 모두 정지시키고 강화도 동막리에서 바라본 일몰 사진을 이지엘 사진틀 위에 얹어 놓는다. 신문에서 오려낸 것이나 20세기의 끝막음을 상징하는 더할 나위 없는 명화이다.

20세기를 끝내며 오늘의 나를 존재하게 한 여러 사람에게 감사를 보낸다. 오늘의 나를 이곳에 있게 하신 전지전능하신 하나님께 감사의 기도를 드린다. 그 많은 세월, 봄 여름 가을 겨울을 지내오며 뭇사람을 섭섭하게 한 것에 대해 용서를 빈다. 그리고 좁은 땅에서 정직하게 열심히 살고 있는 모든 이에게 칭찬과 축하를 보낸다.

우리의 정치인들 그리고 우리 대학의 식구가 자꾸 생각난다. 두 집단은 너무나 유사한 점이 많다. 사분오열되어 서로를 비방하고 꾸짖고 고발하고 때리고 치고, 허위사실을 유포하고.

지금 한 해가 저물어가고 있다. 음악테이프도 60분의 임무를 다 수행했다는 신호를 보내고 있다. 조용한 연구실은 고요 그 자체이다. 우리는 새해가 새로운 천년의 찬란한 시작이라면서 한없이 꿈을 부풀리고 있다. 사람에게나 대학에게나 그리고 나라에게나 희망과 꿈처럼 값진 재산은 없다. 그러나 새해는 어디까지 묵은해가 잉태한 것이지 갑자기 진공 속에서 태어나는 것은 아니다. 새해의 꿈도 묵은해의 영욕 속에서 여물어 나가는 것이다. 우리는 지난 한 해에 무슨 일을 하다 말았으며 무슨 잘못이 있었는가를 곰곰이 돌이켜 보자.

티격태격 이기적인 일로 양심을 더럽히지 말고 더 큰 앞날을 생각하자. 대학이 잘돼야 이 나라에 바른 앞날이 있다. 개개인이 자신에게 충실하고 정직할 때 반목과 시기의 얽힌 타래는 스르르 마술을 부린 양 풀어질 것이다.

우리 서로 용서하고 칭찬하자. 다른 사람의 업적을 인정해 주자. 그리고 자부심과 자신감을 갖자. 이러한 심성은 다가오는 새 천년에 한반도는 물론 지구촌의 평화와 번영을 약속하는 절대의 가치가 될 것이다.

다시 음악이 계속된다. 묵은 때를 벗겨주는 순결한 음악이 한방 가득하다. 영적인 음악이 흐르는 세밑은 확실히 새 세기의 도래를 알리고 있다. 아듀 20세기! 언제 너를 또 만날 수 있을까?

1999. 12. 29.

20세기 마지막 점심

자연의 섭리에 따라 그렇게도 멀어만 보였던 1999년의 12월 31일 새벽이 열렸다. 아침 5시 알람시계의 명령에 따라 기독교 방송을 청취한다. 깊고 오묘한 말씀이 심금을 울린다. 뒤돌아보니 20세기 내내 준 것보다 받은 것이 너무나 많았던 한 세기! 찬송가의 가사대로 "지금까지 지내온 것 주의 크신 은혜로다."

새벽 5시 30분 부엌으로 향하는 나의 마음은 오늘따라 분주하다. 아침식사 준비와 함께 세기말 점심을 싼다고 생각하니 마음 한구석이 찡하다. 아침식사 준비가 다 된 후 나는 작은 도시락 두 개를 펼쳐 놓는다. 어제 초저녁 전화로 초대해 놓은 귀한 손님이 내 연구실로 오게 되어 있다. 햅쌀밥에 색스런 나물 일곱 가지 각종 과일을 곁들인 도시락을 두 개 싼다. 모두 야채 일색이라 햄을 한 조각 보태고 추상화 같은 도시락에 생동감을 주고자 삶은 달걀을 톱 모양으로 반 갈라 한 모퉁이를 장식한다.

정오 5분 전 카세트 피아노곡을 틀어놓는다. 12시에 들어설 동료 미국 선생의 환한 얼굴을 그려본다. 고국에서 멀리 떠나 우리 학생들에게 정열을 쏟고 있는 바바라가 초대 손님.

8년여의 외국생활 중 7년을 보낸 미국 가정의 관대한 환대가 나의 눈앞을 잠시 스치고 지나간다. 7년 동안 내가 초대받은 점심, 홈스테이는 부지기수다. 미국인 특유의 호스피텔리티. 세계 여러 나라를 다녀 봐도 내가 만난 미국인은 관대했다. 열린 사회의 열린 사람들을 나는 큰 나라에서 만났었다.

작은 동과 서의 만남은 도시락 너머로 한 시간 가량 계속되었다. 간이 식탁이 된 책상 한가운데는 촛불이 켜져 있는 것도 아니나 긴 형광등 불빛 아래서도 마음의 촛불이 환하기에 세기말 점심은 따뜻하고 운치가 있다. 앞방 조교 점심을 하나 더 싸오지 않은 아쉬움 속에 식사는 끝났다.

손님이 떠난 뒤 교정에 묵묵히 서 있는 나무를 본다. 나무 너머 저 멀리 우뚝 솟은 산을 본다. 잔설이 여기저기 희끗희끗 남아 있다. 헐벗은 나무들은 기온 변화에도 아랑곳하지 않고 묵묵히 추운 겨울을 견디어 내고 있다. 첫 천년, 둘째 천년, 그리고 다시 셋째 번 천년이 온다고 세계 각국은 떠들썩하다. 서울 광화문 네거리도 오늘 자정 새천년맞이 행사가 있을 예정이다.

내일 둘 옆에 '영'이 세 개 붙는 해가 되면 우리 모두는 새로운 사람이 되어 있을까. 새 천년에도 우리는 밥 먹고, 일하고, 사랑하고, 싸우고 앞으로 앞으로 달려갈 것이다.

유난히도 키가 큰 검은빛 나무를 쳐다본다. 높고 가느다란 나뭇가지 한 모퉁이에 둥근 새집이 있다. 내 눈을 돌리기 전, 까치 한 마리가 고개를 내민다. 산, 나무가 가까운 곳에 있다는 것은 큰 위로가 된다. 맑은 호수도 가까이 있었으면 하고 욕심을 내본다. 그러나 긴 새 천년을 바라보는 모두의 눈은 희망으로 가득하다.

"한국인은 채소 요리를 잘합니다."

"네. 그래요?"

"육류보다 한국인은 채소를 더 많이 먹지요?"

"그렇습니다."

바바라의 소리가 귓전을 때린다.

20세기 마지막 노을을 생각하며 한강을 넘을 것이다. 기나긴 세월 높고 낮게 흘렀던 물. 한강을 넘으며 이씨왕조 500년의 흥망성쇠를 생각할 것이다. 광복 후 반세기도 넘는 세월 속에서 우리가 한 일은 무엇인가?

20세기 마지막 점심을 나눈 지도 여러 시간이 지났다. 한강 위에서 높이 손을 들어 20세기에 마지막 인사를 할 것이다. 한 세기 동안 나의 애환, 꿈, 희망을 잘도 받아준 한강. 21세기에는 한강변에서 하루 또 점심을 먹을 것이다.

1999. 12. 31.

여행용 가방

국외여행을 처음 시작한 1961년 한국의 시장에는 세련되고 간편한 여행가방이 드물었다. 단거리 여행에 적합한 끈이 양쪽에 달린 볼록한 가방이나 쇠장식이 달린 경우면 끝막음이 매끈하지 않아 잘못하면 장식에 손을 베는 것이 흔했다. 1964년 유학길에 오를 때 산 여행가방은 지퍼가 달렸으나 가방 무게가 천근같이 느껴지는 것이었다.

여행객의 증가, 세계적인 안목이 국내시장에 들어오며 가방은 그 재질, 형태가 차츰 세계화되기에 이른다. 1970년대 국내에는 샘소나이트 등 외국 브랜드가 소개되었고 직사각형 꼴의 간편하고 작은 휴대가방은 여행객의 선망의 대상이며 국내 여행용 가방의 판도를 바꾸어 놓았다. 외교관, 국내 거주 외국인의 김포공항 나들이는 여행가방에 큰 변화를 가져왔다.

묵직한 가방을 들고 다니기 힘들게 되자 발명된 것이 그것을 올려 운반할 수 있는 바퀴 달린 접는 카트. 카트는 비행기 승무원의 독점물. 무거운 가방을 들고 땀을 뻘뻘 흘리던 여행객은 누구나 그것을 탐냈으리라.

그다음 단계로 등장한 것은 바퀴 달린 가방. 그리고 늘렸다 줄였다 할 수 있는 '이민 가방.' 앞에서 끌고 갈 수 있게 손잡이까지 달린 가방. 1970년 중반 나는 바퀴 달린 가방을 이태원에서 샀다. 그 편리함이야 이루 말할 수 없었다. 가방이 비어 있어도 볼륨이 있는 가방은 살살 잘도 굴러갔다.

잡동사니 짐을 넣은 후 김포공항에서 가족 친지의 환송을 받을 때까지도 가방은 멀쩡하게 수화물의 하나로 당당한 위세를 과시하며 다른 수화물과 경쟁하며 국위에 손상을 끼치지 않고 있었다.

그런데 샌프란시스코 공항에서 처음 세관검사를 받으려고 가방을 세관대에 올려놓는 순간 그것은 '지체부자유' 흉물이 되어 있었다. 바퀴 한쪽은 온데간데없고 손잡이는 빠져나가고. 무거운 책 몇 개를 집어넣은 것이 화근이었다. 이를 어찌하랴! 그때의 당황스러움은 사반세기가 지난 오늘에도 악몽으로 가끔 나를 방문한다. 그다음부터 여분의 튼튼한 끈을 가지고 다니는 습관이 나에게 생겼다. 공항 상점에도 상업적으로 색스럽게 만든 튼튼한 여행용 가방 끈이 테이프 형태로 만들어져 등장했다.

1980년대 나는 바퀴 달린 이민용 가방의 애용자가 되었다. 지퍼가 삼단계로 장치되어 짐의 양에 따라 수시로 조절이 가능한 가방. 국제회의 참석 시 뭇사람의 부탁으로 나는 우체부 아주머니가 되었다. 나의 빈 가방은 온갖 사람이 딸, 아들에게 보내는 짐으로 가득. 입에서 입으로 소문이 나 나는 '좋은' 일을 한동안 하였다. 물이 흐르지 않는 마른 것이면, 부피가 크지 않은 것이면 나는 기쁜 마음으로 운반.

1990년대 여행가방은 그 크기가 작아지면서도 사방에 포켓이 많은 효율성 만점의 '매직' 제품. 평면이 좁은 쪽에 숨어 있는 바퀴, 양면에 박힌 손잡이는 비스듬히 끌 수 있게 고안된 발명품. 잡음을 내지 않으면서도 그 본분을 다하는 가방은 나의 애용품. 늘 잃어버리기 쉬운 자물쇠에 신세지지 않고도 숫자를 이리저리 돌려 맞추면 닫히고 열리는 콤비네이션 잠금.

지난 40여 년간 여행가방도 그 나름대로 장족의 발전을 하였다. 오늘따라 방 한구석에 쌓여있는(쌓여 있는) 각종 여행가방을 쳐다본다. 내 이름 첫 자가 새겨진 갈색가방. 바퀴가 달린 감색 가방. 바퀴가 없는 색스런 가방. 가방의 국적도 서너 곳. 크기로 다른 것을 압도하는 것은 검은색 이태원 이민 가방. 비록 요란스런 촌스런 소리를 내도 '나 여기 있다'는 정체성을 지니고 있기에 헤어지지 못하고 있는 형편.

나는 머리가 어지러워질 때, 세상사에 조금 싫증이 날 때, 방 한구석에 쌓인 여행가방을 본다. 각 가방이 제 나름대로의 역사를 지니고 있기에 그것을 보면 내 마음은 어느덧 그랜드캐넌으로, 나이아가라폭포로, 열대우림지역으로, 야자수 너울거리는 해변으로, 백야의 핀란드 북쪽으로, 제주도의 서귀포로, 네팔로, 창마이로, 꼬임부라로, 카사블랑카로 마구 달리고 있다.

21세기의 여행가방은 어떻게 변할 것인가? 인간의 두뇌는 발명의 보고이기에 여행가방도 또 변화할 것이다. 새 가방을 들고 나는 이미 미래를 여행하는 메리 포핀스.

2000. 1. 26.

아버지와 나무들

"아버지가 막 다녀가셨는데요. 따님이 또 오셨군요. 집 문 열려 있을 겁니다."
"네 감사합니다. 가서 마지막으로 돌아다보려고 왔습니다."
"어서 가세요. 내가 곧 가서 대문을 잠그려는 참이었습니다."
문에 들어섰다. 수십 년 살던 집이었으나 온갖 짐이 옮겨진 후 텅 빈 집은 아름다운 정원, 푸른 하늘에도 불구하고 황량해 보였다. 사철나무에 매달린 화분은 이제 여주인과 작별인사를 해야 한다는 것을 아는지 모르는지? 텅 빈 방을, 무거운 대청마루 유리문을 열어보았다. 장독대에 면한 방문부터 차례차례로 열며 다시 주저앉아 살고 싶은 생각 때문에 머리가 복잡해졌다. 하루 저녁 문을 열어 놓았더니 동네 사람들이 옛 문양 덧문을 모두 떼어갔다는 복덕방 아저씨의 말대로 한옥은 이상한 모습을 하고 있었다. 홑바지 저고리에 두루마기를 안 입은 양 뭐가 이상했다. 정원 두 모퉁이의 나무는 시집 간 후라 정원도 휑하니 쓸쓸한 바람이 불었다.
다섯 형제자매가 오순도순 자라던 곳. 온갖 희비애락의 하루하루가 펼쳐졌던 무대. 이곳이 이제 다른 사람의 소유가 된다고. 풀 한 포기, 나무 하나하나가 너무 정겹고, 정원의 부삽, 한쪽 채마밭, 돌 축대 위 온갖 꽃나무가 나의 일부인 양 나와 하나가 되어 있었다. 이 모든 것을 어떻게 두고 가나? 일주일 동안 못 보고 다시 접하는 것들. 이들 싱그러운 나무와 정말 떨어져 살아야 하나. 슬픈 잡념이 마음을 사로잡고 있을 때 복덕방 아저씨가 나타났다.

"그래 집을 다시 돌아보는 감상이 어떠세요? 한 시간 전 어른께서 다녀가셨는데 제가 눈을 뜨고 뵙기 어렵게 나무 하나하나를 얼싸안고 쓰다듬으시며 애틋한 정을 나누십디다. 사철나무를 얼싸안고 우시데요. 정원 한구석 마른 풀숲에는 물도 주시고요……."

"그래요? 제 마음도 이렇게 야릇하게 황량한데 손수 매일 돌보시던 나무를 다 두고 떠나시는 마음 어떻겠습니까."

눈이 많이 왔던 한 겨울에는 산비둘기 한 쌍이 자주 찾아왔던 붉은 열매 투성이의 사철나무. 집 모퉁이의 산수유.

나무를 유난히 사랑하셨던 아버지는 일생 동안 숱한 나무를 사는 집마다 심으셨다. 사철나무 하나는 탑 모양으로 여러 층을 만드셔 매년 모양 좋게 전시해 주셨다. 푸른 것 사이에 얼굴을 내미는 단풍. 정원에 은은한 향기를 피워주던 라일락. 뜰아래 무성해진 대나무, 감나무, 석류나무, 진달래, 철쭉, 그리고 개나리. 꽃동산을 그대로 두고 떠나는 그 기분은 뭐라고 형언하기 어려웠다.

잘 자란 세 나무 자리가 텅 비었어도 정원은 늦가을의 정취를 듬뿍 안은 채 고색창연한 한옥을 뒤로하고 멋 그 자체였다.

정원의 마지막 모습을 눈에 한껏 집어넣고 돌아서는 순간 눈물이 핑. 아버지의 텅 빈 마음을 생각하니 눈물이 펑펑. 이제 아파트로 가야 할 시간. 열린 공간에서 닫힌 공간으로 이사하는 사람의 마음을 읽은 듯 복덕방 아저씨는 정적을 깬다.

"넓은 아파트는 집이나 다름없이 답답하지 않데요. 더 편리하고……."

나이가 드는 것이 무엇일까? 활동무대는 줄여야 하고 아끼는 것과도 작별해야 하는 훌훌 인생.

빨간 단풍과 층층이 사철나무는 새문안 교회 앞마당에 자리를 잡았고 오랜 세월 땅딸하게 자란 주목은 이화여대 박물관 앞에 서 있다. 두 곳 다 인연이 깊은 잊지 못할 곳. 특히 언니와 부모님이 잊을 수 없는 곳.

아버지의 작품은 해가 거듭될수록 독야청청. 곧게 높게 많은 이야기를 남기며 크며 튼튼해질 것이다. 아버지가 최씨 문중의 기둥이시듯이 주소를 바꾼 나무들도 그 존재의 본분을 다하며 오늘도 내일도 크고 있다. 새 땅에 나무들이 뿌리내린 때는 20세기. 나무들은 21세기 내내 장년기를 맞이할 것이다. 그와 함께 아버지도 나무와 함께 젊음을 영원히 유지하시길 빈다. 만물을 주관하시는 하나님께 아버지와 나무들을 위해 맡기고 기도한다.

2000. 1. 28.

『꼬레아 꼬레아니』

주한 이태리대사관에서 책 한 권이 날아왔다. 442쪽이나 되는 크고 두툼한 책. 소포를 여는 순간 나는 아시아왕궁협회 월례 이사회에서 만났던 주한 이태리대사 부인인 이브 뜨레자의 말이 떠올랐다.

"이곳에 계신 분 중 혹시 20세기 초 한국에서 살았던 이태리 총영사가 한국에 관해 쓴 책을 아시는지요? 이태리어를 한국어로 번역한 책인데요."

잠시 침묵이 흘렀다. 십여 명 넘는 참석자 중 어느 누구도 이 책에 대해 아는 사람은 없었다. 앞으로 영어로 번역하여 널리 보급할 가치가 있는 책임을 나는 직감하고 있었다.

까를로 로제티 저, 서울학연구소 역의 이 희귀한 책은 나의 시선을 온통 사로잡았다. 로제티의 책이 1904년 이태리에서 첫 출간된 후 90여 년간 한국인에게는 전혀 알려지지 않았다는 사실을 나는 도저히 믿기 어려웠다.

『꼬레아 꼬레아니』의 저자 까를로 로제티(Carlo Rossetti)는 1902년부터 1903년까지 서울에 주재한 이태리 총영사로서, 서울의 구석구석을 돌아보고 수많은 사람들을 만나보고 그 경험을 토대로 책을 쓴 것이다.

책을 첫 장부터 들추며 나는 수백여 점의 옛 사진에 매료되었다. 궁정을 방문하기 위한 가마를 비롯하여 옛 서울의 광화문, 제물포항, 고궁, 남녀노소의 모습, 독장수, 비를 막는 모자, 옛 누각, 한국지도, 송도의 성문, 옛 병사들, 옛 기병, 다양한 모자들, 나막신, 한국의 양반, 부채, 옷장, 주판, 예복의 혁대, 빨래터, 옛 나침반, 서울의 이탈리아 공사관, 남대문, 동대문로, 서대문대로, 서울의 거리, 지붕의 떼를 엮는 장인들, 서울의 다리, 숯 행상, 갓 수선공, 장례용구 상점, 대리석 탑, 하궁의 황제의 알현관, 황제의 옥좌, 알현관의 천정, 파고다 옆의 비석, 대례복 차림의 왕비, 한국의 대신, 외무대신 조병식, 대한민국 황제 폐하, 황궁의 기생들, 황제의 연회 초대장, 고종황제와 황태자, 한국의 악기들, 기생의 장식족두리, 결혼식 행렬, 한국의 군중, 다듬이 방망이를 만드는 사람, 짚신 수선행상, 한국의 책들과 독서대, 문인석, 북한산 위의 불교성지, 서울의 독장수, 서울의 안경장수, 밤장수, 가마상점, 서울 거지들의 움막, 이탈리아 공화국 해군함정 뿔리아호 선상의 조선관리, 남산, 종묘길가, 남대문로, 진고개의 일본구역, 서울의 성벽, 건어물 상점, 곡물시장, 황궁 호위병, 서울거리의 일본군, 북한산의 북문, 북경에서 서울로 들어오는 길, 담뱃대, 서울의 인쇄소, 한국 장관의 명함, 한국 편자 공장, 한강 나룻배, 한국문살, 서울 영어학교 학생들, 프랑스어 학교 교장과 그의 조교들, 러시아어 학교, 평양의 시골여자, 불교축제, 서울의 한 장례식, 한국의 악단, 장기, 염색하는 사람들, 검은 옻칠을 한 전라도산 가구, 한국의 대장간, 한국의 그림, 동으로 만든 밥그릇, 외국인 거주지, 우정국 중앙사무소, 한국의 우표들, 서울역, 서울의 전차, 인력거, 러시아 공사관, 성당, 운산의 미국 광업소, 독일 공사관, 미국 공사관, 정동의 미국교회, 프랑스 공사관, 이탈리아 공사관, 서울역 근처에 있는 신호텔, 영국 공사관, 한국 엽전 등등.

　수백 개가 되는 듯한 사진은 구한말 우리네 사정을 잘도 기록하고 있었다. 1년 남짓 서울에 체류하면서 한국의 역사와 문화에 관련되는 자료들을 수집하고 특히 동료인 사진전문가와 함께 서울의 이 구석 저 구석을 돌아다니면서 촬영한 기록은 외교관의 전문성을 여실히 드러내고 있었다. 대한제국의 광무개혁, 일본이 대한제국 국권 탈취를 목적으로 일으켰던 러일전쟁. 이 모두가 객관적인 안목으로 기록된 점. 까를로 로제띠는 통찰력이 뛰어난 외교관이었다.

우리의 외교관은 어떤 일을 해 왔을까. 주한 외교사절단의 기록을 가끔 접하며 그들의 교육수준, 앞서가는 세계관, 타문화에 대한 관심, 끊임없는 독서와 배움의 자세를 보며 우리 외교관의 가족, 부인, 외교관 자신의 수준을 다시 생각하게 된다.

『꼬레아 꼬레아니』는 한국의 뿌리를 되돌아보게 하는 산 지침서. 2000년에 들어와 읽은 수십 권의 책 중 가장 값진 보물, 아니 한국에 관해 쓴 외국인의 저서 중 으뜸임을 어찌 부인할 수 있겠나. 수치스러운 면이 점철되어 있는 우리에 대한 기록이기에 이 책은 아픈 짜릿함을 떨어뜨리기 어렵도다. 『꼬레아 꼬레아니』 그간 어디에 숨어 있었나?

2000. 1. 29.

특별한 정년퇴임식

새 천년의 둘째 달 19일 오후 2시 이화여대 경영관 홀에서 한 교수의 정년퇴임식이 있었다. 여러분의 은사, 선배의 정년퇴임식이 있었던 같은 장소이건만 오늘은 나의 발걸음이 어쩐지 가벼웠고 정년퇴임식장은 온갖 화환, 난 화분으로 축제분위기. 성장한 초대 손님, 퇴임자의 스승, 동료, 제자, 그리고 가족은 한방 가득.

이윽고 2시 정각에 제1부 감사예배가 시작되었다. 기도, 찬송, 성경봉독, 말씀, 찬송, 축도. 43년간 이화에서 봉직한 한 교수의 정년퇴임식은 어느 모로 보나 다반사는 아니다. 대학 4년 다닌 것을 합치면 퇴임자는 거의 반세기를 한 대학교에서 재직한 것이다.

제2부는 정년퇴임 기념논문집 봉정행사. 퇴임자의 약력소개, 축사, 기념논문집 봉정, 선물 및 화환 봉정, 퇴임자의 인사말씀, 합창이 그 순서이다. 제3부는 다과회.

정년퇴임에 앞서 사랑하는 사람들과 함께 그 수많은 세월을 뒤로하고, 화창한 날을 정해 반세기 전 시작의 종지부를 찍을 수 있는 시간을 갖게 된다는 것은 기적이며 축복이다. 어느 누구인들 이와 같은 시간을 갖고 싶지 않은 사람이 어디 있겠는가. 고목이 되기까지 온갖 비바람을 맞으며 견디어 온 시간, 학문의 축적, 인내의 결산을 보며 이 모두는 한 개인의 노력이나 재주, 두뇌의 회전으로만 이루어진 것이 아님을 다시 확인하게 된다.

작은 씨앗에서 싹이 돋아 회초리를, 다시 잔가지를 치고 잎이 나고 커지고 떨어지고 꽃을 맺으며 나무 둥지는 나이테를 키워가지 않았던가. 비옥한 토양, 알맞은 온도가 항상 나무를 보호해 준 것만은 아니리라. 정년퇴임하는 분의 얼굴, 키워낸 제자, 동료, 스승의 말씀에서 그분의 됨됨을 객관적으로 살펴볼 수 있는 귀한 시간. 이제 정든 교정을 떠난다는 섭섭함, 나이가 지긋이 든 데 대한 서글픔, 더 이상 학생을 가르칠 수 없다는 아쉬움을 전혀 느낄 수 없는 당당하면서도 겸손하고 인생을 달관한 듯한 지혜로운 주인공의 정년퇴임식은 축제의 연속. 이 정년퇴임식이 특별한 것은 무슨 이유일까. "진리가 너희를 자유롭게 하리라"는 말씀대로 주인공은 그 숱한 나날을 과욕 없이 믿음을 지키며 '정도'를 걸으려고 노력한 흔적이 여실하다.

모교에 대한 주인공의 사랑은 제자사랑, 동료사랑으로 이어졌고 교정의 이름 모를 나무, 풀잎에도 전해져 왔다. 옳고 그른 것이 확실하여 상대방이 누구이든지 옳지 않은 것은 옳지 않다고 이야기했던 주인공. 강산이 거의 다섯 번이나 바뀌었을 그 기나긴 시간을 젊은 사람들 사이에서 나이도 잊은 채 몰두할 수 있었던 하루하루. 『이화 100년사』의 집필자 중 한 사람으로, 100주년 기념 이화박물관 건립의 주인공으로, 박물관장으로 봉직했던 주인공. 그녀는 일복도 많아 잠시 한눈팔 사이도 없는 인생을 살아왔다. 어머니로 부인으로 선생으로.

어려서부터 효성이 지극했던 그녀. 그녀 마음의 깊이는 어느 세상의 줄자로도 측정할 수 없는 깊은 궁궐. 퇴임식날 아침에도 90 중반의 아버지에게 특별식을 손수 만들어 새벽에 배달하는 교수. 이 주인공은 축사하신 한 분의 말씀대로 안과 밖이 같은 구름 끼지 않은 청량제.

일찍이 한국일보 신춘문예 동화부문 수상자였던 그녀. 그녀는 그녀의 작품인 "작은 씨앗의 꿈"을 이룬 거인.

거인의 멋진 모습을 접하며 그 주인공이 친언니이기 때문이 아니라 같은 학문의 길을 걸어온 동반자로서 그 길이 쉽지만은 않았던 것을 다시 느낀다.

그러나 어느 길이라고 쉽고 평탄하기만 할까.

마음 문을 넓게 열어놓고 너 나를 수용하며 옳게 살려고 노력해 왔던 주인공. 가까이서 볼수록 존경하게 되고 매일 배울 것이 있는 그녀를 언니로 둔 것은 큰 영광. 아름다운 마음을 평생 지니고 살게 한 데는 부모님의 엄격하면서도 자혜로운 교육이 뒷받침. 부모님의 옳은 교육은 신의 섭리를 믿는 신앙심이 밑거름.

"언니, 천장까지 사방이 꽉 찬 서재에서 그간 바빠 완성하지 못한 동화집도 내고, 역사서도 쓰고, 고고학개론도 집필하시길 비는 여동생의 마음을 받아 실행에 옮기세요. 몇 년 후 동생도 언니의 뒤를 따라 기대되는 정년의 대열에 끼렵니다."

정년은 좋은 것이지요? 욕심 많은 인간은 정년이 없으면 육신은 쇠약해 가는데 끝도 없이 버티려는 욕망의 발로로 가관일 것입니다. '노병은 죽지 않고' 그저 자신의 서재로 사라질 뿐이지요.

화려하기만 하고 향이 없는 양란이 아니라 한국란 같은 언니의 은은한 향기는 멀리 높게 깊게 21세기 내내 주위를 훈훈하게 할 것이리라.

2000. 2. 19.

학생 없는 졸업식

　올해 2월 26일에도 예정대로 대학졸업식은 거행되었다. 학생관 강당은 오전 11시 학부모, 교직원, 소수의 석사와 박사, 그리고 수상자 대표들로 가득 찼다. 날씨는 쾌청. 찬바람이 몸에 스며드는데도 이미 나무줄기와 먼 산은 봄이 멀지 않음을 일러주고 있었다. 개식사, 국민의례, 학사보고, 학위증서 수여, 상장수여, 총장말씀, 교가제창, 폐식사는 여느 졸업식과 다를 바 없었다. 그런데 이게 웬일인가. 단상에서 눈을 크게 뜨고 사방을 둘러보아도 대학 졸업생은 몇십 명뿐. 천 단위를 훨씬 넘어야 할 학사는 온데간데없고 그들은 학위수여식 팸플릿의 과별 졸업생 명단으로만 존재했다.

　식장 밖 온 캠퍼스는 학사 가운과 학사모를 착용한 사진 찍기에 분주한 학사들로 입추의 여지가 없었다. 올해도 혹시 했던 시작과 끝의 마무리 작업에 대학 한 교수의 바람은 다시 물거품으로 하늘 높이 사라지고 있었다.

　40여 년 전 대학을 졸업할 때의 생각이 나의 머리를 주마등같이 스쳐갔다. 대강당을 가득 메운 졸업생. 엄숙하고 경건했던 졸업식. 심금을 울렸던 총장님 말씀. 부모, 형제자매와의 캠퍼스에서의 해후. 오늘날 같은 화려한 꽃다발은 없었지만 조촐한 코사지가 가운을 돋보이게 했었다.

　망망대해를 행진해 나갈 수밖에 없었던 송사리 떼. 더러 대어도 개중에는 섞여 있었으나 나라 정세도 찌푸린 상인데다 늘 대하던 친구와 헤어져야 한다는 생각에 졸업생의 얼굴에는 만감이 교차하지 않았던가. 강산이 네 번 변한 이 시점까지 한 번도 다시 만나지 못한 친구도 있으나 졸업식날의 악수와 서로에게 보낸 축복의 기도, 따뜻한 말, 칭찬은 지금까지 귓전을 크게 울리고 있다. 천여 명이 넘는 이 학생들은 40년 후 졸업식에 대해 무엇을 기억할까. 컴퓨터 세대, 네티즌인 이들은 인터넷, 전자우편(e-mail) 세대라 서로 얼굴을 직접 대하지 않아도 되는 것일까.

강당 앞줄에 앉은 학사, 석사, 박사의 얼굴에는 눈물이 보이지 않았다. 모두 지겨운 공부를 마쳐 시원하고 기쁘기만 해서일까. 맨숭맨숭한 졸업식. 동급생의 박수가 없는 졸업식을 오늘 다시 보았다. 이들이 어머니가 되었을 때 졸업식에 대해 무엇을 기억할까. 각 학과 조교실에 쌓인 앨범. 앨범을 한 권 빌려 한 장 한 장 넘겨보았다. 일류 탤런트, 일류 배우가 무색할 정도의 의상, 색스런 포즈가 이들의 모든 정체. 마지막으로 잡아보는 친구 손의 온기를 이들은 언제 느껴볼 것인지.

일반적으로 남을 축하해 주는 풍토가 사라진 요즈음. 졸업식에서 울려 퍼진 박수소리도 장갑 끼고 마지못해 낸 그 수준. 어렵게 졸업하는 이를 진심으로 축하해 주고, 남의 행복을 나의 행복으로 생각하는 일은 정말 어려운 일일까.

괴테는 "기쁨이 있는 곳에 사람과 사람 사이의 결합이 이루어지며, 사람과 사람의 결합이 있는 곳에 또한 기쁨이 있다"고 하였다. 어려서부터 남과 어울리며 상대방의 기쁜 일을 축하해 주고, 서로 모여 협동하고 기쁨과 슬픔을 나누는 경험이 결여되어 있는 오늘의 젊은이를 보며 학생 없는 졸업식의 의미를 되새겨 본다.

하루에 기상시간과 취침시간이 있듯이 청년의 인생행로에는 싫더라도 거쳐야 하는 여러 의식이 있다. 이것을 지키지 않고 일생을 살 수도 있겠으나 인간이라면 질서 속에 가끔 침잠되는 것도 좋으리라.

교수실로 찾아온 한 제자가 있었다. "그간 선생님께 많은 것을 배웠습니다. 건강에 유의하세요. 저도 열심히 살 것입니다."

　그녀의 둥근 예쁜 눈에 가득 맺힌 뜨거운 눈물. 그녀의 눈물은 많은 의미를 내포하고 있었다. 수많은 졸업생의 밝은 앞날을 위해 한 교수는 축복의 기도를 올린다. 그리고 학생 없는 졸업식장에 울려 퍼진 교가의 가사를 되새겨 본다. "샛별 같은 눈동자, 송백 같은 그 마음……"

2000. 2. 26.

인간 게놈 이야기

최근에 와 인간 게놈이란 용어가 심심치 않게 매스컴을 타고 있다. 도대체 게놈(Genome)이란 무엇인가. 게놈은 유전자(Gene)와 염색체(Chromosome)의 합성어. 한국에서는 독일어 발음에 따라 이것을 '게놈'이라고 한다. 다시 말해 게놈은 인간이 가진 유전정보를 담고 있는 물질, 즉 DNA를 담고 있는 그릇의 개념으로, 유전정보 전체를 의미한다. 한편 DNA는 아데닌, 구아닌, 시트신, 티민 등 4가지 염기의 배열 순서에 따라 인종, 성격, 체질 등이 결정된다.

휴먼 게놈 프로젝트는 바로 30억 개에 이르는 염기의 배열구조를 판독해 그것을 지도로 만드는 것이다. 미국은 이미 지난 90년에 국립보건원 중심으로 2005년까지 모든 염기의 배열구조를 판독한다는 목표를 세우고 해석 작업에 착수했다.

이어 이 작업에 프랑스, 영국, 일본 등 15개국이 합류했다. 최근 예상을 뛰어넘은 기술진보로 작업 종료 예정을 2년 앞당겨 2003년으로 수정했고, 다시 2000년으로 앞당겨졌다.

미국 대통령 클린턴은 지난 3월 1일 "2개월 안에 인간의 유전정보가 담긴 '게놈' 해독 작업을 완성할 수 있을 것"이라고 말했다. 인간 유전자 지도의 완성이 바로 우리 앞에 다가왔다는 의미다. 이 유전자 지도는 '생명의 책

(Book of Life)'이라고도 불린다.

이 분야 한국의 경우는 어떠한가. 한국의 대기업과 생명공학 벤처기업들은 이미 DNA 염기서열이 공개될 것에 대비, 그 기능을 규명하는 연구를 진행하고 있다. '21세기 프론티어사업 인간 유전체 연구사업단'은 미국이 DNA 염기서열을 모두 공개하면 그것들이 구체적으로 어떤 기능을 맡고 있는지에 대한 연구가 전세계적으로 본격화될 것이라고 믿고 있다.

생명공학회사인 셀레라 제노믹스사는 지난 1월 인간 DNA 지도를 97%까지 작성했다고 발표했다. 2000년 중반이면 완벽한 인간 DNA 지도를 판매한다는 것이었다. 이 지도는 완성되면 선천적 유전질환부터 에이즈 등 후천적으로 발생한 질병이나 암 등의 치료에도 유용하게 사용될 수 있다. 나아가 인간의 신체조작이 가능하다. 영화에서 우리가 보듯이 우수한 DNA는 취직이나 결혼의 조건이 될 수도 있고, DNA를 조작해 우수한 유전자를 갖춘 인간을 만들 수도 있다.

신문에 오르내리는 마크로젠은 지난 97년 6월에 설립된 한국의 벤처기업으로 그간 유전자 조작 생쥐를 만들고, 특정 유전자에 대한 정보를 작은 유리판에 담은 DNA 칩을 생산하고 있다.

과연 이와 같은 큰 변화는 무엇을 말해 줄까? 과거 신의 영역으로 간주되었던 곳에 과학이 발 디딜 땅이 생긴 것이다.

인간은 더 많은 발견, 발명으로 행복해지는 것일까. 신의 영역은 그대로 두는 것이 옳지 않을까. 너무 많은 것을 알려 하고 모든 것을 해결하려 할 때 인간은 더 큰 재앙을 맞게 되지 않을지 염려된다. 인간의 탐구정신은 좋은 것이나 그 도가 지나칠 때 인간세상, 생태계에 예기치 않은 부작용이 올 것은 뻔한 일이 아닐까.

2000. 3. 6.

고인돌, 고인돌

2000년 3월 10일 한국정부초청 외국인 대상 나의 강의가 올해의 첫 테이프를 끊는다. 한반도의 생성, 단군신화, 삼국시대로 역사의 흐름을 소개하다 보면 나는 어느새 어느 산등성이나 들판에서 만나게 되는 고인돌을 빼놓지 않는다. 선사시대 인류의 삶을 담고 있는 이른바 '돌무덤'은 시공을 초월한 영원성의 상징.

나이가 들수록 10년 단위로 눈 깜짝할 사이에 넘어가는 인생의 장을 접하며 오늘날까지 고고하게 살아남은 선사문화의 진수는 나를 숙연하게 한다, 나를 겸손하게 한다.

고인돌은 전세계에 고루 분포되어 있다. 지금까지 발견된 고인돌의 수는 약 5만 5천여 기. 그중 한반도에서 발견된 고인돌은 전세계 고인돌 수의 50%. 다시 말해 남한에서 발견된 고인돌의 수는 2만 5천여 기. 북한에도 약 1만여 기의 고인돌이 있다고 한다.

현재 고인돌이 발견되고 있는 국가는 전세계적으로 40여 개국에 달한다. 그 대표적인 곳은 유네스코에 의해 세계문화유산으로 지정된 영국의 스톤헨지와 아일랜드의 유그랜즈, 그리고 프랑스의 까르낙은 3천여 기의 고인돌 밀집지역. 이 밖에도 아메리카 대륙과 중앙아시아 등지에 고인돌은 널리 분포되고 있다.

도대체 인류역사상 거대한 돌무덤은 언제, 어떤 의미로 쓰이기 시작했을까. 많은 학자들은 거석숭배를 고대인의 자연숭배사상의 하나로 영원불멸하는 초자연적 힘에 의탁하는 신앙체계로 보고 있다. 옛사람들은 죽음에 대한 공포와 두려움을 변치 않는 존재인 돌의 상징성에 의해 극복하고자 했다는 것이다. 그들은 죽은 후에도 인간의 영혼은 존재한다고 믿고 무덤 속에서의 새로운 삶을 보호하기 위해 고인돌과 같은 형식을 창조했다고 주장한다.

우리나라의 고인돌은 거의 전 지역에 걸쳐 나타나고 있다. 북으로는 함경북도로부터 해안 도서나 육지에서 멀리 떨어진 제주도와 흑산도에서도 발견되고 있다. 대개 이들은 서해 및 남해의 연해지역과 하천유역에 주로 분포돼 있으며, 특히 전라도와 황해도에 가장 밀집되어 있다.

한반도의 고인돌은 세계 다른 곳의 것과는 달리 매우 다양한 모양새를 나타내고 있다. 우선 북한에서 보이는 탁자식인 북방식과 바둑판 모양의 남방식이 혼재되어 있는데 후자는 전체의 90%를 차지하고 있다. 이외에도 한반도에서 '객석식', '지상석곽형' 등 다양한 형태의 고인돌이 존재하는데 이는 당시의 한반도의 문화가 다른 나라와 견주었을 때 매우 다양하고 풍성하며 발전된 모습이었음을 증명해 준다고 볼 수 있다.

최근 무리한 자연 개발로 파손된 고인돌까지 합하면 한반도의 고인돌 수는 알려진 수보다 훨씬 더 많을 것으로 추정되고 있다. 최근에 와 유네스코에 세계문화유산 지정을 신청하고 있는 전라도 고창의 고인돌. 고창 들녘에 흩어져 있는 1,500여 기의 고인돌은 이곳이 선사인들에게 살기 좋은 땅이었음을 보여주고 있다. 이곳은 산과 강, 기름진 평야, 그리고 바다와 인접해 어느 것 하나 부족함이 없는 천혜의 조건을 갖추고 있었음에 틀림없다. 이곳은 수렵 생활을 하면서 새 땅을 찾아 정착을 꿈꾸던 고대인들에게 분명 낙토였을 것이다.

1983년과 1990년 어느 여름날 두 번에 걸쳐 방문했던 영국의 스톤헨지. 허허벌판에 몰려 있는 원형의 거석 행렬, 그리고 그 안쪽에서 볼 수 있었던 또 다른 작은 원형의 돌 무리. 외곽 거석의 직경은 108피트이고 안쪽 것의 직경도 90피트. 그 거대하고 육중한 돌 앞에서 나는 일순간 왜소할 대로 왜소해지지 않았던가.

무게가 2백~3백 톤에 이르는 고인돌. 현재도 고인돌은 한반도 여러 지역에서 속속 발견되고 있다.

고창읍 도산리의 한 민가 뒤뜰 한 편에는 전라북도 기념물 제49호로 지정돼 있는 고인돌 한 기가 있는데, 집 뒤를 둘러싼 대숲과 옆에 가지런히 놓인 장독들과 어울려 보기 좋은 풍경을 이루고 있다. 뚜껑돌의 길이는 3.5m, 폭은 3.1m에 두께는 30~38㎝ 정도가 되며 남아 있는 받침돌 두 개의 높이는 1.8m. 이 고인돌은 그 모습이 탁자처럼 생겨 예전에는 하늘에 제사를 지냈던 단으로 여긴 적도 있으며 마을 사람들이 정화수를 바치는 곳이 되기도 하였다.

오늘따라 묵직한 말이 없는 고인돌을 떠올려 본다. 날로 경박해져 가는 세태. 말 많은 떠돌이 정치가에게서 너와 나의 모습을 본다. 이 땅에 고인돌이 세계 어느 지역보다 많다는 것은 무엇을 우리에게 시사해 주고 있는 것일까? 풍요한 고인돌 문화의 개발로 세계인을 한반도로 유인하는 관광자원이 되게 하면 어떨까?

2000. 3. 10.

영어 공용어화와 한국어 교육

99년 경제협력개발기구(OECD)에 따르면 영어로 된 웹사이트는 전체의 78%. 특히 전자상거래의 보안서버와 연결되는 웹사이트만 따지면 그 비중은 91%에 이른다. 이에 더해 최근에 21세기 구상으로 '영어 제2공용어 정책'을 선언한 이웃 일본의 행보는 '영어 없이 살 수 없는 세상'이라는 한국인의 강박감을 더욱 부추기고 있다.

실상 모든 분야에서 영어의 필요성은 날로 증대되고 그에 따라 영어교육의 중요성이 더욱 강조되고 있는 것을 부인할 수는 없다. 필자가 봉직하고 있는 대학에서도 영어교육이 강화되고 있고, 영어영문학과가 큰 인기를 끌고 있다. 학교의 요구로 한 과목은 영어로 강의한다. 이따금 의사소통에 문제가 있다고 생각할 때는 우리말을 사용한다. 시험도 영어로 치나 대부분의 학생들은 초기의 영어쇼크 후 놀랍게도 잘 따라오고 있다.

영어를 우리도 공용어로 삼아야 할까. 이웃나라의 재채기에 우리는 큰기침을 하여야 할까. 이제 세계어, 우주어로 탈바꿈한 영어는 세계 10억 인구의 언어이다. 모국어, 제2언어, 외국어로 영어를 사용하는 인구는 날로 증가하고 있다. 날로 좁아가는 세계에서 공통언어를 사용할 수 있는 능력을 갖는다는 것은 어느 면으로 보나 큰 자산이 아닐 수 없다.

그러나 한 민족 존재의 정체성을 가늠해 주는 모국어의 소유는 무엇과도 바꿀 수 없는 귀한 자산. 내 것을 제대로 가꾸고 사용할 줄 알면서 또 하나 다른 언어의 수용은 개인 내지 민족 문화의 지평선을 확대시킬 것이다. 요즈음 주위에서 조기 영어교육에만 몰두하고 우리말도 제대로 해득하지 않은 자녀를 호주로, 뉴질랜드로, 미국으로, 영국으로 유학 보내는 부모를 본다. 교육부도 세계시민을 빨리 기른다는 명목으로 조기유학을 권장하고 있다. 비록 국내의 초등, 중등교육이 아직도 대학입시 위주 교육을 솔직히 면하지 못하고 있는 것을 인정할 수밖에 없으나 그렇다고 제도의 개선, 교육의 질 향상을 심도 있게 연구하지 않고 많은 2세의 교육을 외국에 떠넘기려는 듯한 발상은 위험하기 그지없다. 조기유학의 연령이 낮을수록 그들의 모국어 상실 위기는 커가기만 하지 않을까. 모국어 상실은 물론 잘못하면 정체성의 상실이 필연적일 게다. 더 나은 자식을 갖고자 하는 부모의 꿈은 자식의 상실로 이어질 공산이 크기도 하다. 이질적인 문화권에서의 어린 싹의 방황은 꽃이 피기 전 영양실조, 비료부족으로 막대한 자산의 낭비로 이어지기도 한다.

어느 한 영어영문학과 교수진. 특정지역 사람이 대다수. 그들은 영어의 실력자였으나 그들의 한국어 발음은 평균 이하. 어휘선택, 문장 엮기가 과장해서 엉망진창. 학생들의 영어 발음을 고쳐주기 전 그들의 한국어 발음을 먼저 고쳐야 되지 않을지.

대학에서 발랄한 젊은이를 매일 접하며 그들의 모국어 사용능력에 놀랄 때가 한두 번이 아니다. 비문법적인 문장구성, 지나친 속어 사용, 무국적 어휘의 남발…….

토익(TOEIC), 토플(TOEFL), 서울대 개발 영어시험(TEPS)도 중요하나 한국어 교육의 현주소를 점검해야 하지 않을까. 텔레비전 앵커와 라디오 아나운서의 한국어 모음 장단 구별 못 하기. 고위 공직자들의 잘못된 한국어 구사는 우리를 슬프게 한다. 우리에게 필요한 것은 우선 우리말의 순화요, 우리 문화의 이해이다. 여러 대학에서 최근 졸업 인증제로 토익이나 토플의 일정 수준을 요구하거나 그런 제도를 실시할 계획을 세우고 있다. 그것도 필요하나 동시에 나는 우리말 시험 졸업 인증제 실시의 필요성을 주장한다. 대학이 유행을 따르기보다는 자율성 다양성을 추구해야 한다.

 언어는 사고를 지배하기에 한쪽으로 치우친 언어교육은 원만한 미래의 언어생활에 지장을 초래할 수 있다. 우리의 색, 우리의 맛, 우리의 멋, 우리의 냄새를 지키며 새 언어도 수용해야 되지 않을까.

 오늘날 우리의 문제는 외국어로서의 영어교육을 제대로 실시하지 못하는 것이다. 영어의 공용화가 곧 영어의 완전해득을 의미하지는 않는다. 우리말을 아름답고 신선하게 갈고 닦으며 영어공부도 해야 되지 않을까.

2000. 3. 13.

마트로슈카

　마트로슈카는 원래 소박한 농촌처녀 모습의 커다란 인형 속에 크기만 다른 똑같은 모양의 인형이 겹겹이 들어 있는 러시아의 전통 공예품이다. 내가 마트로슈카를 처음 접한 것은 1980년 중반 런던에서 대학교수 생활할 때, 그곳의 번화가인 피카딜리서커스의 복잡한 길 한 모퉁이 상점에서였다. 상점 유리창 한 면 전체가 선반에 놓인 형형색색의 마트로슈카와 다른 러시아의 공예품, 기념품으로 가득차 있어 그 근처를 지나는 보행자는 무의식중에 그 상점에 끌리고 있었다. 나도 예외는 아니었다. 차이나타운 가는 길에 나는 끌려 어느새 상점 한가운데에 자리 잡고 서서 온갖 형태의 러시아 마트로슈카를 구경하고 있었다. 그 당시 특별하게 나의 마음을 사로잡은 것은 어미닭과 병아리 여섯 마리. 온갖 크기의 노란색 닭이 크고 작은 형태로 큰 어미닭 속에 차곡차곡 들어가 있었다.

　그로부터 5년 뒤 미국 스탠포드 대학에서 있었던 국제회의 참석. 회의 후 점심시간에 나는 캠퍼스를 산보하던 중 뜻밖에 한 동구인이 파는 마트로슈카 목판을 발견하였다. 목판에는 투박한 러시아 농촌 아낙네 공예품과 함께 거대한 고르바초프의 마트로슈카가 특이한 이마의 상처를 자랑하며 나의 시선을 끌었다. 얼굴이 가무잡잡한 장사는 반기는 내 눈빛에서 이미 고르비는 내 것이 확실하다는 듯 값을 묻기 전 마트로슈카를 비틀어 그 내용물을 펴

놓고 있었다. 고르바초프를 여니까 그 속에는 브레주네프가 인상을 쓰며 얼굴을 들어내고 있었다. 브레주네프의 허리를 비틀어 장사는 다시 인형을 열었다. 이번에는 흐루시초프의 땅딸하고, 체면을 생각하지 않은 듯한 모습이 임시 진열대를 꽉 채웠다. 또다시 상인은 흐루시초프의 허리를 비틀었다. 그 순간 나는 흐루시초프의 구두 한 짝이 나에게 날아오는 듯 몸이 움츠러들며 UN에서의 그의 유명한 연설 장면이 떠올랐다. 흐루시초프의 허리도 비틀 것이 있는지 야릇한 표정을 지으며 상인은 나의 '아~아~' 하는 감탄을 즐기며 사정없이 허리를 비틀고 비틀었다. 뻑뻑한지 이번에는 세 번 시도 끝에 마침내 그의 허리는 열렸다. 이윽고 튀어나온 것은 스탈린. 스탈린을 보는 순간 나의 얼굴은 굳어졌다. 상인은 나의 마지막 표정에 놀라 물었다.

"스탈린 좋아하지 않는군요."

"글쎄요. 갑자기 6·25동란 생각이 납니다."

"스탈린과 한국전쟁 말씀이시군요."

"네, 공산치하 서울에는 특이하게 수염을 기른 대형 스탈린 초상화가 김일성 것과 함께 건물마다 예외 없이 걸려 있었습니다."

"개인적으로는 나도 스탈린의 피해를 본 동구인입니다. 그러나 이제 큰 인형 속 가장 작은 인형……"

그는 무슨 사연이 있는지 말을 계속하지 못했다.

얼떨결에 고르비 마트로슈카는 나의 소유가 되어 집 서재를 장식하고 있다.

페레스트로이카, 글라스노스트의 장본인인 고르바초프도 이제는 옛 인물. 그의 뒤를 이은 옐친도 그 위세 당당한 권리를 푸틴에게 이양. 요즈음 러시아 거리의 좌판에는 '옐친 마트로슈카'에 이어 새롭게 '푸틴 마트로슈카'가 등장했다고 한다. 그의 마트로슈카를 사고 싶은 생각은 추호도 없다.

그러나 최근 러시아인 대상 강연 후 나는 앙증맞게 작디작은 이름 모를 한 러시아 여인의 마트로슈카 선물을 받았다. 하도 작아 비틀어 열 수 있는 허리가 없기에 있는 모습 그대로의 작은 마트로슈카이다.

마트로슈카의 변하는 모습에서 권력의 허무를 읽는다. 그것에서 정치가의 헛된 꿈을 읽게 되는 것은 웬일일까?

　주위를 돌아보게 되는 나날이다. 곧 다가오는 4·13 선거를 어떻게 치를 것인가. 민주주의를 연습한 지도 오랜 세월이 지났건만 입후보자도 선거민도 탐탁하지 않은 장면만 벌이고 있다. 인신공격, 정책대결의 부재, 돈 놀음, 동원된 청중 등등 바람직하지 않은 소식이 때 아닌 불청객 황사바람을 더욱 혼탁하게 하고 있다. 국회의원 유세장은 차기 대통령 유세전장. 확실치 않은 온갖 여론조사가 매스컴에 또 다른 황사바람을 몰아오고 있다.

　수업을 다 마친 금요일 오후 나는 나대로의 마트로슈카를 만들어 본다. 이승만, 박정희, 전두환, 노태우, 김영삼, 김대중……. 새 천년이 다하는 날 누가 가장 큰 마트로슈카로 등장할 것인가? 역사가의 냉철하고 공정한 평가는 제대로 기록되고 있을까?

2000. 3. 28.

희한한 책, 희한한 행사

　때는 2000년 5월 25일 오후 3시. 장소는 이화여자대학교 경영관 홀. 모임의 목적은 '김갑순 선생님 출판기념회'. 한여름 기온을 무색하게 할 섭씨 28도의 5월 25일! 수유리 솔밭 정류장에서 오른 시내버스 8번은 시내를 굽이굽이 돌아 신촌역에 나를 내려놓았다. 무려 1시간 10분의 시내관광 후였다. 복잡한 시장골목 같은 신촌 골목골목을 가로질러 땀을 흘리며 도착한 경영관 홀. 출판기념회 시간인 오후 3시가 되려면 20여 분 남았다. 이미 홀의 앞쪽 좌석은 백발의 아름다운 손님으로 가득차 있었다. 오늘의 주인공의 친구분, 가족 그리고 각 연배의 제자들. 누가 제자이고 누가 선생인지 구별하기 힘든 은발의 아름다운 모습만이 초록색 기념행사 현수막과 잘 어울렸다. 장내는 오월의 여왕 대관식장 같았다.

　이때 영학회 회장의 개회사와 함께 한국 연극계의 원로이신 여석기 선생님의 축사가 있었다. 많은 출판기념회를 참석했지만 이와 같은 '희한한 책'을 읽으신 기억은 없다는 말씀이 있으셨다. 특히 이대 영문과 연극 70년을 기록한 보배 중의 보배에는 한국의 저명 여류인사가 모두 끼어 있어 한국여성의 70년 기록인 데 다시 놀랐다는 감탄의 말씀이 또 있었다.

　최명숙 이대총동창회장, 장상 총장의 축사에 이어 김세영 선생님의 출판보고가 있었다. 1930년 말 월터 스콧의 「아이반호」(Ivanhoe) 공연으로 첫 테이프를 끊은 후 70년 동안 계속된 영어연극. 그 산증인이신 김갑순 교수님의 짤막한 답사는 감사의 말씀이 모두였다. "86년간 받기만 한 듯한 나의 인생은 매 순간 축복의 은혜를 감사해도 다 표현 못 할 것이다. 평화로운 가정, 친지, 제자를 둔 것을 하나님께 감사하며 하나님의 말씀대로 여생을 보낼 것입니다."

출판기념회장을 꽉 채운 대부분의 사람은 한때 졸업반 연극에 가담했던 노배우들. 그들의 감격스런 상봉에는 시간이 정지된 듯 모두 졸업반 연극배우라는 공통점만이 부각되었다.

한 스승의 열정이 70년의 대형 태피스트리를 엮어 이대 영문과 연극은 21세기로 22세기로 뻗어나갈 것이다. 각 회 연극배우가 기억해 낸 추억의 일화들 그리고 사진. 비록 기념회장 육신은 모두 연로한 모습이나 책 속, 빛바랜 사진 속 배우는 한결같이 대학 졸업반 젊은이들.

시간이 더 지나가기 전, 이 책이 출판된 것이 얼마나 다행한 일인가. 86세의 김갑순 선생님은 '판도라 상자'에서 나온 듯한 옛 배우 제자들을 지도하고 계신 새파란 연출가로 착각되기도 하였다.

「작은 아씨들」(Little Women)에 출연했던 나의 동기생 다섯 명이 행사에 참석했다. 전재옥, 안인애, 민병희, 강순경 그리고 최은경. 대학졸업한 지 어언 40년이 지났으니 놀라고 놀랄 일이다.

수십 년 만에 만나는 선배, 후배 그리고 스승 모두는 대학생 시절 봄 여름 가을 겨울 우리의 모습을 사진기에 담아 주었던 동일한 아저씨의 출현으로 더욱더 시간의 흐름을 잊고 어린애같이 즐거운 모습이었다. 아저씨는 늙지도 않은 모습으로 아직도 우리의 사진을 찍어 주었다.

수많은 배우의 일화와 사진을 수집 정리, 손수 조교를 자청하며 책의 출판을 가능하게 하신 김세영 선생님. 그 제자의 한결같은 김갑순 선생님에 대한 사랑은 놀랍고 놀라운 일. 뒤늦게 컴퓨터를 배우셔서 이 역작을 손수 쳐 마무리지으신 70세 조교의 노고에서 이화의 봉사정신을 확인한다, 사랑의 위대함을 읽는다.

책 표지에 실린 희한한 사진을 다시 본다. 1935년 졸업을 앞두고 공연한 「공작부인」 출연진과 함께 자리를 같이한 주인공 김갑순 선생님의 모습은 당당하고 야무지다. 작은 체구에 70년 영어연극 공연사를 그 안에 담고 계셨으니 놀랍도다. 작은 씨앗이 온갖 역경을 딛고 푸른 싹을 잉태하여 마침내 거목을 세계 각국에 수출하셨으니 놀랍도다, 장하도다.

희한한 책, 희한한 행사의 숨은 의미가 수많은 노배우 그리고 그들의 가족, 제자들의 가슴에 면면히 간직되길 기도한다. 답답하고 가끔 지루한 나만의 전용 철로를 벗어나 가끔 다른 사람이 되어보는 무대에서의 경험은 생의 활력소요, 카타르시스의 원천이다. 노배우는 다시 언제 무대에 설 수 있을까. 세상이 흙빛이거나, 마음이 비 오는 날일 때 노배우는 가상의 무대를 만들어 나 아닌 바람직한 나, 또 다른 나가 되어 훨훨 현재의 인생 무대를 피할 수 있지 않을까. 이대 영문과 무대에 섰던 추억, 관객이 되었던 귀한 경험은 이 희한한 책, 희한한 행사의 의미를 두고두고 되씹게 할 것이다. 「작은 아씨들」의 베스로 무대에서 아름다운 죽음을 경험했던 이 노배우가 살아 이 희한한 행사를 보게 된 것을 큰 축복으로 생각하며 감사한다. 이대 영문과 연극의 700년을 미리 바라보며 나는 이미 무대 위의 배우가 되어 멋진 대사를 전달하고 있다. 이 어찌 또 희한한 일이 아니고 무엇인가?

2000. 5. 25.

35년 만의 해후

하와이대학교의 동서문화센터와 동창회가 주관하는 2000년 국제학술대회가 7월 4일~8일 하와이의 와이키키 해변 하와이언 리전트호텔에서 개최되었다. 대회의 주제는 "아시아 태평양 지역사회의 구축: 21세기의 동서문화센터"(Building an Asia Pacific Community: East West Center in the 21st Century).

세계 각국에서 모여든 1960년대, 1970년대 동창은 그 수효가 700명에 육박. 주최측은 문자 그대로 즐거운 비명을 지르고 있었다. 국제 대회의 주제에 따라 논문발표 패널토의, 포스터 전시 등 참가자의 연구결과는 오전 9시부터 오후 6시까지 37개의 패널과 130명의 논문발표자로 큰 호텔의 여백은 모두 점령당하고 있었다.

7월 4일 아침에 여장을 푼 나는 가벼운 차림으로 미국독립기념일의 와이키키 해변을 정복하러 나섰다. 저녁 5시 30분 정식으로 대회가 시작될 때까지는 황금의 7시간이 남아 있었기 때문이다. 호텔이고 상점이고 모든 곳에는 영어와 일본어로 안내문이 붙어 있었다. 와이키키 해변을 거니는 대부분의 젊은 세대는 일본인으로 이곳이 미국인가 일본인가 착각할 정도로 일본어, 일본인의 위세는 당당했다.

쪽빛 바다. 옅고 진한 농도를 각기 달리한 하늘색의 향연이 펼쳐지는 와이키키 해변의 바다. 바다는 많은 세월이 흘렀지만 야자수 그늘 너머로 아름답게 나와 너의 이야기를 속삭이고 있었다. 하와이 무무에 조개껍질 목걸이를 하나 걸고 나는 모든 것에서 자유로워진 듯 시원한 바닷바람을 한껏 들이켰다. 하와이와 첫 인연을 맺은 것은 1961년 10월. 대한민국 학생친선 사절단 대표로 처음 이곳을 방문한 때였다. 방문객의 육신은 이제 고목이 되어 학생에서 교수로 바뀌었고, 2년 후면 대학강단을 떠날 형편. 그러나 마음만은 하늘을 찌를 듯 이상이 높고 꿈도 젊다. 이 많은 세월의 흐름을 느끼며 무엇이라고 이 고장과의 인연을 표현할 수 있을까. 알로하(aloha), 마할로(mahalo). 더 이상의 어휘는 찾을 수 없었다.

한국에서는 멀리했던 맥도날드의 '빅맥'이 나에게 강하게 손짓했다. 이 고장에서 전에 볼 수 없었던 'ABC상점'의 샐러드와 김밥을 압도하고, 식단으로부터의 자유도 찾아 나는 '빅맥'과 코카콜라를 먹었다. 아, 이 맛. 오랫동안 멀리했던 이 맛!

푸르메리아 꽃향기가 그리워 나는 다시 길을 걷고 걸어 국제시장(International Market)도 지나 마침내 흰 푸르메리아 꽃과 마주쳤다. 마주치는 순간 내 코는 이미 꽃의 일부가 되어 있었고 35년간 찌든 인생의 악취는 어디론가 사라졌다. 와이키키의 해풍에 밀려.

'진주조개잡이' 콧노래를 부르며 나는 호텔 3층 오션테러스에서 열린 환영리셉션에 참석했다. 시간은 오후 5시 30분. 여기저기서 전개되는 환호의 탄성. 강산이 변해도 세 번 이상 변했을 그 세월 후 처음 만난 동창들이 마주치며 내는 기쁨의 탄성, 외침, 악수, 그리고 포옹. 이것은 상상 외의 영화장면이었다. 7월 4일 밤에 벌어진 와이키키의 불꽃놀이는 그 폭과 깊이가 다른 고장의 그것과 비교를 불허하였다.

7월 5일 '하와이언 챈트'의 축복을 받으며 공식행사가 시작되었다. 박사, 교수, 교장, 외교관, 공무원, 여사, 시인, 연주가, 교사, 자원봉사자, 행정가, 장관, 강사로 일해 왔던 참석자는 다양한 '장식품'을 모두 벗어 던지고 동창이라는 한 어휘 밑에서 하나가 되어 있었다. 이름표에도 이름만 쓰여 있을

뿐 출신국, 졸업연도 등이 모두 생략되어 있었다. 동과 서가 하나가 되는 곳, 피부색, 종교, 학벌, 배경이 문제되지 않는 모임이 펼쳐지고 있었다. 수많은 발표장은 인산인해. 환경, 언어, 문학, 국제정치, 역사, 자원, 교육, 교사교육, 건강, 종교와 철학, 인권, 지역 간의 협력, 문화적 가치, 매스미디어와 방송, 여성의 권리는 패널 토의의 내용.

일상으로부터의 일탈을 계획이라도 한 듯이 나는 7월 6일 하루 호놀룰루를 떠나 큰 섬, 하와이로 향했다. 새벽 5시 호텔을 떠나 비행장으로 갔다. 1시간 동안 비행한 후 하와이의 코나 국제비행장에 도착. 국제 존타클럽회의 참석차 호놀룰루에 온 독일 존타클럽회원과 일행이 되어 큰 섬을 버스로 여행했다. 독일 프랑크푸르트 근처에 사는 한 한국인을 만난 것은 큰 기쁨. 독일어, 영어에 능통한 그녀는 전문직 여성으로 독일에 체류한 지 20년. 비가 오는 가운데 일행을 태운 버스는 코나 해변을 달려 연대가 각기 다른 화산지역을 달리고 달렸다. 30여 년 전 보았던 코나는 더 말끔하고 도로도 확장되어 있었다. 각종 색의 포인세티아 꽃이 만발한 언덕 위 꽃 단지는 아무리 눈을 크게 떠보아도 온데간데없었다. 안내자 겸 기사인 하와이 원주민은 그 이유를 사람들이 자기 정원을 공공 정원보다 더 귀하게 여기는 이기심 때문이라 하였다. 고대 하와이 역사를 담고 있는 하우스 어브 레퓨지(House of Refugee), 검은 모래사장, 소형 난초 재배소의 초콜릿향 난초는 특이했다. 비에 젖은 운동화에 묻어 버스로 옮겨진 검은 모래. 법으로는 모래 한 톨도 원고장에서 가져가면 안 된다는데. 밤 9시 30분 예정대로 큰 섬 여행은 끝났다. 학교를 무단으로 하루 빠진 학생의 심정이 이렇겠구나, 나이 든 '영원한 학생'은 하루 종일 그런 심정이었다.

7월 7일은 나의 논문 발표가 있는 날. "국제어로서의 영어: 21세기의 그 방향"은 논문의 제목. 일본인 교수, 미국인 교수, 오키나와 교수와 함께 패널 토의에 몰두하였다. 사회자는 래리 스미스(Larry Smith). 진종일 논문 발표를 들은 날. 저녁 7시 '알로하 연회'와 졸업생 장기자랑은 수준급이었다. 같은 식탁에는 일본인, 미국인, 방글라데시인, 파키스탄인, 인도네시아 출신 독일인. 또 다른 미국인이 자리를 같이했다. 방글라데시인 지아 하이더(Zia Hyder)는 시인. 그의 시 "같은 하늘 아래서"는 많은 사람의 심금을 울렸다. 방글라데시에서 이번 국제대회에 참가하기 위해서는 2년치 봉급을 모두 바쳐야 한다는 그의 말은 지금도 나의 귓전을 슬프게 울리고 있다. 수년 전 다카에서 많은 것을 보고 느끼고 온 나이기에 공감하는 바가 많았다.

　　뉴욕 센트럴공원에 뜨는 달이나 다카에 뜨는 달이나 달은 하나.
　　우리는 같은 하늘 아래 살고 있다.
　　이것이 얼마나 큰 위안인가
　　……

　같은 테이블의 미국인 3명 중 한 사람은 본명을 오래전에 잊은 스님. 주홍색 스님 옷에 빡빡 깎은 금발이었던 동안의 스님. 그녀는 한국의 절에도 있었단다. 티베트에서 수행을 했던 그녀는 얼마 후 철학박사가 되어 캘리포니아의 한 대학에서 불교 강의를 할 예정. 인도네시아인 도티는 독일인과 결혼하여 독일국적을 지니고 있었다. 한국에도 왔었던 유학 시절 기숙사 옆방 친구였던 메리 조 로씨(Mary Jo Rossie)는 미국 공보원의 외교관이 되어 동남아, 아프리카에서 수십 년 근무. 지금 이름은 메리 조 퍼걸(Mary Jo Furgall). 또 다른 인도네시아 출신 스리 텐카테(Sri TenCate)는 몰로카이 섬 한 농장주인의 아내. 그녀는 몰로카이의 도서관원. 훌라 춤을 늘어지게 잘 춘 그녀는 오래 기억될 것 같다.

　한 테이블의 이야기가 이와 같을진대 수십 개 테이블의 이야기는 무한한 화제의 연속이리라. 졸업생 장기자랑 때 첫 번째로 찬조 출연한 하와이 거주 할라훔(Halla Huhm) 무용단의 장구춤은 하와이 한국인 교포를 생각하게 했다.

　국제학술대회에 가장 많이 참석한 나라는 필리핀. 동서문화센터 동창회 회장은 세넨 바카니(Senen Bakani)로 그의 부인 욜리(Yoli)는 유학 시절 한방 친구.

욜리, 디타스, 밀라, 에이미, 칼로스, 프란시스, 제리…… 끝도 없는 옛 친구와의 해후. 모두는 35년의 세월을 뛰어넘어 지금의 가족, 나라, 직업을 모두 잊고 젊은 시절로 가 있었다. 그 시절을 영원히 지속시킬 태세였다. 새로운 우정을 키우며, 다시 만날 것을 기약하며, 어린이가 되어.

2000. 7. 8.

캐나다 이누잇족 예술 전시회

미국의 애리조나주 피닉스의 허드(Heard) 박물관을 방문한 것은 7월 둘째 주 한가운데 날. 동생의 안내로 들어선 박물관 영내는 온갖 조각품, 잘 관리된 잔디, 조용한 분위기, 그 자체가 박물관 축소품인 기념품점, 하늘을 찌르는 듯한 야자수로 방문객을 사로잡기에 충분하였다. 멀리 보이는 사막의 민둥산, 푸른 하늘, 습기 없는 찌는 더위, 분비지 않는 주위 도로. 이 모두는 허드 박물관 자체를 돋보이게 하고 있었다.

박물관 내 파티오를 건너질러 굽이굽이 계단을 올라 들어선 전시장. 캐나다 에스키모 이누잇(Inuit)족의 조각, 벽걸이, 그림, 판화, 생활상을 보여주는 화려한 전시품은 북극의 캐나다 베이커 레이크(Baker Lake)의 지역사회를 사실적으로 웅변하고 있었다.

실상 베이커 레이크는 1999년 4월 1일에 세워진 캐나다의 가장 새로운 영토로 누나벗(Nunavut)이란 고장에 위치하고 있다. 캐나다 북극의 원주민인 이누잇은 원주민 말로 '백성'이란 뜻이다.

전시품 중에는 대대로 내려오는 이누잇족 생활용품도 있었으나 그 대부분은 베이커 레이크 예술가들의 노력의 결실인 예술품으로, 작품의 소재는 주로 그 고장의 동식물, 전설적인 형상들이었다. 얼음판을 달리는 순록의 떼, 펭귄, 얼굴만 내놓은 에스키모인, 전설에 존재한다는 각종 모습의 상상 속

실체들은 보는 이를 어느새 사로잡았다.

특히 각종 판화는 직선과 곡선의 결합체로 너무 단순하여 투박하기까지 하였다. 그러나 각 판화는 그 고장의 옛이야기로 동물과 이누잇족과의 결혼, 그 사이에 태어난 아이, 각종 삶의 희로애락을 흰 눈 위에 양각시켜, 보는 사람의 시각에 잔잔한 감동을 일으키고 있었다.

이 북극지역의 인구는 1600명으로 알려지고 있는데 그중 수많은 이누잇 예술가가 국제적인 명성을 얻고 있다. 이들 중 25명의 여성은 예술가로 펠트(felt), 더플(duffle)을 소재로 화려한 벽걸이 작품을 창조하고 있었다. 특히 아이린 아바락퀴악(Irene Avaalaaquiaq)은 예술의 형태를 빌려 작가가 어린 시절 경험했던 유목생활, 할머니가 들려준 이야기를 보여주고 있었다. 거대한 상징물을 통해 그녀는 새와 동물로 변한 인간을 보여주고 있었다. 다른 여류작가의 작품에는 낚시, 에스키모의 사냥용 작은 배인 카약과 그것 타기가 자수로 변모되어 묘사되고 있었다. 북극의 여름은 아름다운 자수 원무(roundel)로 꽃이 핀 것을 표시하며, 동시에 꽃이 핀 동토대, 툰드라는 작가의 기쁨을 나타내고 있었다. 뿐만 아니라 샤먼적인 영적 이미지가 그로테스크한 형태로 여러 작품을 사로잡고 있었다.

이 전시의 핵심을 총망라해서 보여주는 스크린, 그리고 간결한 설명. 이 모두는 허드 박물관의 수준을 다시 확인시켜 주고 있었다.

시원한 전시공간, 멋진 전시기술, 전시실 간의 휴식공간은 현재와 과거를 이어주는 쉼터였다. 원초적인 강력한 색상은 옛 한국인의 의상을 시공을 정지시켜 동시에 보게 하였다.

피닉스의 E. 다니엘 앨브렉트 박사 부부의 희귀한 이누잇족의 예술품 수집, 그리고 전시는 많은 것을 보는 이에게 느끼게 하였다. 세상의 각종 수집가! 그들을 잠시 생각해 보았다. 그들은 무엇을 무슨 목적으로 모으고 있는 것일까.

한대에서 열대로 나오는 순간 두 자매는 이구동성으로 외쳤다. "멋진 전시회 잘 보았다!"

2000. 7. 12.

초대받지 않은 손님

여름 하면 나는 곧 생각나는 것이 있다. 그것은 푸른 해변, 검푸른 신록, 물이 넘쳐흐르는 계곡, 원두막에서 어릴 적 먹었던 갓 따온 참외와 수박, 김이 무럭무럭 나는 찐 찰옥수수, 별장에서 먹었던 영계백숙, 시골 평상에 누워 보았던 북두칠성이 아니라 작고 보잘것없는 손에 어쩌다 잡혀 비비면 먼지 같은 존재인 모기이다.

올 여름에도 내가 좋아하지 않는 친구 모기의 방문을 수차례 받았다. 표면 면적이 넓고 모기가 선호할 것 같은 대상이 무수하게 많지만 모기는 어느 곳에 있든 나를 놓치는 법이 없다. 나무숲, 지하철, 방충망이 완벽한 집 안에서도 모기의 공격대상은 나다.

나도 모기의 공격에 대비하여 모기약, 전자향 등 대비를 철저히 하나 집에서 모기를 피한 날은 야릇하게도 집 밖에서 한차례 그것의 공격을 받는다. 그래서 나의 상비약은 울트랄라 연고. 이 연고를 물린 부위에 바르면 곧 해독이 된다.

온갖 살충제에도 면역이 되어 있는 새 세대의 모기들. 이들은 무서운 독기를 품고 인간을 위협하고 있다. 모기의 왕래도 세계적이라 아프리카 모기의 세균이 다른 대륙으로 곧 전파된다. 최근 한 신문의 보도를 보면 '살인 바이러스'는 약 2주간의 잠복기를 거쳐 모기의 침샘에서 모기가 피를 빼는 동물과 인간에게 전염된다고 한다. 최근에 밝혀진 '웨스트 나일'은 치명적인 뇌염을 일으키는 바이러스로 5세 이하의 어린이나 노인과 같은 면역체계가 약한 사람에게 감염될 경우, 뇌와 중추신경을 마비시킬 정도로 강력하다.

웨스트 나일은 1937년 아프리카 우간다 '웨스트 나일 지구'의 한 고열 여성 환자에게서 처음 발견된 바이러스로 그동안 중동과 아프리카, 유럽에서만 새와 사람들을 감염시켰으나, 서반구에서는 처음으로 1999년 뉴욕 시에 전파되었다. 또 매사추세츠주 보건당국도 올해 7월 보스턴 근교에서 죽은 까마귀의 시체에서 '웨스트 나일' 바이러스를 발견했다고 공식적인 발표를 하였다.

맨해튼의 중심부인 센트럴 파크와 인근 스태튼 아일랜드 구 당국은 음악회를 연기해 가며 공원 전체에 살충제 세례를 퍼부었다는 소식이 있다.

한국에서도 일본모기, 뇌염을 일으키는 모기가 발생한 지도 오래되었다. 내가 사는 아파트 지역에는 제법 큰 숲이 있고 나무가 무성하여 모기가 많다.

앵~앵~. 가느다란 그러나 날카로운 모기소리가 귓전을 울리면 나는 119를 돌리고 싶다. 긴급사태이기 때문이다. 그 기분 나쁜 소리, 고운 잠을 설치게 할 것이라는 찜찜한 기대감. 모기는 오늘도 나를 괴롭히고 있다. 초청장을 내지 않았는데도 모기는 어느 때나 어느 곳에서나 내 곁에 와 있다.

매년 등장하는 강력한 모기 퇴치기, 모기 박멸 스프레이. 모기는 이에 질쏘냐 더 무장하여 생존을 계속하고 있다. 웽웽 다시 희미하게 그러나 불길한 소리를 내며 모기는 다가오고 있다.

멕시코 친구의 이야기가 생각난다. 2000~3000m의 고지에 멕시코시티를 수도로 삼은 큰 이유는 모기 때문이었다고. 그뿐이랴. 어떤 역사가는 로마제국의 흥망사를 모기의 흥망과 비교 분석하고 있지 않은가.

앵 웽 이번에는 변종모기의 불길한 소리가 나의 귓전을 울리고 있다. 나도 모르게 올라간 손이 찰싹 소리를 내며 모기를 잡았다. 승리감을 맛보기도 전 빨간 내 피가 픽 쓰러진 모기를 덮고 있다. 수십 번 공격을 받은 패자가 단 한 번의 승리감에 도취되어 이번에는 모기를 측은하게 여기기까지 한다.

"너도 하나님의 창조물. 나도 신의 창조물. 우리가 서로 미워하지 않고 공생할 수는 없는 것일까. 가만두어도 곧 죽을 너를 그만 내가."

2000. 8. 2.

조카의 입원소식

우산까지 넣은 무거운 캔버스 가방을 메고 교정에 들어섰다. 비를 푹 맞은 캠퍼스의 잔디는 더 푸르다. 아직도 울긋불긋한 현수막은 원래 내걸었을 때의 의도야 어떻든 모두 보기 싫다. 인기척이 별로 없다. 개량 분꽃의 화려한 색이 궂은 날을 보상이라도 하려는 듯 더 찬란하게 빛나고 있다.

조카, 그의 나이는 57세. 얼마 전 뉴욕에서 사촌 의사부부가 내한했을 때 친오빠의 초대로 조카와 그의 어머니인 나의 사촌언니 그리고 친언니와 함께 단란하게 환담하였다. 두어 시간 동안 그날 아침식사 후 나눈 대화는 세계를 두 바퀴 돌았다. 그 후 찍은 사진이 마지막이 되는 것이 아닌가 하는 두려움이 나를 사로잡고 있다. 그간 외교관으로, 공무원으로 높고 낮은 일을 마다하지 않고 노력해 온 조카. 그 뒷바라지를 간접적으로나마 해 오신 이제 여든이 넘으신 그의 어머니. 외국에 거주하는 그의 자녀와 형제자매.

한 대학 교육대학원의 특강 준비차 열고 들어온 내 연구실. 그러나 마음은 책에서 점점 멀어지고 있다. 산다는 것이 무엇인가. 왜 멀쩡했던 사람이 암에 걸리나.

엘리자베스 2세 영국 여왕의 어머니인 엘리자베스 모후는 8월 4일 100번째 생일을 맞았다. 그리고 영국 왕실은 7월 21일 윈저성에서 축하파티를 여는 등 생일축하 행사는 몇 주째 계속되고 있다.

폐암 위암으로 사경을 헤매고 있는 조카를 생각하며 그가 60회 생일을 맞게 3년만 더 살면 얼마나 좋을까 불가능한 가능성을 생각해 본다.

잠시 멎었던 비는 이제 막 쏟아진다. 앞이 보이지 않을 정도로 장대같이 쏟아진다. 창밖 먼 산도, 담 너머 교회와 집도 보이지 않을 정도로 비는 오고 또 온다.

인간은 얼마나 살아야 만족할까. 우리는 왜 태어나 일생 동안 배우고 모으고 꿈같은 생을 사는 것일까. 암의 퇴치는 언제 가능할까. 신체검사에도 나타나지 않았던 암. 암은 갑자기도 생기는 것인가.

하늘은 점점 캄캄해지고 있다. 책상 위 불빛은 상대적으로 더 밝게 느껴진다. 밝은 불빛처럼 기적적인 밝은 소식이 올 수는 없는 것일까.

책장을 들춘다. 3시간이 지났건만 내 눈은 여전히 책의 315쪽을 건성 바라다보고 있을 뿐 마음은 온통 서울대병원에 가 있다.

하나님, 어찌해야 합니까. 가엾은 조카를 보살펴 주시옵소서. 그가 세상에서 아직도 할 일이 있는데 숙제를 다 마치지 않고 떠나야 합니까. 유학 중인 그의 아들, 딸을 생각합니다. 정신없이 지낼 그의 아내를 생각합니다.

올해 설날 지나 아버지를 찾아와 늦은 세배를 드렸던 조카. 올해 94세이신 아버지께 고개 숙여 큰절을 올렸던 조카.

"할아버지는 참 정정하시고 사리판단도 정확하시네요. 젊은 사람보다 더 젊으신 할아버지는 세계정세에도 밝으시네요."

"그럴 수가 있나. 수재인 자네가 은퇴하더라도 일을 찾아 하나님께 영광 돌리는 일을 하게. 나야 이제 거동이 자유롭지 못해 할머니 곁으로 가게 되겠지."

조카가 말기 암 환자라니. 말기 암 환자를 남의 이야기로만 알고 있던 나. 암 환자는 자신의 상태를 감지하고 지금 삼 일째 잠을 못 잤다고 한다.

신앙심이 돈독한 그이기에 모든 것을 그대로 받아들이고 하늘에 맡기고 어려운 나날을 끝까지 잘 받아들이길 기도한다.

비는 이제 더 쏟아져 온 천지가 강을 이루고 있다. 검은 하늘은 눈물을 많이 쏟았는지 그 색이 무채색. 비가 좀 멎기를 기다린다. 귀가하기 위해서다.

한 보고서를 보니 한국인의 수명은 출생할 때 73.5세. 조카가 기적적으로 회생하여 평균수명을 채웠으면 하고 욕심을 부려 본다.

아직도 내 눈은 책의 315쪽을 바라본다. 아무 진전이 없다. 아버지께 이 놀라운 소식을 알려드리지 말자고 형제자매는 약속했다. 집 밖에서.

"삼라만상의 생사를 주관하시는 하나님, 이 가엾은 우리의 마음을 헤아려 주시고 환자와 환자의 가족에게 영생의 의미를 새로 깨닫게 해 주옵소서. 모든 것을 아버지 하나님께 맡깁니다."

2000. 8. 5.

한강과 대동강이 울던 날

반갑습니다.

반갑습니다.

한강과 대동강은 잠시 꿀 먹은 벙어리인 양 조용하더니 이내 소용돌이를 치며 분단 50년의 한을 한꺼번에 쏟으며 크게 요동했다. 서울의 대동맥인 한강 그리고 평양의 숨통인 대동강은 우기가 아닌데도 끝없이 흐르는 이산가족의 눈물로 바다를 이루고 있었다.

만나고 싶었습니다.

만나고 싶었습니다.

아버지와 아들, 형제자매, 100세 노모와 아들, 1년 살다 헤어진 부부, 각기 재혼해 전의 인연을 찾은 부부. 이들 모두의 공통점은 주름진 얼굴, 그리고 한 맺힌 세월.

이들은 모두 울부짖으며 남의 코엑스와 쉐라톤워커힐호텔, 북의 고려호텔을 눈물의 폭포로 채웠다. 서로 끌어안고, 뺨을 부비며, 몸부림치며, 눈을 감은 채 어쩔 줄 몰라 하는 같은 핏줄의 한민족. 무슨 이유로 형언하기 어려운 고초를 당한 것인가.

왜? 왜? 왜?

왜 우리는 조금 더 일찍 사랑하는 부모, 남편, 아내가 세상을 떠나기 전

이와 같은 재회의 기쁨을 가질 수 없었단 말인가. 남과 북의 7천만의 한민족은 텔레비전, 라디오에서 눈을 뗄 줄 모르고 지금 사흘째 살아왔다. 남의 일이 아닌 나의 일. 내 민족의 일. 남과 북은 계속해서 울부짖고 몸부림치고 있다.

누구를 탓하랴! 반만년 역사 동안 다른 나라를 침공해 본 적이 없는 민족. 한민족은 늘 불행히도 침략만 당하고 살아오지 않았는가. 민족끼리의 전쟁, 6·25동란은 38선의 의미, 다른 체제하의 정부, 공산주의와 민주주의의 극한의 대립과 반목을 뼈저리게 체험하게 하였다. 그 이전의 일제치하의 36년. 그 쓰라린 고초를 털어버리고 무궁화동산에 왔어야 할 평화와 화해의 기회를 앗아갔다.

잠시 어렸을 때 1년간 살았던 영변을 생각했다. 버스를 탄 채로 건넜던 청전강을 그려보았다. 잔잔한 청천강에서 뱀 한 마리가 벌떡벌떡 뭍으로 나오려 애쓰지 않았던가.

다시 한강을 그려보았다. 매일 오는 길, 가는 길에 건너는 한강. 한강이 없었다면 서울이 존재할 수 없었으리라. 어느 나라 수도를 방문해도 산과 강이 잘 어울려 있는 곳은 서울 뿐. 한강 건너 바로 사는 이유도 그저 한강이 좋고 매일 보아야 하기 때문이다.

김일성 배지를 너나할것없이 앞에 단 북녘 식구. 그들은 입만 열면 수령님의 은혜를 자동기계에서 나오는 녹음테이프처럼 하나같이 내뿜는다. 슬픈 일이로다. 선택의 자유가 없는 사회, 폐쇄된 사회의 일면이 그대로 만천하에 드러나고 있다. 남쪽식구에게 가져온 선물도 똑같은 것. 모두 수령님의 하사품이다.

남이나 북이나 평균시민의 생활수준과는 동떨어진 일류호텔에서의 만남. 그럴 수밖에 없는 서로의 형편과 사정이 안타깝도다.

한민족이 각기 잠시 떠났던 제자리로 돌아오던 날 나는 오래 봉직한 캠퍼스로 시선을 돌렸다. 지금 몇 년째 경관이 수려한 대학캠퍼스는 사분오열되어 반목하고 있다. 서로가 잘났다고, 자기 생각이 옳다고, 대학의 앞날을 걱정한다고 싸우고 있다. 모두가 여당, 모두가 야당 이것은 민주사회에서 바람직하지 않다. 서로를 제재하는 힘의 균형이 있을 때 대학은 일방적으로 위험한 질주를 못 하게 된다. 다른 의견을 존중하는 캠퍼스 분위기가 아쉽다. 정치가 뺨치는 전략과 전술을 쓰기 전에 화해와 용서가 앞서야 되지 않을까. 제자와 교수는 극과 극에서 서로를 비방하며 넘지 않았어야 할 선을 넘은 지 오래다. 이쪽저쪽, 내 편 네 편 할 것 없이 제자, 교수는 사랑스럽기만 하다. 운니동과 쌍문동을 나누지 말자. 미워하지 말자. 한강과 대동강이 울던 날 나도 울며 대학의 안녕을 위해 기도한다. 그것이 최선의 길이고 다른 방안은 없다.

다시 만납시다.

다시 만납시다.

서로 보고 싶은 얼굴이 되기 위해 우리 용서와 화해의 길을 걸읍시다.

2000. 8. 18.

제 4 부……

새해의 기도

어느 기념학술강연회

올해로 스물네 번째 맞이하는 해관 오긍선 선생 기념학술강연회가 새 천년 들어 처음으로 9월 22일 오후 5시 연세대학교 의과대학에서 개최되었다. 1977년 처음으로 제1회 기념학술강연회가 개최된 이후 매년 세계적인 피부과학의 석학들을 초빙하여 본 강연회는 이제 세계적으로 권위 있는 추모 학술강연으로 발전하였다.

우리나라 현대의학의 선구적 개척자요, 최초의 의사이자 사회사업가이며 교육자이셨던 해관은 우리나라에서 개화의 물결이 일기 시작할 시기인 1878년 10월 4일 태어나시어 배재학당을 거쳐 1907년 미국 루이빌 의과대학을 졸업한 후 1913년부터 현 연세대학교 의과대학의 전신인 세브란스 의학전문학교 교수, 학교 교장 등을 역임하시며 스스로 정년제를 설정하신 바 있다. 정년퇴임 후 86세를 일기로 별세하실 때까지 후학의 교육과 사회사업에 모든 정열을 쏟으며 위대한 선각자의 길을 걸으셨다.

이번 24회에는 미국 펜실베이니아 의과대학 피부과학교실의 존 스탠리(John R. Stanley) 주임교수가 초빙되어 〈천포창의 병태생리(Pathophysiology of Pemphigus)〉에 대한 강연이 있었다. 자그마한 키에 유머가 넘치는 화술로 연사는 해관의 가족석을 향해 말했다. "오긍선 박사의 가족들이 이 전문적인 강연을 듣고 무엇을 얻을지 모르나 하여간 이야기를 시작합니다."

의약분업 분쟁으로 의사의 파업이 계속되는 상황에서 과연 이번 강연회가 예정대로 개최될 수 있을까 염려에 염려를 거듭하던 외손녀는 강연장에 들어서는 순간 예년 수준은 아니지만 어려운 상황에서도 강연장을 메운 내외 귀빈, 의사, 대학 당국자들을 보고 안도의 한숨을 쉬었다.

내년이면 강연을 시작한 지 사반세기가 되는 해. 나는 강연장 중앙을 눈여겨보았다. 제1회에 오셨던 분들은 이제 중년에서 노년의 시기를 맞이하고 있었고 눈에 익은 한국 의학계의 원로이신 분들, 할아버님 제자들은 모두 하늘나라의 식구가 되어 참석하지 못하셨다. 이 세상에 계신 유일한 사위 아버님도 90 중반의 고령으로 마음으로만 기념학술강연회를 성원하고 계셨다.

"Anti-Dsg1 항체는 인간과 신생쥐의 상부표피 각질형성세포의 응집력을 없애 낙엽상 천포창의 수포를 형성한다. Anti-Dsg1 항체는 표피 전 층에 결합하지만 수포는 상부표피에만 발생하고 하부표피에는 생기지 않는 현상을 설명하기 위해 우리는 "Desmoglein compensation"이란 가설을 세웠다. 이 가설에 따르면 하부표피에만 존재하는 Dsg3이 anti-Dsg1 항체에 의한 Dsg1 항원 소실을 보상할 수 있으므로 Dsg3이 없는 상부표피에는 수포가 발생한다. …… 이 실험으로 사람과 쥐에서 Dsg compensation이란 가설이 증명되었고, 상부표피에 Dsg3의 발현을 유발시키는 물질을 찾아냄으로써 낙엽상 천포창의 혁신적인 치료방법을 발견할 수 있을 것이다."

52세의 나이에 연구논문 97편을 낸 하버드 의과대학 출신 스탠리 교수는 독일 Alfred Marchionini 상을 위시하여 국제적으로 명성이 높은 상을 수상한 유능한 강연자이다.

강연을 다 끝낸 연사는 마지막으로 가족석을 바라보았다. 우레와 같은 박수가 계속되었다.

강연내용을 다시 생각해 보았다. 어느 사이에 어두운 강연장에는 불이 환하게 밝혀졌다. 다른 가족은 모르겠으나 해관의 외손녀 한 사람은 어렵기 그지없는 의학 학술용어를 접하며 음파를 타고 오는 모든 소리는 어떤 전공과목을 이수했느냐에 따라서 그 내용이 창조적인 언어로 전달되기도 하고 때로는 불협화음으로 뭇사람의 고막을 울렸다 그저 사라지는 것이 아닐까 다시 생각했다.

비몽사몽간에 외손녀는 이 강연회를 가장 좋아하셨을 하늘나라의 어머니를 만나보았고, 제정신이 들었던 막간에는 내년 25회 기념학술강연회를 기념하기 위해 특히 미국에 체류 중인 30여 명의 식구를 상대로 모금운동을 펴기로 각본을 짜고 있었다.

해관이 살아 계셨다면 의약분업의 분쟁을 보고 뭐라고 하셨을까? 이 나라의 의약계는 정도를 걷고 있는 것일까? 의약분쟁을 관장하는 정부 최고 책임자들은 이 분야의 비전공자이기에 정치적인 해결방안을 지양하고 전공자의 올바른 의견을 들어야 하지 않을까.

2000. 9. 22.

늙은 수탉 래빈 선생님

10월 20일 오전 8시 이제 모두 환갑을 넘은 준토(Junto Club) 회원이 래빈(Bernard J. Lavin) 선생과 조찬을 하기 위해 조선호텔에 모였다. 백발을 휘날리며 조찬장에 나타난 래빈 선생은 이제 76세의 할아버지.

같은 날 오후에 있을 훌부라트 50주년 기념모임에서 특별상을 타러 내한한 그는 하와이의 호놀룰루에 거주하고 있다. 미국 공보원 서울단장으로, 후에 미국 공보원 전체 원장으로 8년간 한국에 거주한 그는 한국을 사랑하는 미국인.

1950년대 말과 1960년대 초 대학교 상급반에 있었던 조찬 참가자들은 래빈 선생이 만든 준토 클럽의 회원이 되어 벤자민 프랭클린 시절처럼 영어로 여러 논제에 대해 토론하고 영어구사 능력의 발전을 꾀했었다. 40여 년이 지난 오늘 회원 중에는 국회의원, 경제각료, 교수, 중견회사간부, 사장이 된 사람이 수두룩. 각자의 삶의 궤도를 따라 모두는 성실하게 살고 있다. 회원 중에는 하늘나라 회원이 된 사람도 있고 외국에 영구 거주하는 사람도 있다.

"늙은 수탉이 한국에 왔습니다."

래빈 선생은 십수 년 전 한국을 방문했을 때부터 자기 자신을 그렇게 불렀다. 심장병 관계로 조심하고 있는 래빈 선생은 아침식사로 보리빵 한 쪽만 들었다. 나머지 사람들은 한식, 양식을 각자의 취향대로 즐기며 환담했다.

어디서나 노래를 부르기 좋아하시는 래빈 선생은 갑자기 한국의 팝송을 부르기 시작했다.

"사랑해 당신을 정말로 사랑해……"

모두 약속이나 한 듯 예이, 예이, 예이 정말로 당신을 사랑해를 합창했다. 갑자기 웨이터가 문을 열었다. 앞방에서 회의 중이니 좀 조용히 하라는 메시지를 전해 주었다. 모두는 웃고 떠들며 준토 시절 학생으로 돌아가 있었기에 다른 손님 생각을 하지 못했다.

"한국역사의 증언"이란 제목으로 래빈 선생은 1999년 4월에서 9월까지 영자일간지 코리아 타임즈에 자신의 글을 기고한 바 있다. 4·19혁명 때 그는 을지로 1가 사무실에서 격동의 시기를 몸소 겪었다. 1980년대 미문화원이 과격한 한국 학생들에 의해 점령당했을 때 그는 이해심 있는 외교술로 어려운 고비를 무난히 넘기기도 하였다.

일생 동안 저축하며 마련한 하와이의 아름다운 거처에서 그는 여생을 조용히 보내고 있다. 시사영어사에서 한국인이 즐겨 부르는 노래를 영어로 불러 CD를 낸 사람도 바로 그다. 한국 노래를 사랑하고 즐겨 부르는 래빈 선생은 원래 에이레 공화국 출신.

병석에 있는 래빈 선생 부인도 쾌차하길 비는 마음 간절하다. 온갖 형태의 오리를 수집하는 그녀. 한국의 크고 작은 각종 재질, 형태의 원앙을 갖고 있는 루스(Ruth)에게 작고 앙증맞은 나무 원앙 한 쌍을 보내며 두 분의 행운을 빌었다.

다음의 만남은 언제가 될까? 한국에 있는 준토 회원끼리도 만나는 일이 쉽지 않다. 늙은 수탉 선생을 만나는 제자들. 제자의 인생도 이제 저물어 가는 판이라 각기 늙은 수탉, 늙은 암탉이 되어 *꼬꼬꼬*. 그들의 영어도 *꼬꼬꼬* 늙은 영어.

나이가 들어갈수록 섬길, 사랑할 웃어른이 있다는 것은 축복 중의 축복이다. 어른 노릇을 항상 해야 한다는 것은 즐겁지 않은 일. 나이 들수록 기댈 분이 있다는 것은 인생을 길고 젊게 만든다.

안녕히 가세요, 래빈 선생님, 그리고 쉬이 다시 한국에 오세요. 한강과 북한산이 그립지 않으세요? 다이아몬드헤드와 와이키키 해변에서 한국의 가을, 바람에 나부끼는 코스모스를 보실 수 없으니까요.

코카두들두, 래빈 선생님.

한국의 우리는 꼬꼬—.

2000. 10. 23.

대학 반세기 역사에서 얻은 것과 잃은 것

11월 넷째 토요일. 몰아치던 추위 바람도 멈추고 오늘은 봄날인가 착각이 될 정도로 기온이 높다. 지난주를 고비로 나무를 장식했던 울긋불긋한 나뭇잎도 모두 사라졌고 몇 나무에만 황금색 단풍잎이 마지막 광택을 뽐내고 있다.

나무를 보며 온갖 크고 작은 나무를 보며 많은 것을 느끼고 배운다. "움직이지 않는 한 평생 잎 틔우고 꽃피우고 열매를 익힌 뒤 남은 잎 다 떨어뜨리고 겨울을 나는 그 정직성. 그리고 무엇보다도 나무는 그 누구에게서도 그 무엇도 빼앗지 않습니다"라고 한수산은 「단순하게 조금 느리게」 속의 그의 글 하나에서 밝히고 있다.

그렇다. 오늘따라 나무 보기가 부끄러운 것은 왜일까? 크고 작은 나무를 여유 있게 쳐다보았다. 본분을 다하고 있는 다양한 모습의 나무를 보았다. 대학의 역사를 알고 있을 운니동의 은행나무를 떠올려 보았다. 많은 교직원, 학생을 옆에서 보아온 나무. 운니동에서 쌍문동으로 대학이 이전한 뒤 도서관 건물 앞에 심어진 후박나무들. 이 나무들도 대학식구의 됨됨을 보아왔다. 아름다운 자태를 한껏 드러내야 할 나무 둥지에는 여기저기 대학 구성원의 갈등을 표출하는 원색의 플래카드가 나부끼고 있다. 나무를 기둥으로 마음 아픈 내용을 담은 플래카드는 교정의 아름다움을 망치고 있다.

한 대학의 반세기. 이것은 쉬운 결실물이 아니다. 뭇사람의 노력으로 이룩

된 배움의 전당이다. 배움이 있어야 할 곳에 참된 배움은 부재하고 갈등과 반목, 책임 떠넘기기, 바람직하지 않은 정치와 고소 고발이 난무하다.

법 없이 사는 세상은 옛말인지? 모든 것을 법원에서 해결하려는 값비싼 선택을 하고 있는 대학 구성원. 의견을 달리하는 쌍방이 화해의 악수를 할 수는 없을까. 네 탓, 내 탓이 모두 있기에 대학 구성원이 공존할 길은 용서와 화해이다.

이 대학의 원래 교훈은 '사랑'. 사랑이 대학평가를 앞두고 '21세기를 슬기롭게 살 수 있는 미래지향적인 교양인'이 된 이후 슬기롭지 않은 비교양인의 출현이 두드러진 것은 유감이다.

여러 달 전 태풍이 불어 교정의 현수막이 모두 찢겨 사라진 적이 하루 있었다. 그날 오랜만에 접한 단아한 푸른 캠퍼스. 문 앞에서 본 교정은 푸른 잔디에 탁 트인 캠퍼스. 그때 바로 쌍방은 그 의미를 깨닫고 한 발씩 물러나 반목을 화합으로 변모시켜야 했다.

한 나라, 한 기관의 역사는 좋건 나쁘건 그대로 수용하며 흥망성쇠의 원인을 검토하고 발전적인 미래를 위해 갈고 닦아야 한다.

역사의 부정적인 면과 긍정적인 면을 인정하고 진취적인 대안을 향해 청군과 백군 모두가 창조적 에너지를 발휘해야 한다.

'나'의 사심을 버리고 정도를 걷자. 편법과 꾀, 남 탓하기, 내편 늘리기를 일삼지 말고 재주를 부리지 말자. 하늘이 보아도 부끄럼 없는 태도로 이 아름다운 대학을 살리자. 타인의 개혁을 부르짖기 전 나 자신의 개혁을 우선 이룩하자. 그때 대학 반세기의 역사에서 잃고 얻은 것을 똑바로 사심 없이 보게 될 것이다.

청군과 백군 양 진영은 모두 필요하다. 서로를 견제하기 위해, 창조적 경쟁으로 발전하기 위해, 서로를 좋은 의미로 감시하기 위해 필요하다. 상부상조하는 청군과 백군은 다음 이 대학의 반세기를 기름지게 할 것이다.

조용한 곳에서 신의 음성을 듣자. 방향 없이 사방으로 일탈하려는 너와 나의 마음을 잡아 신이 인도하는 곳으로 따라 가자. 이 땅에서 유일하게 종교를 가진 동물은 인간이 아닌가. 다시 '나'의 사심을 버리자.

　나무를 다시 바라본다. 우리를 보아온, 대학의 소용돌이를 목격해 온 나무를 본다. 나무는 우리가 얻은 것과 잃은 것을 웅변하고 있지 않는가?

　시가 있는 캠퍼스를 꿈꾸어 본다. 모두가 소박하게 살아 활동하는 캠퍼스를 그려본다. 광신적인 편협성이 사라진 너와 나를 기대해 보며.

2000. 11. 25.

저무는 2000년 그리고 한국

찬란하고 요란한 미사여구로 시작되었던 지난 한 해도 우주의 섭리를 거스르지 못한 채 이제 저물어 가고 있다. 이 지구상의 인간은 음력, 양력, 생년월일 어느 것을 기준으로 삼든 내년에도 한 살 더 먹는 경험을 할 것이다.

오늘은 2000년 12월 30일. 뒤늦게 도착한 카드 세 장의 답장을 위해 출근한 토요일. 멀리 이집트 카이로대학교 영문과 교수인 '아이다'에게, 미국 워싱턴주 리치랜드의 맥더프 부부에게, 그리고 친구 옥량에게 뒤늦은 새해 인사를 띄운다. 잃어버린 주소는 그들의 카드 도착으로 새 생명을 찾았다. 참 다행이다.

돌이켜 보면 2000년은 그 축복의 시작과는 달리 대란의 연속이었다. 의료대란, 항공대란, 금융대란. 그것도 부족하여 온갖 불미스러운 게이트, 금융사건은 정·관계 로비 의혹을 끊임없이 양산하며 서둘러 문을 닫았다. 동해안 산불, 축산농가를 강타한 구제역 파동, 마약사건 등등은 그렇지 않아도 크고 작은 문제투성이의 한국사회를 혼돈 속으로 빠뜨렸다.

정치권은 각종 금융비리 연루 의혹을 받고 여야간 싸움으로 일관하면서 신뢰를 잃고 있다. 개혁과 구조조정은 그리 쉽지 않아 공적자금이 40조 원이나 추가됐다.

2000년은 '남북정상회담의 해'란 별칭을 들을 정도로 남과 북의 모든 국민에게 통일의 기대를 앞당겨 주었던 역사적인 해였다. 작은 규모나마 이산가족의 상봉이 이루어졌고 경의선 철도의 복원사업이 시작되었다. 이것은 김대중 대통령에게 노벨평화상의 영광을 가져다주었고 북쪽 김정일 위원장에게는 세계무대로의 화려한 등장 기회를 주었다. 그러나 남북관계는 시간이 흐를수록 온갖 그동안의 장점을 감안하더라도 북한의 갖은 원초적인 한계성을 드러내고 있다. 상징적인 남북화해의 모습은 좋았으나 일방적인 그리고 힘에 벅차는 남쪽의 경제지원은 산적한 국내의 경제문제 해결이라는 당면한 문제를 벗어나기 어렵게 되었다. 현대의 금강산 관광도 날이 갈수록 남는 것은 빚더미. 남한 자체가 경제적 어려움에 놓여 있는 이 시점에 남·북한 화해라는 흥분과 열기는 계속 기대하기 어렵다. 북한에 대한 일방적인 정부의 구애의 모습은 국민의 자존심을 상하게 하고 있다. 북한에 무엇이 이익이 되고 무엇이 불이익이 되는가를 남한은 확실하게 주지시켜야 하지 않을까. 감정적이고 감성적인 차원의 접근을 지양하고 단기적인 정치적 이해관계를 초월할 때 북한도 있는 그대로를 냉철하게 객관적으로 파악하게 될 것이다. 성탄절에 캐나다 친구로부터 들은 북한 소식이 있다. 일곱 살 때 헤어진 북한 동생의 편지를 친구는 소개했다. 그 애는 달 보고 울며 어머니를 내내 그리워했다고. 이북에서 의사와 결혼했다는 여동생이 추워 죽겠다고 담요를 보내달라고 했다고.

2000년 6월 남북정상회담의 역사적 의미는 그 투명성이 제고되고 국민 참여의 폭이 넓어질 때 서로가 '있는 그대로'를 보게 될 것이다.

내 방의 달력을 바꿔 단다. 사흘 후 다시 오면 내년이 될 테니까. 달력을 바꿔 달며 한 해를 마감할 수 있는 기회를 주신 하나님께 감사한다. 달력을 걸 수 있는 벽을 주신 것에도 다시 감사한다.

2001년 국가나 개인이나 개혁과 구조조정의 의미를 깨닫는 해가 되길 바란다. 정부와 정치권은 설득과 대화를 통해 신뢰를 회복하고 참된 고통분담의 중요성을 몸소 보여주어야 하지 않을까?

우리 인생은 짐승이 아니기에 인간으로 태어나 사는 것을 자랑스럽게 여겨야 한다. 그러므로 잠시 겪는 우리의 불행, 궁핍, 추락, 고초, 질곡 무엇이든 승화시켜 무성한 푸르른 나무로 키워야 하지 않을까. 기우는 달은 곧 솟을 힘찬 달의 흔적이니까.

2000년 한 해가 간다. 이해가 시작될 때부터 우리는 귀가 아플 정도로 '밀레니엄' 프로젝트라는 말을 들어왔다. 새 2000년을 맞이하는 프로젝트들은 런던에서 파리에서 건축으로 나타났고 로마교황의 교회죄책선언으로 나타났으며 예술분야에서도 밀레니엄이라는 제목의 조각, 그림 등으로 세계 도처에서 나타났다. 이것은 모두가 냉전, 대량학살, 폭력, 기아, 무지의 20세기를 보내며 이에 종지부를 찍고 싶은 희원이었으리라.

유엔이 금년 9월 8일에 참가국 189개국의 이름으로 뉴욕에서 낸 '유엔밀레니엄선언'은 앞으로 다가오는 21세기가 어떤 위협에 처해 있는지를 잘 나타내고 있다. 첫째 가치와 원칙에서 오늘날의 지구화가 인류에게 도움이 되는 힘이 되기를 그 중심과제로 보며, 기본적인 가치로 내세우고 있는 것은 자유, 평등, 연대, 관용, 자연의 존중, 책임의 분담이다. 그리고 평화와 안전보장 및 군축문제, 개발과 빈곤문제를 다루며 환경의 보호와 인권, 민주주의, 약자의 보호를 언급하고 있다.

한국을 둘러싼 안과 밖의 위기를 정확하게 인지하고 그 해결 방안을 찾아야 되지 않을까. 인류구원의 말씀을 좇아 우리 모두 정진하자.

아듀 2000.

2000. 12. 30.

새해의 기도

2001년 새해, 고대하던 새해가 성큼성큼 앞에 와 서 있습니다. 어릴 적 부모님이 하시던 대로 새해 공기가 듬뿍 방안에 들어오게 모든 문을 열어 놓았습니다.

'화이트 뉴이어'의 설경이 눈을 황홀하게 합니다. 불현듯 한국전쟁 때인 1952년 부산 피난 시절 처음으로 맞이했던 타향에서의 새해가 생생하게 눈앞을 가립니다. 모든 것을 버리고 떠났던 시절 가족 전체가 소유했던 것은 별 것 없었습니다. 그저 건강한 가족의 건재가 자산의 모두였지요. 창문, 앞문을 닫으며 여러 개의 방에 가득찬 물건을 봅니다. 먹을 것, 입을 것, 볼 것, 놀 것 등등. 이 풍요는 어린 피난 시절 단칸방의 풍경과는 너무도 다릅니다.

인생에서 중요한 것이 무엇인가 잊고 산 지도 수십 년. 새해가 있기에 다시 눈을 뜨는 경험을 하게 하신 것 하나님께 감사드립니다.

올해에는 앞으로 앞으로 달리기만 했던 나의 발걸음을 잠시 멈추어 주위를 살피게 하옵소서. 빨리 달리는 지하철, 버스 속에서도 질주하며 속도감을 즐기던 제가 아닙니까.

더 큰 축복을 받기 위해 기도하기보다는 있는, 받은 축복을 세며 그것을 뜻있게 누리게 하옵소서. 그것을 누리며 주위와 나누는 새 기쁨을 허락해 주옵소서.

나 위주로, 나의 판단을 으뜸으로 여기고 무의식중에라도 보았다면 용서하시고 새 시각을 갖게 하옵소서.

모든 것을 빨리 이루려는 성급함을 한 박자 늦추게 하시고 기다리고 반추하는 여유를 갖게 하옵소서.

벌리기 쉬운 입을 지켜주시고, 아무 말이나 내뱉지 말게 인도해 주옵소서. 말이 쓸데없는 말을 낳고, 오해의 싹을 키우며 패거리를 만들고 마음의 문을 닫게 하는 경험을 했으니까요. 그러나 불의의 편에 서게 마시고 옳은 길을 위해서라면 굳게 닫힌 입도 열게 하옵소서.

오래전 이 세상에 태어날 때 거의 죽을 뻔한 이 몸이 기도의 힘으로 제 위치를 찾아 그 이름에도 '은혜 은(恩)' 자가 들어간 것이 아닙니까. 오랜 세월 이 땅에서 일하며 하나님께 얼마나 영광을 돌렸는지 알 수 없습니다. 새해에는 출생의 의미를 새롭게 깨닫고 어제보다는 영적으로 나은 삶을 영위하게 하옵소서.

새해에는 나라와 대학에 '정의'가 주인이 되게 하소서. 개인의 이해관계를 떠나 옳게, 선하게, 아름답게 이 거대한 배가 움직이게 하소서. 편협, 불의, 편가르기, 거짓, 임기응변, 이기주의가 활보하지 않게 보살펴 주옵소서.

거대한 남과 북의 한민족. 조국이 분단된 데도 하늘의 큰 뜻이 있는 줄 아옵니다. 용서와 화해로 하나님의 뜻대로 한민족의 21세기도 펼쳐지게 하옵소서.

온 민족, 온 대륙을 주관하시는 하나님, 날로 좁아 가는 이 세상에 화평을 허락해 주시고 '정보사회', '사이버 사회'를 지나치게 즐기며 비인간화, 자아상실, 불안의 연속으로 치닫고 있는 세계인을 바른길로 인도하여 주옵소서.

서로 다른 것을 틀린 것으로 간주하는 실수를 범하지 말게 하시고 사람의 겉보다는 내면을 직시할 수 있는 혜안을 갖게 하소서.

새해가 되어도 이 부족한 인간은 깨달음이, 믿음이 부족하여 위와 같이 기도드리오니 받아주소서. 아멘.

2001. 1. 1.

어느 북구 대사 부부의 초청

장   소: 서울 성북동 대사관저
일   시: 2001년 1월 30일 오후 7시 30분
초대인원: 20명
가져갈 물건: 지도와 돋보기안경

흰 눈 위에 다시 흰 눈, 예년에 볼 수 없었던 계속된 영하의 기온은 성북동 언덕길, 가까이 보이는 산을 온통 북극의 설경으로 지속시키고 있다. 늦도록 학교 사무실을 지키던 나는 삼선교 부근에서 한 택시에 올랐다. 기사님은 60대로 보이시는 여유 있는 신사. 택시 앞쪽 거울에 매달려 있는 금빛 십자가는 우선 나의 눈길을 끌었다.

"기사님, 성북동 갑니다. 여기 지도가 있습니다."

"그래요? 어디 봅시다."

승객은 너그러운 그의 음성과 십자가에 위로를 받고 확대해 준비해 간 초청장과 안내도를 앞좌석으로 내밀었다.

"원래 지도가 작아서 제가 확대해 가져왔습니다."

기사는 택시 천장 보안등을 켜고 안내도를 좌우로, 상하로 옮기며 목적지를 살피었다. 기사도 승객처럼 눈이 침침한지 고개를 돌려 물었다.

"돋보기 있으세요?"

"네, 여기요. 도움이 되셨으면 해요."

기사는 택시가 정지한 곳이 골목을 지나쳤다고 조금 달리더니 차를 돌리고는 근처 파출소로 들어가 지도에 표시된 한 상점을 찾아 달리었다.

때는 저녁 7시 10분. 가로등이 없는 골목길을 오가는 차량의 헤드라이트만이 안내자였다. 어느 곳에도 길 안내 표시가 없었다. 사대문 안 옛 동네도 아닌데 이곳 개발 당시 체계적으로 길도 반듯하게 내고, 소위 부자동네인데 안내판도 설치했더라면 얼마나 좋으랴. 아니야, 보안 문제도 있고 부자일수록 남에게 정체가 드러나는 것을 꺼리니까 이럴 수도 있겠다. 한국인 집을 임대하거나 또는 집을 소유하고 있는 이 동네 각국 대사관저도 여러 개.

조심스럽게 가파른 길을 여기저기 탐색하며 천천히 움직이던 택시는 한 방범초소를 발견했다. 초소의 희미한 불빛, 그 속에서 보일까 말까 하는 경비원의 검은 옷은 그의 정체를 빼앗고 있었다. 택시기사는 차에서 다시 내려 대사관저 방향을 물었다. 돋보기로 본 안내도 골목과는 달라 보이는지 기사는 고개를 갸우뚱거리며 가파른 언덕을 오르고 올랐다. 기사 왼쪽에 방범초소가 또 하나 나타났다. 그러나 오가는 많은 자동차의 불빛으로 앞이 잘 보이지 않는 듯한 기사는 다시 차에서 내렸다.

"미안합니다. 방범초소에 또 들르시게요? 어렵게 해드려서 죄송합니다."

기사는 아무 말 없이 운전석으로 돌아왔다. 그는 더 높은 언덕으로 차를 돌려 대사관저를 찾았다.

"기사님 힘드셨지요? 안녕히 가세요."

나는 팁을 두둑하게 얹어 택시비를 건넸다.

한 시간이 넘게 길을 헤맨 것 같은데 시간은 저녁 7시 20분. 문 앞에 나와 있던 대사관저 직원이 핀란드 대사관저임을 확인시켜 주었다.

온갖 그림이 벽에 즐비한 대사관저는 여기저기 깔린 색스런 양탄자와 함께 빛나고 있었다. 대사 부부는 첫 손님인 나를 반겨 주었다. 한 모퉁이 책상 위에 놓은 핀란드 여성 대통령의 사진은 이제야 여성부를 신설한 한국의 위치를 새삼 돌아보게 하였다.

참석자가 이윽고 도착. 피부색이 각각인 노르웨이, 화란, 인도, 방글라데시, 에티오피아, 미국 외교관과 한국인 심장전문의사, 외무부 본부 대기 대사 등 TV에서 자주 대해 전부터 알고 지내던 사람 같은 사람이 여러 명.

식당 앞에 서 있는 한 웨이터의 좌석배치도를 보며 사람들은 제자리를 찾아 앉았다. 핀란드 대사의 축배건의에 따라 모두는 포도주 잔을 높이 들고 서로의 건강과 행운을 빌었다. IMF의 책임자라는 한 미국인의 한국 경제에 대한 견해는 그의 깊은 관찰과 밝은 실무경험의 웅변. 세계 여러 곳에서의 경험이 많은 이들 외교관의 번쩍이는 한마디, 한마디는 직업 외교관의 노련미를 경쟁적으로 드러냈다. 우리의 외교실태는? 문외한인 한 교수는 수십 년의 나이테를 자랑하는 한 우물을 판 대사들을 보며, 정치적 임명, 외부인사 임명이 잦은 우리네 외교관 임명 실정을 비평적으로 볼 수밖에 없었다.

에티오피아 주한 대사. 비교적 연령이 참석자 중 어린 편인 그는 얼마 후 고향으로 돌아간다고. 일찍이 에티오피아와 쿠바가 좋은 관계였을 때 장학금을 받고 6년간 아바나 대학교에서 수학했다는 대사. 한국과 에티오피아가 문화적으로, 생활 풍습상 통하는 것이 많음을 강조한다. 한국에서 태어난 아들을 자랑스럽게 여기는 그는 건배 잔을 들며 다시 한국을 찾을 수 있게 행운을 빌어달라고 했다.

하일리 셀사시 황제가 오래전 한국에 왔었고, 한국전쟁 때도 우리를 도왔던 나라의 대사. 한국을 잊지 않게 나는 아들의 애칭을 '김치'라고 하면 어떨까 제안. 부부는 흔쾌하게 승낙. 저녁식탁은 염소치즈를 곁들인 요리 등등 마지막에 샴페인 잔을 다시 들어 서로에게 행운을 비는 것으로 쨍그렁, 쨍그렁.

화란대사는 참석자를 대신하여 식탁에서 오간 이야기를 요약하며 초대자에게 감사의 연설을 간단하게 하였다.

"오늘 우리 옛 친구, 새 친구들은 두어 시간 맛있는 음식을 먹으며, 지구화, 경제문제, 인구문제, 한반도의 문제, 의료체계의 문제, 공해 등등 여러 문제를 해결하려 했으나 일부의 좋은 제안에도 불구하고 다 풀지 못한 채 이곳을 떠나야 합니다. 대사관저 앞뜰이 넓고 운치가 있으니 날씨가 풀리면 피크닉을 한 차례 또 준비해 주실 것을 제안합니다."

자리를 옮겨 녹차와 커피, 초콜릿으로 입안을 정리하니 시간은 밤 10시 30분.

현관 앞 눈이 동글게 덮인 전등은 대사부인의 솜씨. 전구 위에 눈을 덮어 만들었다고. 스무남은 개 전구가 동원된 눈꽃 등은 성북동에서 헬싱키의 겨울을 맛보게 하고 있었다. 남대문 꽃시장에서 꽃을 사 손수 꽂은 집안의 꽃장식. 툭하면 비싼 돈을 내고 주문하는 우리의 꽃바구니 문화를 부끄럽게 했다.

에티오피아 대사부인은 잠시 3개월 된 아이가 차 속에서 아기 보는 사람과 있다고 자리를 비웠다가 돌아왔다.

"넓은 집 2층이 다 비어 있는데 아기를 안으로 데려오시지 않고 아니 차 속에 있었다고요?"

눈이 휘둥그레 커진 핀란드 대사부인이 말했다.

"차에 엔진을 켜 놓았으니 춥지는 않답니다. 폐 끼치고 싶지 않고. 아기에게 젖을 먹여야 하기도 하고요."

"우리나라에서는 정지상태에서 차에 시동을 켜고 있는 것은 허용되지 않습니다."

"배기가스문제, 공해 때문이겠군요." 나는 어색한 분위기를 잠재우려 거들었다.

"그래요." 노르웨이 대사부인도 자기나라 경우도 같다고 했다.

나는 내가 사는 집 근처에서 아침마다 대기하는 여러 기사를 생각했다. 하나같이 시동을 켜고 주인을 기다리고 있지 않은가.

사람은 항상 서로 접촉하고 교통하며 격의 없는 의사소통을 할 때 참된 배움이 있지 않을까. 핀란드 대사 부부의 초청은 미루어 왔던 핀란드 북부의 랩랜드 방문의 갈망을 더 구체화시키며 공존의 아름다움을 보여주었다.

2001. 1. 30.

고아로 맞이하는 첫 어버이날

21세기의 첫 어버이날이 밝아왔다. 온통 화려 찬란했던 겹벚꽃의 창가 향연도 어느새 끝나고 가냘픈 연둣빛을 위협하는 제법 검푸른 나뭇잎이 여기저기서 제 세상의 도래를 재촉하고 있다. 올해는 개나리도 진달래도, 라일락도 예년에 비해 더 빨리 폈다. 유난히 꽃을 좋아하시던 부모님께 환한 미소를 지으려 해도 이 좋은 날 부모님은 온데간데없으시다.

『우리말 큰 사전』에서 난생 처음으로 고아의 정의를 찾아보았다. "부모를 여의어 몸 붙일 곳이 없는 아이."

나는 고아다. 20세기에 어머니를, 다시 21세기에 아버지를 여읜 몸 붙일 곳이 없는 아이(?)다. 1998년 8월 27일에는 어머니를, 2001년 4월 5일에는 아버지와 영원한 작별인사를 했다.

오늘도 아침 7시 15분 출근하며 아버지의 손길이 물씬 남아 있는 정원을 보았다. 황국의 흐드러진 자태는 너무 아름다워 눈이 부시다. 충정로 외가에서 옮겨져 30여 년간 경복궁 근처 집에서 자라다 이사하며 다시 강남으로 옮겨진 새끼의 새끼 황국. 그뿐이랴. 감나무, 석류나무, 단풍, 라일락, 사철나무 등 아버지의 분신이 아파트 앞 공원에서 자라고 있다.

거동이 괜찮으실 때 즐겨 산보하셨던 오솔길을 오늘도 걸으며 하늘나라의 일원이 되신 부모님을 그린다. 오늘따라 부모님을 뵙고 싶은 마음 이루 형언하기 어렵다.

오래오래 전 할머니가 세상을 떠나셨을 때 아버지가 하신 말씀이 있다. "이제부터 나는 고아다. 고아의 마음을 누가 알겠니."

세상의 복 중 하나라는 장수를 누리신 어머니, 아버지. 그러나 더 오래 사셨더라면 하는 아쉬움만 오늘 어버이날 하늘을 채우고 있다.

"사람이 오래 사는 것도 좋은데 주위에서 아는 사람이 사라지는 것, 나보다 젊은 사람이 먼저 세상을 떠나는 것이 장수의 좋지 않은 면이지." 두 분은 가끔 이런 말씀을 하셨다.

하늘나라로 가시는 순간까지도 정신이 맑으셨던 부모님. 눈이 어둡고 청력이 떨어져도 품위를 지키셨던 천사를 생각한다. 간병인이 매일 읽어드렸던 수많은 신간서적, 일간지, 그리고 수없이 들으셨던 찬송가, 기독교방송이 오늘따라 귓전을 크게 울린다.

사람이 산다는 것이 무엇인가. 유한한 인생살이, 오래 산다고 해도 채 1세기를 채우지 못하는 인간의 삶을 되돌아본다. 어버이날, 부모님이 남겨 주신 보이지 않는 유산으로 나는 무겁다.

한 시간 넘어 걸려 도착한 나의 일터. 아름다워야 할 캠퍼스는 갈등의 흔적으로 어지럽다. 화해와 용서, 아량과 포용, 사랑과 협동은 한낱 사전 속의 어휘였던가? 모두가 한 발짝씩 물러나 상대편의 마음을 헤아릴 수는 없는 것일까.

"분란 많은 학교를 너는 오래도 다닌다. 비켜 딴 곳으로 가고 싶었을 텐데도."

부모님의 말씀이 다시 귓전을 울린다. 화평스러운 캠퍼스를 보여드리지 못한 아쉬움만이 마음을 아프게 한다.

"사람이 어떤 어려움을 당해도 정도를 걸어야 한다. 정직해야 한다. 신앙심으로 자유를 얻어야 한다. 항상 더 배운 사람, 더 가진 사람이 사랑을 베풀어야 한다."

부모님의 평범한 진리의 말씀을 되새기는 고아는 오늘따라 응석을 받아주시던 부모님이 그립다. 한 번만이라도 부모님을 다시 뵐 수 있다면 얼마나 좋을까. 늙은 고아는 다시 아이가 되고 싶다.

2001. 5. 8.

더블린, 더블린

1962년 제임스 조이스의 『젊은 예술가의 초상화』로 석사논문을 쓴 이래로 늘 가보고 싶었던 곳, 마음의 고향 더블린! 그동안 수많은 세계의 도시를 방문했으나, 아니 영국에서 살기까지 했어도 어쩐 일인지 갈 수 없었던 곳 더블린! 제12차 독서에 관한 유럽학회 학술대회에서의 논문발표 통보가 있었던 지난 1월부터 나의 꿈은 서서히 그러나 확실하게 이루어져 가고 있었다.

인구 520만의 아일랜드. 수도 더블린의 인구는 50만 명을 상회. 한 아일랜드 친구는 현재 수도인구가 100만 명을 오르내린다고 했다. 조지 버나드 쇼(George Bernard Shaw 1856-1950), 사무엘 베켓(Samuel Beckett 1906-1989), 윌리엄 버틀러 예이츠(William Butler Yeats 1865-1939) 같은 노벨문학상 수상자를 배출한 나라의 수도는 6월의 마지막 가는 날 맑은 공기로 나를 반기고 있었다. 한 3분 간격으로 방송되는 공항의 구제역 방역에 관한 주의 지시사항을 제외하면 이곳은 모든 것이 평온하였다. 더블린 시립대학교 내 랄킨아파트에 여장을 풀고 광활한 캠퍼스를 걸어보았다. 40여 년 만에 이루어진 꿈 런던의 히드로 공항에서 불과 45분이면 올 수 있는 곳인데. 이곳으로의 나의 여행을 막았던 그물은 힘없이, 쉽게도 벗겨지고 있었다.

더블린에서 처음 맞이하는 점심시간. 어떤 음식을 먹을까 궁리에 궁리가 계속되었다. 우선 캠퍼스 내 식당 각종 음식을 돌아본 후 나는 결론을 내렸다. 이곳보다는 캠퍼스 앞 길 건너 슈퍼 한구석에 마련된 즉석음식 코너, 그곳이 선택되었다. 그 이유는 감자 때문이었다. 각종 산해진미 중 나를 매료시킨 것은 막 삶아낸 감자. 주먹만한 감자는 가운데가 갈라진 채 위가 각종 양념으로 장식되어 있었다. 감자는 아일랜드인과 불가분의 관계가 있지 않은가. 오늘날도 이곳 사람들처럼 감자를 많이 먹는 구라파인은 없다고 한다. 한 사람이 1년에 평균 144킬로의 감자를 먹으니까, 감자를 많이 먹는다는 영국인보다도 40%나 더 먹는 셈이 된다. 16세기에 처음 이곳에 소개된 감자. 감자는 세월이 흐르며 어느덧 가난한 이곳 사람의 주식으로 정착. 그러나 1845년부터 계속된 감자 흉년은 '감자기근'(The Great Famine)으로 이어져 1846~1856년 사이에 250만여 명의 인구가 이민길에 올랐고 많은 사람이 기근의 희생자가 되었다. 제1차 세계대전 때는 추방된 아일랜드인이 400만에 이르렀으니 전체적으로 보면 1800~1922년 사이에 800만 명이라는 놀라운 수의 아일랜드인이 타국으로 이주한 것이다. 그중 60%는 북미로, 10%는 캐나다로 그리고 5%는 호주로 갔다. 매년 6월 21일은 '성요한의 날'. 이날 아일랜드인은 햇감자를 수확해 먹는다고 한다. 나도 햇감자의 구수한 맛을 만끽하며 아일랜드인이 되어 보았다.

푸른 나무숲이 도보로 10여 분 계속되는 길을 따라 캠퍼스로 돌아오는 길 샛길로 빠져 이번에는 샴록(shamrock)이 무성한 잔디 나무조각 의자에 앉았다. 흔히들 말하는 어린 클로버가 샴록이다. 샴록과 클로버는 무엇이 다를까. 한 아일랜드 친구는 꽃의 색으로 결정된다 하였다. 꽃 색이 희면 샴록, 그렇지 않으면 클로버. 아일랜드의 성 파트릭(St. Patrick) 수호신의 날인 3월 17일, 사람들은 샴록을 가슴에 장식한다. 이 관습은 16세기 이래로 유지되어 왔다고 한다. 아일랜드에서 자주 눈에 띄는 초록색. 샴록이 초록색이 아닌가. 아일랜드인이 많이 거주하는 미국의 중서부도시 시카고는 성 파트릭 날에 강을 초록빛으로 물들이기도 한다.

아일랜드에서 특이한 점은 영어가 모국어로 사용된다는 점이다. 비록 게일 릭어 TV방송 채널도 있으나 영어는 아일랜드의 완전 소유물이 되었다. 영어가 이 고장에서 사용된 지가 500년이 넘었다. 특별히 이질적인 아일랜드 악센트도 이곳 영어에서 찾을 수 없었다. TV 앵커의 발음에서 이상한 것 하나는 th 발음을 [t]로 발음하는 것뿐이다. 아일랜드 영어는 그 나름대로 특성이 있지만 눈에 띈 것은 그것 이외에는 별로 없었다.

1592년 엘리자베스 여왕 특명으로 세워진 트리니티(Trinity) 대학 방문은 고색창연한 대학 건물과 함께 학문의 깊이를 일깨워 주었다. 이곳에 현존한 가장 오래된 건물의 하나인 대학도서관(the Old Library)의 한 방(Long Room)에는 20만 권의 희귀본 도서가 천장 높이까지 개가식 선반에 꽂혀 있었다. 한 모퉁이 공간에서 전시 중인 라틴어로 된 네 개의 복음서(Book of Kells)는 양피지의 질, 색상, 서체가 그 내용과 함께 눈을 부시게 하였다. 네 개의 복음서는 이오나(Iona)의 수도승이 9세기 초 이오나에서 만든 것인데 이오나가 바이킹족의 공격을 받자 크롬웰 정권하에 안전문제로 1653년경 더블린으로 옮겨졌고 헨리 존스(Henry Jones)가 미스(Meath)의 주교가 된 1661년 트리니티 대학으로 오게 되었다. 서가 사이사이에 진열된 14명 저명인사 흉상 중 가장 눈에 띄는 것은 『걸리버 여행기』(Gulliver's Travels, 1762)의 작가 조나단 스위프트(Jonathan Swift, 1667-1745).

트리니티 대학에 이어 부러웠던 곳은 더블린 작가 박물관(The Dublin Writers Museum). 초창기 아일랜드 문학으로부터 그레고리(Lady Gregory), 예이츠, 스위프트, 콩그리브(Congreve), 스토커(Stoker), 쇼(Shaw) 그리고 와일드(Wilde)가 주축이 된 아일랜드 문예부흥기인 19세기 말까지의 작가 사진, 생활상, 편지 등이 벽면에 혹은 벽걸이로 어제 일처럼 진열되고 있었다. 애비극장(Abbey Theatre)의 발전과 함께 시작된 20세기 작가 이야기는 주로 싱(John Mullington Synge)을 비롯하여, 오케이시(O'Casey, 1880-1964)로, 다시 단편작가인 오코너(Frank O'Connor, 1903-66), 오프레어티(Lian O'Flaherty, 1896-1984)로, 다시 시인인 카바나(Patrick Kavanagh, 1904-1967)로 이어졌다. 유명작가가 사용했던 펜, 타이프라이터, 안경 등등에서 아일랜드 문학의 원동력을 본 것은 웬일일까. 아니 만인이 사용하는 이 나라 지폐 중 10파운드짜리에는 제임스 조이스가, 그리고 5파운드 지폐에는 책을 같이 읽는 어린이들이 등장하여 이 고장의 문학, 문인, 독서, 책의 위치를 새삼 보게 하는 즐거운 충격이었다. 충격은 잠시 침묵을 강요했고 이어 청량제 역할을 하였다.

학술대회의 주제 발제자인 데크란 카이버드(Declan Kiberd, 1951~)의 해박하고 감동적인 연설은 1시간 동안 세계 각국에서 온 수많은 청중을 사로잡았다. 트리니티 대학에서 영어와 아일랜드어로 첫 학위를 받은 후 옥스퍼드 대학교에서 박사학위를 수여받은 그는 아일랜드 일간지의 정규 기고가이며 BBC를 위해 문학원고를 집필해 온 『아일랜드를 발명하며』(Inventing Ireland, 1995)의 저자이다. 낭랑한 그의 목소리, 정교한 언어 구사, 재치가 넘치는 담론의 연속, 시공을 초월한 아일랜드 문화와 문학에 대한 열정과 애정은 창조행위 그 자체요, 또 다른 문학태동의 삼차원적인 실험 그 자체였다.

더블린의 넓은 거리, 빨강, 노랑, 파랑, 연두, 분홍, 보라 등의 색스런 문은 모두 18세기 조지 왕조 때의 유물이 그대로 존속되어 전통과 고전미가 잘 조화된 극치. 문에 달린 각종 모습의 놋쇠 녹커(knocker)는 또 다른 명물.

브리다 보일(Breda Boyle)과의 해후는 세계에서 가장 긴 카페, 런던의 하이드 파크를 연상시키는 광활한 공원으로 이어졌다. 마침 공원 산책길에 연이어 있는 이곳 대통령 관저 앞은 지키는 이도 없이 평화로워 보였다. 브리다는 이 광활한 공원을 목장(meadow)이라 하였다. 농부들이 땅을 빌려 가축먹이 풀을 심었는데 모두 무릎높이로 커 그 냄새가 상큼하였고 목장 한 모퉁이에서는 풀을 둘둘 마는 수확이 시작되고 있었다. 오가는 길 두어 시간 만난 사람이라곤 개를 산책시키는 할아버지, 할머니 그리고 일렬로 말에 오른 어린이 승마대열. 목장 옆을 흐르는 한 시냇가의 머위숲은 우리가 먹는 머위와 다르지 않았다.

전통적으로 아일랜드인은 후한 손님대접으로 유명하다. 한국인과도 통하는 그 무엇을 나는 감지했다. 예전부터 문 앞에 선 손님을 그대로 보내는 것은 가정에 불운을 가져오며, 나아가 가문에 오점을 남긴다고 하였다. 게다가 바로 문 앞에 선 손님이 구세주(Savior)일 수도 있다는 것은 이곳에서 강하게 이어져 내려온 이들의 생각이다. 아일랜드의 아름다운 서부해안을 못 본 아쉬움을 뒤로하고 비행기 트랩에 오른 필자는 다음 방문일정을 머릿속에 그리고 있었다.

2001. 7 . 7.

어머니, 어머니

2001년 추석입니다. 오던 비도 그치고 휘영청 밝은 달이 온 천지를 밝히고 있습니다. 달을 보니 어머니 생각이 납니다. 잠시 보름날 저녁 다녀가실 수는 없는지요.

참 지난 4월 5일 식목일에 아버지를 만나셨겠지요. 아버지도 어머니를 만나 얼마나 반가우셨겠습니까. 지금 집 앞 창가에는 아버지가 심으셨던 감나무에 빨간 감이 주렁주렁, 그것을 꼭 보여드리고 싶습니다. 석류는 아마추어 정원사의 전지 실수로 열매가 달리지 않았으나 그 자리를 지키고 있다는 것만으로도 감사의 눈길을 보냅니다. 얼마 전 이화여대 박물관 앞을 지나며 아버지가 애지중지 기르셔 큰딸을 통해 대학에 기증하신 주목을 눈여겨보았습니다. 나뭇잎도 더 검푸르고 키도 더 멋지더군요. 주목을 보는 순간 눈물이 핑, 저는 부모님을 뵌 듯 반가웠지요. 그러나 다음 순간 주체할 수 없었던 그리움. 주목은 저렇게 싱싱하게 잘도 커가며 오래 살 텐데 사람의 수명은? 저는 잠시 인생의 허무함을 스쳐가는 바람처럼 느꼈습니다. 참 지난 7월 말에는 형부도 훌쩍 하늘나라로 갔습니다. 이 세상에서 다 마무리하지 않은 연구가 두어 개 있는데 그 연구를 끝마칠 때까지 더 살았으면 하는 것이 그의 바람. 이 소원을 듣던 의사는 학자다운 학자를 처음 보았다고 했답니다. 사랑하는 사위도 만나셨겠지요.

지난 8월 초에는 십여 일 동안 저는 캐나다의 오타와에서 개최되었던 세계 여학사 제3차년 대회에 한국대표의 일원으로 참석, '여성의 미래, 인류의 미래'를 고민하고 토론하며 세계 각국의 여성지도자와 각국 친구를 만났습니다. 귀국길 오타와에서 1시간 비행 후 토론토에 들러 수십 년 전 여학교 친구와 해후했지요. 토론토 공항은 미국에서 미리 도착해 저를 기다리던 옥량과 태숙 그리고 토론토 시민인 옥실의 환한 얼굴로 가득가득. 한 30여 분 커피 한 잔에 카메라로 흘러간 세월을 기록하느라 법석. 네 사람의 공통점은 어머니가 모두 하늘나라에 사시는 것이지요. 어머니, 십대 시절 그들을 기억하시지요.

"너 옛날 여학교 시절과 똑같아."

네 사람은 서로의 어깨를 치며 거짓말 아닌 거짓말을 늘어놓았지요. 토론토 교외 한적한 친구네 집 15층 콘도에 여장을 푼 네 사람은 친구 남편과 검은 고양이를 딸네로 피난 보내고 쌓이고 쌓인 수십 년의 이야기 실타래를 하나씩 풀었습니다. 거실 바닥에 돗자리를 깔고 젊지 않은 친구들은 걸스카우트 캠핑에 온 듯 때 묻은 인생의 망토를 벗고 여고시절 교복차림으로 돌아갔답니다.

또 다른 토론토 거주 여고친구인 진선의 초대로 그녀가 오래 봉직했었던 토론토대학 도서관도 가 보았습니다. 친구의 요청으로 토론토대학 도서관에 제 저서 여러 권을 귀국 후 우송했습니다. 그 도서관에는 한국학 관련 도서가 제법 많았고 한국책 전담 도서관원도 있었습니다. 그날 저녁에는 그녀의 대저택에서 다른 친구 두 명이 더 초대되어 즉석 여고 동창회가 벌어졌습니다.

다음 날은 주일. 우리 모두는 토론토 한인교회에서 감사의 예배를 드렸지요. 주님의 뜻이 어디 계신지 우리는 감격의 감사 예배를 드렸습니다. 넓고 현대적인 그 교회는 수십 년 전 한국인이 세운 믿음의 전당이었습니다.

지난 9월 11일에는 어머니도 들르셨던 뉴욕에 큰 소동이 났습니다. 그 유명한 쌍둥이 무역센터 빌딩이 테러 비행기의 자살 충돌로 믿을 수 없게 폭삭 무너져 수천 명의 인명과 재산 손실이 있었습니다. 인간의 증오심, 광기는 정말 하늘을 노하게 만들고 있군요. 미국 동부지역에서 일어난 테러 참사는 9월 21일에 연세대에서 있을 예정이던 제25회 해관 오긍선 선생 기념학술강연회를 취소하게 했습니다. 할아버지의 모교인 루이빌 의과대학의 교수가 한국에 올 수 없게 되었기 때문입니다. 올해로 할아버지는 124회 탄생을 맞으셨지요. 추모 학술강연회가 시작된 지 사반세기가 되었으니 세월은 빨리도 흐릅니다.

올해에도 얼마 전 2001년 경기여고 동창회 행사안내 엽서가 날아왔습니다. 우체통에서 편지를 꺼낸 후 다시 우체통 바닥을 더듬어 보았지요. 어머니 앞 엽서를 찾기 위함이었지요. 실수였더라도 어머니 앞 엽서가 있지 않을까 바랐기 때문입니다.

한편 〈최·쉬프리 한미우호장학금〉을 만든 폴 쉬프리(Paul Shipley)가 금년 봄 또 하늘나라로 주소를 바꾸었습니다. 작년부터 신변정리를 하나씩 둘씩 차근차근 벌이는 그 의미를 오늘에야 저는 깨닫게 되었습니다. 하늘나라로 가기 전 그럴 여유가 있었던 그는 참 축복된 인간이군요. 그를 애도하여 제 앞으로 최근 마사 휀(Martha Jane Fenn) 부인으로부터 미화 50불이 왔습니다. 그것은 최·쉬프리 장학금에 곧 기탁되었습니다. 어려운 형편에 있는 제 제자가 그 기금의 덕택으로 매년 장학금 혜택을 받고 있습니다. 휀 부인의 남편은 1952~4년 서울에서 폴 쉬프리와 같이 근무하였고 안국동교회에서 영어와 성경을 가르쳤답니다.

추석 며칠 전에 홍콩 거주 아시아왕궁협회 회원 16명이 한국에 왔습니다. 한국협회 언더우드 회장과 이사 두 사람이 그들을 만나 저녁식사를 했습니다. 부모님도 잘 아시는 언더우드 박사를 뵈니 또 저는 아기처럼 어머니가 뵙고 싶었습니다. 그의 아버지가 할아버지 친구이시지요. 그런데 웬일입니까. 어머니 모습과 비슷한 깨끗하게 늙으신 영국계 할머니가 제 앞자리에 앉으셔 그녀와 많은 대화를 나누었지요. 말씨며 입가의 미소며 피부색도 홍콩 손님은 어머니와 비슷하셨습니다.

어머니 뵙고 싶습니다, 추석입니다. 어디 먼발치에서나마 단 한 번만이라도 뵙고 싶은 나의 어머니여! 또 소식 여쭙겠습니다.

2001. 10. 1.

쌀 풍작과 한국 농민의 시름

쌀 풍년으로 기뻐해야 할 농민들의 표정은 어둡기만 하다. 심지어 일년 내내 벼를 가꿔온 논을 그냥 갈아엎기도 한다. 육여 년째 계속 되는 풍작과 소비 급감으로 쌀이 남아돌면서 쌀값은 떨어지고 판로는 막혔다. 농림부의 '9·15 쌀 작황조사'에 따르면 올해 쌀 생산량은 평년작인 3,675만 섬을 180만여 섬 초과하는 3,730만 섬에 이른다고 한다. 그런데 작년 이월된 재고까지 포함하면 쌀 재고가 1,200만 섬이 될 것으로 추정된다.

농림부의 '쌀값안정 특별대책'이 발표되고 지난해보다 40만여 섬 많은 1,525만 섬을 사들이겠다는 정부의 결단이 있었음에도 불구하고 농민의 시름은 깊어만 가고 있다. 그뿐이랴 정부는 1조원이 넘는 쌀 매입자금을 미곡종합처리장에 무이자로 지원하겠다는 대책도 내놓았다. 그러나 유례없는 쌀 대란이 일고 있다.

산지 쌀값이 정부매입가인 벼 40kg 기준 6만 원 선을 크게 밑도는 5만~5만 3000원으로 떨어졌는데도 생산자들은 마땅한 판로를 찾지 못하고 극심한 어려움을 겪고 있다. 이윽고 농민들의 데모에 이어, 700여 평 논에서 벼 농사를 짓던 한 농부는 쌀의 질이 좋지 않아 쌀 수매가 거부당하자 농약을 먹고 자살까지 하였다.

올해 특히 극심한 쌀 시장교란의 원인은 무엇인가? 첫째, 무엇보다도 쌀의 시장 수급불균형에서 비롯된다. 쌀은 남아도는데 소비는 갈수록 줄어들고 있다. 다시 농림부의 발표에 의하면 국민 1인당 한해 쌀 소비량은 1979년 135.6kg을 정점으로 80년 132.4kg, 90년 119.6kg, 95년 106.5kg 등으로 꾸준히 줄어들었다. 반면 육류 소비는 1980년 11.3kg에서 2000년에는 30.5kg으로 3배가량 증가하였다. 과일 소비도 1980년 22.3kg에서 2000년에는 55.6kg으로 2배 이상 늘었다. 거기다 패스트푸드, 외식문화 등의 발달은 쌀 소비를 더욱 격감시키고 있다.

둘째, 국내 쌀값의 지속적인 인상에 따른 국내외 쌀값 가격 차의 급격한 확대가 문제이다. 80년대 중반 이후 가격지지로부터 소득지지로 정책의 전환이 있던 것이 세계적 추세인 데 반해, 한국은 80년대 후반 이래 최근까지 줄곧 정부 매입가를 인상해 왔다. 그 결과 같은 품질의 미국산에 비해 5배, 중국산에 비해 6배나 높은 쌀 매입가격을 형성하고 있다. 이런 상황에서 2004년 쌀 재협상 결과가 관세화로 귀결되는 경우, 수입 쌀이 국내 쌀 시장을 크게 잠식하게 될지도 모른다는 우려가 팽배해지고 있다.

셋째, 세계무역기구(WTO) 규정상의 국내보조금 감축의무로 인해 정부매입을 통한 쌀값 지지정책의 효과를 기대하기 어렵다는 문제가 있다. WTO 출범 이전까지는 국내 쌀 생산량의 25~30%에 달하는 쌀을 정부가 매입해서 별도 관리함으로써 쌀 수급 및 가격안정을 추구하는 정책을 펴왔다. 그러나 1995년 이후 WTO 규정에 따라 매년 정부매입 물량이 축소될 수밖에 없어 정부매입제도를 통한 쌀값지지 방식은 근본적으로 한계를 드러내고 있다.

한편 30억 아시아인의 주식인 쌀은 주로 중국, 인도네시아, 태국, 베트남, 필리핀, 일본 그리고 한국 등지에서 생산되며 그것은 세계 쌀 생산의 92%를 점유하고 있다. 이미 쌀 시장을 개방한 일본은 이미 개방 전 쌀값 내리기 정책을 썼고 휴경지를 늘리고, 영양소 배아를 두 배로 키우는 쌀 등의 최고 품질의 쌀 지키기, 저온 냉장고에 보관한 벼를 소량 주문 때마다 도정해 공급하는 판매전략, 다양한 고급 쌀 소포장 판매, 씻지 않는 쌀로 수입쌀의 점유비중을 1%로 지키고 있다고 한다. 세계최대 쌀 생산국인 중국은 농업인구를 줄이고 동시에 작년부터 쌀 200만 톤의 생산을 줄여가고 있다고 한다. 논을 갈아엎어 배추, 껍질 콩, 양배추 등 고소득 작물을 심어 농촌의 소득을 높이고 있는 추세다. 세계 제2의 쌀 수출국인 베트남도 논에 바닷물을 넣어 새우 양식장으로 바꾸거나 야채 재배지로 바꾸는 지혜를 발휘하고 있다. 태국도 쌀 생산을 줄여가거나 품질의 고급화, 차별화를 시도하여 향기 나는 태국 쌀은 중국에서 그 고장 쌀의 2배에 팔리고 있다. 이제 쌀 시장을 개방하지 않은 나라는 한국과 필리핀뿐이라고 한다. 우리는 이 문제를 어떻게 대처해야 할까. 무엇보다도 땜질식 단기 대책보다는 문제의 본질을 꿰뚫어 보는 근본적인 중장기 대책을 국민적 합의 위에서 수립하고 단계적으로 그 해결책을 찾아야겠다. 시장가격을 웃도는 관리가격을 기준으로 삼는 정부 매입제를 전면 재검토해야 한다.

쌀 소비를 장려하고 고품질 고가격의 쌀 생산을 유도하며 논을 대체작물 경작지로 바꾸어야 하지 않을까. 그러나 우리는 쌀 생산을 포기해서는 안 된다. 최대생산국의 쌀이 무기화될 때 벼농사 포기에 따른 높은 쌀 수입 의존도는 우리를 비참하게 만들 것이다.

몇 달 전 나는 아침식사로 수십 년 동안 먹어온 빵과 주저 없이 작별하였다. 빵이 나보고 야박하다고 탓해도 할 수 없다. 하루 이틀의 아쉬움, 서운함도 이제 다 사라지고 나는 매일 아침 쌀밥에 된장국 그리고 나물을 즐기고 있다. 되살아난 전통적인 아침식사 맛을 즐기며 아직도 빵을 고집하는 주위 사람에게 밥이 좋다고 내놓고 선전 설득하며 벼농사 문외한인 나는 오늘도 삼시 밥을 즐기며, 동지를 늘려 나가고 있다.

2001. 11. 1.

밴 프리트 장군과 얽힌 추억

　최근에 『승리의 의지: 밴 프리트 장군의 생애』라는 책의 서평이 한 영자지에 실렸다. 신문의 한 면을 거의 다 차지하는 서평을 읽는 도중에 갑자기 나는 아련히 먼 것 같으면서도 되살아나는 그와의 만남을 생생하게 기억하게 되었다.

　1959년 겨울 어느 날 나는 용산의 미군기지 내 한 고급식당에서 근엄하고 동시에 인자한 그러나 장난꾸러기의 미소를 띤 밴 프리트 장군을 만났다. 그의 초대는 장군의 수양딸인 수지와 관계가 있었다. 수지는 나와 대학 영문과 같은 반 학생. 그녀는 어느 날 강의시간에 내 옆에 앉았던 것이 인연이 되어 졸업할 때까지 내 곁을 떠나지 않았다. 유창하지는 않았으나 일상 영어회화에 제법 능숙했던 그녀는 무슨 사연이 있었는지 몰라도 문어체 한국어와 영어는 초보단계였다. 당시 기숙사에 거주했던 수지는 여러 과목의 과제를 나에게 의존했다. 그런저런 이유로 나는 유명한 장군과 오찬을 함께하였다.

　"내 딸 수지를 늘 도와주는 고마운 친구를 오늘에야 만나게 되어 반갑소. 수지가 신세진다고 늘 이야기하던 친구이군요."

　"별말씀을요. 저는 수지를 통해 많은 것을 오히려 배웠습니다. 수지 아버지를 만나 뵈어 반갑습니다."

　지금 생각하니 수지는 특별학생으로 대학을 다녔던 것 같다. 늘 자신 없어

하고 외톨인 그녀가 마음 쓰여 나는 최선을 다해 수지를 도왔다. 형제자매가 몇이고 부모는 어떤 분이고 어찌하다가 한국전쟁 때 밴 프리트 장군을 아버지로 모시게 되었는지 나는 그 당시 궁금도 하였었건만 일체 묻지 않았고 그녀도 그 방면 이야기를 언급한 적이 없었다. 나는 그저 그녀를 장군의 수양딸로, 매일 이국적인 옷을 입는 학생으로, 그리고 늘어진 얼굴의 피부로 미루어 볼 때 대학생 연령을 훨씬 지난 큰언니쯤으로 생각했었다.

『승리의 의지』는 밴 프리트가 플로리다 대학 시절 축구 선수였고 후에 축구 코치로 리더십을 쌓아갔다 하였다. 그의 경기 참가 경험이 후일 제1차 세계대전으로부터 냉전시기까지 그를 탁월한 장군으로 만들었다고도 하였다. 1950년 한국전쟁이 돌발한 후 그는 리지웨이(Ridgway)에 이어 유엔군을 이끌었고 8군 사령관이 되었다. 중공군과 인민군이 38선을 넘지 못하도록 저지한 데는 그의 공로가 컸다. 이승만 대통령과도 친분이 두터웠던 그는 한국의 육군사관학교 설립의 아버지로 칭송받기도 하였다.

그의 불굴의 승리의 의지는 오늘의 한국이 존재하는 데 도움을 주었다고 나는 확신한다. 1953년 퇴역한 밴 프리트는 그 이후에도 한국을 자주 방문하여 수양딸의 교육에도 전심하였다.

대학 졸업 후 소식이 끊긴 수지. 1993년 아버지가 세상을 떠날 때 임종을 지켜보았는지. 먼 기억 속에 파묻혔던 일이 어제 일인 양 기억되어 눈앞을 아른거렸다.

"나는 단지 군인이다."

노년의 밴 프리트는 자기 자신을 그렇게 소개했다. 식사 후 선물로 받은 초콜릿 한 상자. 나는 수십 년 전 입 속에서 녹아 사라졌던 그 맛이 달콤하게 되살아나는 것을 새삼 느낀다. 구 척 같은 그의 키, 당당한 외모에 압도되었던 기억도 있다. 그의 전기를 속달로 주문했다. 수지는 어디에서 사는지.

2001. 11. 3.

손유라 장학금

　가을이 깊어가는 오늘 교정의 낙엽을 밟으며 문득 낙엽소리와 함께 귓전을 울린 제자의 이름. 그녀의 이름은 손유라. 1984년 덕성여대 영문과를 졸업하고 곧이어 대학원에서 1986년 영어교수법으로 석사학위를 받았다. 성격이 활달하고 진취적인 유라는 시내 유명한 어학원에서 한국어를 가르쳤고 그 인연으로 외교관에게 한국어 개인교수도 하였다. 24시간을 쪼개어 쓰며 영어, 한국어를 가르치며 동분서주하던 그녀는 영국으로 유학길에 올라 셰필드 대학교에서 다시 석사학위를 취득했다. 미국에서 박사학위 과정을 꿈꾸고 있던 중 유라는 귀국길 스코틀랜드 지역을 여행하다 교통사고로 하늘나라에서 현재 살고 있다.

　1987년 무더운 여름 어느 날 유라는 당시 런던 대학교에서 강의를 하고 있던 나를 찾아왔다. 나의 귀국일이 얼마 남지 않은 때여서 뵙고 싶다는 것이 그녀의 이유였다. 차편 관계로 하룻밤을 런던에서 자야 했던 유라는 럿셀 스퀘어 근처 한 숙소에서 나와 만나 저녁을 같이 먹고 이러저런 이야기로 꽃을 피웠다. 외국에서 공부하는 것이 쉽지는 결코 않아 그녀는 여러 가지 고충을 나에게 털어놓았다. 몹시 안색이 좋지 않았던 유라. 자정이 넘었어도 이야기를 계속하기에 새벽기차를 타고 갈 사람을 걱정해 옆방으로 그녀를 쫓아 보내고 나는 만난 기념으로 사진 한 장을 찍어주었다. 다음 날 유라는 셰필드로 돌아갔다. 귀국 후 나는 그녀로부터 석사논문 마무리로 바쁘다는 그림엽서를 한 장 받았다.

그 후 몇 달이 지났다. 사진 현상을 미루고 미루던 나는 늦가을 오늘 같은 날 런던 사진 중 유라 사진이 끼어 있어 그것을 가족에게 전하려고 하던 중이었다. 그때 청천벽력 같은 비보가 날아왔다. 유라는 여행 중 교통사고로 유명을 달리 했다. 흰 드레스 차림으로 유리관에 실려 얼마 후 그녀는 귀국했다. 딸만 둘인 유라 부모. 유라는 첫째 딸로 집안일을 두루 도맡아 하던 아들 겸 딸.

한 병원에서 있었던 유라의 장례식. 같은 반 친구와 교수는 울고 또 울었다. 후에 영국의 석사논문과 유품이 부모에게 전해졌다고 한다.

또 여러 달이 지나고 여러 해가 넘어갔다. 유라 어머니로부터 나에게 전화가 왔다. 다음 날 나는 유라 어머니를 만났다. 딸을 잊지 않기 위해 〈손유라 장학금〉을 대학에 기탁하려는데 직접 오기가 꺼려진다고 나에게 그것을 대신 전해 달라고 하였다. 이렇게 〈손유라 장학금〉 시작되었다.

1992년부터 〈손유라 장학금〉은 영문과 재학생에게 지급되고 있다. 벌써 내년이면 장학금의 역사가 10년이 된다. 장학금 수혜자는 유라 어머니에게 감사의 편지를 쓰는 전통이 생겼다.

다시 세월이 흘렀다. 마음의 상처가 아물 때도 되었다고 판단한 나는 유라 어머니와 분위기 있는 식당에서 오찬을 나누었다. 그리고 유라의 마지막 사진을 전했다. 나의 온갖 염려는 사진을 받아드는 유라 어머니의 담담한 표정에서 순식간에 사라졌다. 마음의 평정을 찾으신 어머니는 또 놀라운 소식을 전해 주셨다. 유라 아버지가 딸의 죽음 쇼크로 오래전 유라 곁에 가셨다고.

모교에서 작은 씨앗을 뿌린 유라. 많은 제자가 그 씨앗을 키워 꽃을 피우고 열매를 거두게 되길 바란다. 나는 스코틀랜드에 관한 추억이 많다. 모두 좋은 추억들. 그러나 하나 마음을 아프게 하는 것은 제자의 죽음. 세월이 오래 흘렀건만 〈손유라 장학금〉에 얽힌 이야기는 낙엽소리와 함께 교정을 맴돌 것이다, 빙~빙.

2001. 11. 7.

사는 것의 의미를 되새겨 보며

산다는 것이 무엇일까. 유난하게 색스런 낙엽이 뒤덮인 길을 걸으며 나는 형언할 수 없는 행복감을 느낀다. 산다는 것은 이렇게 철따라 바뀌는 자연의 섭리를 그대로 느끼며 걷는 것이리라. 봄, 여름, 가을, 겨울, 사계절이 있는 온대지역 한국에서 내가 태어난 것은 얼마나 감사한 일인가.

최근 한 신문기사에 의하면 일부 젊은 어머니가 아이의 장래를 생각하여 만삭의 몸을 이끌고 큰 비용을 부담하며 미국에서 아이를 낳는다고 한다. 또 한 가지 놀라운 뉴스는 한 대학의 설문조사 내용. 다시 태어난다면 조국이 한국이 아니었으면 하는 대학생이 조사대상 1,000명 중 65%. 우리의 젊은 세대에게 한국은 그렇게도 살기 어려운 곳인가.

인간의 일생을 3단계로 나누면 첫째는 공부하고 준비하는 때로 청소년기가 여기에 해당되며, 둘째는 사회에 나가 활동하는 때로 중년기가 여기에 해당된다. 셋째는 사회적 활동에서 물러나 안식하는 때로 인생의 노년기가 여기에 속한다.

인생은 살면서 배우고, 배우면서 살고, 살기 위해 배우고, 배우기 위해 산다. 인생은 곧 학교이고 우리는 모두 학생이다. 배운다는 것은 무엇일까. 배움의 정신은 향상이고 활동이며 겸손이다. 날마다 새로워지려면 날마다 배우고 공부해야 한다. 산다는 것은 움직이는 것이다. 활동하지 않는 생명은 생명이라고 할 수 없다. 그러므로 우리 젊은이는 특히 왕성한 활동력을 지닌 인간이 되고, 우리 모두는 왕성한 활동력을 지닌 민족으로 우리가 서 있는 땅을 당연시해서는 안 된다.

산다는 것은 사랑하는 것이다. 우리는 살면서 사랑하고, 사랑하면서 산다. 철학자 피히테는 "사랑은 인생의 주성분이다"라고 하였다. 인간생활의 주성분은 사랑이다. 사랑은 인간생활의 중심이요 근본가치이다. 지구가 태양을 돌듯이 인간의 삶은 사랑을 주축으로 돌아간다. 사랑이 없는 인생을 생각해 보라. 그것은 빛과 열이 없는 태양과 같고, 풀과 꽃이 없는 화원과 같다. 인생에서 사랑을 제거하면 텅 빈 껍데기 인간만 남을 것이다.

인간의 불행과 고통의 대부분은 대개 물질의 결핍과 사랑의 결핍에서 온다. 그런데 사랑의 결핍은 현대인이 겪는 크나큰 아픔이다. 사랑이란 도대체 무엇인가. 우선 상대방에 대해 깊고 따듯한 관심을 갖는 것이고, 상대방을 존중하는 것이며, 나아가 상대를 이해하고 책임져 주는 것이다.

살며 우리는 싸움을 면할 수 없다. 싸움이 없는 인생은 없다. 싸움은 인생의 피할 수 없는 속성의 하나이다. 독일의 철학자 칼 야스퍼스는 싸움을 인간의 한계상황의 하나로 보았다. 이때 상황은 환경으로 풀이할 수 있다. 야스퍼스는 인생이 피할 수 없는 네 가지 한계상황을 죽음, 고통, 죄 그리고 싸움이라고 하였다. 인류의 문명사를 연구한 미국의 철학자 듀란트 말대로 인류의 역사는 평화의 역사라기보다 전쟁의 역사였다. 한 역사책에 의하면 한국은 5,000년 역사에 3,000회 외침을 당했고 온갖 소요상태를 포함하면 그 역사가 전쟁의 역사라 하였다. 또 위고는 인간에게 주어진 싸움을 크게 세 가지로 나누었으니 그것은 자연과 인간과의 싸움, 인간과 인간 간의 싸움, 그리고 자기와 자기와의 싸움이다.

산다는 것은 무엇일까. 산다는 것은 뜻을 세우고, 그 뜻을 위해 끊임없이 노력하는 것이다. 큰 뜻을 세우고 살았던 사람들이 위대한 유산을 남긴 것을 우리는 수없이 보아왔다. '큰 뜻'을 나는 자기 그릇에 합당한 삶의 목표라고 풀이하고 싶다. 산다는 것은 자기의 길을 묵묵히 가는 것이고, 죽는 날까지

배우는 것이며 부지런히 자기 나름대로의 재능을 갈고 닦으며 인격을 키우는 것이고, 자기 창조를 위해 열심히 매진하는 것이다.

오래 걸었는지 발 밑 낙엽소리도 이제 둔탁하게 느껴진다. 우리 사회, 정치, 경제, 문화의 위기상황이 피로한 발과 함께 되살아 인식된다. 가까이 봉직하고 있는 대학에도 문제가 산적해 있다. 오색찬란한 낙엽이 서로 어울려 장관의 하모니를 이루듯 생각이 다른 인간도 화합하고 양보하며 함께 잘 살아갈 수는 없을까?

끊어진 학교 앞 다리를 다시 떠올려 본다. 그것을 통해 대학 구성원의 단절된 마음을 본다. 왜 커다란 다리가 무너졌을까. 임시로 세워진 나무다리를 건너며 샌프란시스코 금문교, 파리의 센느 강 다리를 걷는 기분이 드는 것은 왜일까. 좁은 다리를 통행하는 무수한 학생이 '좁은 문'의 의미를 생각하고 있을까.

내 인생의 운전자인 나는 때로 인생행로를 우회해야 하는 그 의미를 뒤늦게 되새기며 모든 것에는 하늘의 섭리가 있고 참된 파일럿은 창조주이심을 새삼 깨닫고 오늘도 좁은 다리를 건너본다. 살아 있다는 그 자체만도 감사하고 행복한 것이 아닐까. 살아 있다는 것을 증명이라도 하듯 나는 오른손 엄지와 검지로 왼쪽 팔을 꼬집어본다. 살아 있다는 것만도 행복한 것이 아닐까.

2001. 11. 17.

외국인 교수

안개가 자욱이 낀 한강다리를 건너며 창밖을 바라본다. 오늘 문득 생각나는 외국인이 있다. 있어야 할 63빌딩, 눈에 익숙한 풍경은 온데간데없고 수십 년간 나와 관계가 있었던 외국인 교수의 모습이 하나씩 둘씩 창가에 어른거린다. 지하철 소리와 함께 희한하게도 연대적으로 나타나는 얼굴들. 오늘 모두를 만난다면 내 모습처럼 얼굴에도 나이테가 여러 겹 둘러져 있을 텐데. 매년 크리스마스 때 서로 소식을 나누는 일로 우리는 보고, 듣고, 웃고, 슬퍼하며, 이른바 글로벌화를 꾀하여 왔다.

굵은 실타래 속에 1년간 숨었던 이들의 이름이 실타래가 풀리며 차례로 눈앞 무대에 나타난다. 이들 중 몇 분은 유명을 달리했고, 또 몇 분과는 소식이 끊겼다. 크레인(Crane), 모크(Mock), 허버드(Hubbard), 샤프(Sharp), 램(Lamb), 쉐인(Shane), 트릴링(Trilling), 도노반(Donovan), 필킹톤(Pilkington), 라니 웨스트(Lani West), 스킬랜드(Skillend), 벨마 픽(Velma Pick), 토마스 파렐(Thomas Farrell) 그리고 바바라 머피(Barbara Murphy).

감리교 선교사로 대학 시절 많은 학생의 존경과 사랑을 받았던 크레인 선생님은 뇌수술을 받고 돌아가신 사실이 모든 그녀와의 만남 속에서도 두드러지게 나의 머리에 각인되어 있다. 모크 선생은 영작문을 모교 후배에게 가르치셨는데 그 선생님의 조교로 나는 1년 남짓 일하며 그녀의 그림자 역할을 하였다. 허버드 선생은 마음씨 고운 감리교 선교사. 그녀는 여름에는 하이 웨이스트 스커트를 잘 어울리는 블라우스와 입었고 겨울에는 빨간 외투를 즐겨 입었다. 어느 날 이 선생님이 강의 도중 물건을 주머니에 넣으셨는데 그것이 그대로 교실바닥에 떨어졌다. 모두는 그녀의 주머니에 시선이 집중되었다. 펑크 난 주머니에. 눈을 떼는 순간 학생 모두는 코트 색과 같은 그녀의 빨간 얼굴을 보았다. 그리고 모두는 당황하였다. 미국에서 음성학을 가르치셨던 쉐인 교수. 오래전 그는 대부분의 외국인 대학원생보다 젊었던 미남교수. 교수내용이 지나치게 난해할 때 외국인 학생들은 이구동성으로 저분은 할리우드로 주소를 옮겨야 한다고 했던 분. 앤아버 미시간 대학교 여름학기의 인기교수 램. 그와 함께 기억되는 멋쟁이 여교수 샤프. 샤프는 매 시간 의상과 어울리는 벨트를 매고 강의실에 나타나 학생들은 고된 여름학기 아침 8시 시간을 졸지 않고 마치었다. 세계적으로 명성을 날렸던 콜럼비아 대학교의 트릴링 노교수는 책에서 눈을 떼지 않고 책 읽듯이 강의하였다. 평화봉사단원으로 한국에 와 덕성여대에서 영어를 가르쳤던 도노반. 그는 귀국 후 외무고시에 합격하여 외교관이 되었다. 한국어와 중국어를 구사하던 그는 중국인 부인을 맞이했고 매년 20년째 성탄소식을 전해 오고 있다. 영국의 브리스톨 대학교의 화학박사 필킹톤은 한국인과 결혼했고 그의 취미는 친구와 전화로 서양장기를 두는 것이었다. 필킹톤 후임으로 대학에 온 사람은 라니 웨스트. 동양적 외모에 내면세계가 깊었던 그녀는 학생들의 카운슬러였다. 한국학의 권위자인 스킬랜드 교수는 런던 대학교에서 은퇴하셔서 화초 기르는 일에 푹 빠지신 한때 나의 동료 옆방교수. 런던 대학교 동아시아과 특별연구원사교실 오후 3시. 단골손님은 스킬랜드. 영국인 벨마 픽은 여행광으로 세계 방방곡곡을 누비는 것이 취미. 몇 년 전에 그녀는 보석감정사 자격도 획득했다. 그녀는 살던 아파트가 춥자 총무과에 나타나 두 손을 내보이며 추운 시늉을 연출하여 메시지를 전달한 것으로 유명하다. 파렐은 8년간 동료로 대학에 근무했던 아일랜드인. 그의 특이한 유머와 재치는 더블린을 서울로 옮겨 놓은 듯 했다. 그는 사은회 때마다 도깨비 모양의 탈을 쓰고 좌중을 웃겼던 영어회화 선생님. 그리고 바바라 머피는 정년으로 고국으로 돌아간 미국인 교수. 오페라를 즐겨 국립극장과 예술의 전당의 단골손님. 색조화에 대가인 그녀는 무슨 옷을 걸쳐도 배색 만점.

　외국인 교수와의 만남은 나로 하여금 단일민족, 단일언어의 벽을 넘게 하였으며 오히려 우리네 문화를 새로운 각도로 자각하게 하였다. 테러, 탄저병 소동으로, 그와 연관된 뉴스로 세계는 시끄러우나 나는 아무 일도 없었던 것처럼 우정사업본부 연하장을 오십여 장 샀다. 나는 구세대인 고로 e-mail보다는 정식으로 연하장을 받고 보내고 싶으니까. 날은 어둑어둑 속수무책으로 깊어만 가고 안개는 더욱더 강력한 기세로 온 천지를 뒤덮었다. 귀갓길에도 다시 한강변에서 그들의 얼굴을 또 볼 수 있을지. 사람에 대한 기억은 이상하여 세월이 지날수록 단편적인 묶음으로 불쑥 때 아닌 때 나타나는 즐거움이 있다.

2001. 11. 24.

도서기증 · 도서구입

　책과 벗해 온 수십 년. 세월이 갈수록 늘어가는 나의 재산목록 1호는 책. 책이 늘어가자 서재 두 곳은 공간이 모자라 이 방 저 방의 모퉁이도 책장이 수호신이 되어 각 방을 장식하게 되었다. 그런데 나는 몇 년 전 마음 아픈 결단을 내릴 수밖에 없었다. 그 이유는 도서관장을 역임하며 도서기증의 필요성을 더욱 절감했고 또 하나의 계기는 결코 젊어가지 않는 나의 나이 때문이기도 하다. 그래서 나는 은퇴해서도 필요하다고 생각되는 책을 제외하고는 대학에 책을 기증하기로 3차년 계획을 세웠다.

　우선 3차년 첫해에 나는 기증할 책을 엄밀하게 선정하여 거실식탁 위에 쌓기 시작했다. 주종은 학술지 여섯 종류와 미국에서 발행된 내셔널 지오그래픽(National Geographic) 잡지. 개중에는 첫 장이 사라진 것도 있었으나 20세기 초 옛것도 있었다. 이 잡지를 좋아하는 줄 안 쉬프리 부모는 나에게 귀한 옛 기록을 보내 주었었다. 또 다른 책들은 미국 유학시절 교과서, 참고서로 사용했던 책과 이런저런 이유로 용돈을 털어 어렵게 샀던 책들. 책 하나하나에는 숨은 역사가 배어 찌들어 있었다. 문학, 언어, 카운슬링, 미술, 종교서적이 식탁에 쌓이고 책갈피에서 형형색색의 쪽지가 나오면서 나의 책 선정에는 브레이크가 걸렸다. 이 책은 이래서 저 책은 저래서 도저히 나와 분리될 수 없음을 갑자기 깨달았다. 그래서 다시 기증하기로 내놓은 책을 다시 서재로 들여놓는 작전이 나의 의지와는 달리 진행되어 며칠 동안 다른 종류의 책과의 싸움이 시작되었다. 얼마 동안은 온통 왔다 갔다 하는 내 마음에 따라 책은 서재와 거실을 왔다 갔다 책 선정에 진전이 없었다. 책을 펴보며 음악을 들으며 나는 다시는 돌아갈 수 없는 시절에서 살고 있었다. 책을 샀던 서점, 책과 관련된 지나간 세월을 잠시 음미하며 나를 괴롭혔고 동시에 즐겁게 했던 과거의 나날을 곱씹어 보았다. 그러는 가운데 제법 모인 LP판도 마지막으로 들으며 도서관에 기증하기로 결정하니 어깨가 가벼워지며 하늘로 날아가는 기분이었다. 집은 집이고 이번에는 교수실이 문제. 먼지를 머금은 채 나를 지켜주었던 수많은 책. 어느 주말 나는 목장갑을 준비하고 교수실 책을 정리했다. 욕심은 금물. 본교 대학에 내 책이 있어 어느 누구에게 이따금 읽힌다면 그것이 가장 바람직하지 않을까.

2차년 도서기증의 해가 밝았다. 이번에는 다른 동에 거주하는 교수 언니와 교수 형부의 책 그리고 부모님의 책도 그 대상이 되어 책이 점유하는 분야가 다양해졌다. 어느 오전 도서관 직원은 집까지 와 쌓여 있는 책을 큰 차에 모두 싣고 갔다. 크고 작은 책은 넓은 바다 같은 서고를 향해 떠나갔다. 문학전집, 사상계잡지 묶음, 옛 사전 등등 1차년 때보다는 덜 색스런 책들이 주인과 하직했다. 이때도 가슴을 파고드는 형언하기 어려운 아픔이 있었다.

영어영문학 입문 과목을 수강하는 200여 명의 학생에게 나는 어느 날 자신의 서재에서 자신이 소유했다고 생각하는 책의 목록을 적어내라고 하였다. 그리고 책을 가지고 있지 않아도 기억 속에서나마 자신의 소유라고 생각하는 책의 목록을 받은 적이 있다. 예상한 대로 그 숫자는 미미했고 읽은 문학 서적, 교양서적의 수도 가뭄에 콩 난 듯했다. 교과서도 사지 않는 세대. 책을 귀고리, 목걸이 수준의 대접도 안 하는 일부 젊은 세대. 이들은 실로 현대문명의 인간 저질화의 산품일까. 텔레비전을 보고 자란 세대. 이들은 이른바 영상세대로 두뇌에 안테나를 달고 무차별, 무계통, 무질서하에 쏘아대는 영상을 거르지 않고 수용, 모자이크처럼 공존시키고 있는 것이 아닐까.

활자시대에 자란 세대는 대학 시절 한 벽 가득 용돈을 아껴 사 모은 책을 읽고, 보며 성취감을 느꼈다. 광화문 네거리에 있었던 범한서적은 나의 단골 서점. 그때 산 책이 아직도 내 서가를 빛내며 나에게 양식을 주고 있다.

영상세대인 제자들은 부분부분 책을 복사해 사용하다 시험이 끝나면 버리는 것이 아닌지. 수직적인 사고에 익숙하지 않은 이들은 수평적이고 충동적이며 매사를 이성적으로 생각하지 않고 대부분 감각적이다.

그러나 계통적으로 독서를 하는 소수의 제자를 바라보며 그들이 도서관의 참된 주인의 명맥을 유지하리라고 기대하며 책을 오늘도 도서관에 보낸다.

도서기증의 3차년도 시작되었다. 이번에는 주로 외국학술지와 정년퇴임, 회갑기념 논문집이 주종을 이룬다. 집의 서재, 교수실의 서가는 이중, 삼중의 겹겹이식 책 나열이 줄어들어 책은 모두 한 줄로 보기 좋게 나열되어 있다.

책과의 이별이 허전한지 나는 요즘 한국학 관련 책을 많이 읽고 구입하고 있다. 외국인의 눈에 비친 한국 관련 책은 흥미롭고 때로 도전적이다. 외국인을 대상으로 한국 관련 강연을 오랫동안 해 온 나는 또 하나의 서재를 꾸미며 그것도 머지않아 기증 대상임을 알고 있다.

비었던 서가는 다시 채워지고 있다. 사람은 이상한 동물, 무엇이든 모으다가 고스란히 모든 것을 두고 하늘 나팔이 불면 떠나가야 하는 연약한 존재. 그러기에 인간은 묵직한 책을 벗으로 일생 동안 영적인 양식을 섭취하는 것이 아닐까.

2001. 12. 5.

대우교수

　수십 년 전 규모가 작든 크든 대학에서는 교수진으로 명망이 높고, 업적이 많은 퇴직교수를 정해진 햇수만큼 계약하여 소위 대우교수로 모시는 것이 큰 유행이었다. 덕성여대도 예외가 아니라 정년퇴임한 교수를 캠퍼스에 모시게 되었다. 그들은 대개 학술원 회원이거나 누구 하면 알 만한 유명한 교수였다.

　영어영문학과에서는 1970년대에 고려대를 퇴직하셨던 이호근 교수와 조용만 교수를 동시에 대우교수로 모시게 되었다. 두 분은 오랜 친구로 낯선 대학에 같이 근무하게 되어 편안하게 교수생활을 하셨다. 말수가 적으셨던 이호근 교수의 영시 강의는 학생들을 매료시켰다. 말씀 한 마디, 한 마디가 시적 감흥을 일으킨다고 학생들은 흥분했었다. 매사에 깔끔하시고 이야기꾼이신 조용만 교수는 오랫동안 신문사 주필도 하셨던 분이라 저서, 역서가 많으시고 창작의 연륜도 깊으셨던 분이다. 영소설을 강의하시며 운니동 캠퍼스에 훈훈한 정을 심어주셨다.

　1980년대에는 이화여대에서 봉직하셨던 김갑순 교수님이 덕성의 새 식구가 되셨다. 김 선생님은 대학, 대학원 시절 나의 은사이기도 하신데 덕성에서도 영문과 학부생과 대학원생에게 영미 희곡, 그리스·로마 극작가와 관련된 과목을 강의하셨다. 시간관념이 엄격하시고 매사에 적극적인 김 교수님은 학생들을 영어의 세계에 푹 빠지게 하셨다. 정확한 발음구사, 드라마틱한 선생님의 강의는 학생 하나하나를 무대 위 배우로 만드셨다. 1982년 공연된 오스카 와일드(Oscar Wilde)의 「윈더미어 부인의 부채」(Lady Windermere's Fan)와 그 다음 해 있었던 Reading Recital of Shakespeare's Scenes는 장안의 화제를 뿌리기도 했다. 연극연출을 맡으시면 완전히 다른 분이 되시는 교수님은 연극에 '신들려' 높은 무대를 가볍게 오르락내리락 모든 이를 놀라게 하셨다. 연극 강평회에서 선생님이 부르셨던 '바위고개'는 아직도 내 귓전을 울리고 있다. 이어 1984년에도 「요람의 노래」(The Cradle Song)를 연출하셨고 『희곡론』과 『셰익스피어 이야기 1, 2』 등의 저서를 남기셨다. 김 선생님의 경우는 위의 두 대우교수님과 달리 대학원에서도 강의를 계속해서 총 7년의 세월을 운니동 캠퍼스에서 보내셨다.

영어영문학입문 과목을 가르치며 매년 언급하게 되는 아놀드 베니트(Arnold Bennett)의 『문학감상』(*Literary Taste*)은 조용만 선생님이 1974년 번역하서 박영사에서 문고판으로 내놓은 것인데 이제는 절판되어 구할 수 없는 책이 되었다. *Literary Taste*는 필자의 고등학교 3학년 시절 그 당시 연희대 영문과 교수님이 출강하서 원문을 읽게 하서 그 내용을 접한 바 있었던 인연이 깊은 책이기도 하다.

이제 노교수를 모셔오는 대우교수제도는 없어진 지 오래되었다. 그것의 찬반여부를 따지기 전 연륜이 있으시고 경험이 풍부하셨던 교수님이 학과에 계셨던 것은 큰 행운이었다. 때로 응석도 부리고 모르는 것을 묻기도 하고, 도서관 참고실에서 찾을 수 없는 귀한 정보의 전수자이셨던 선생님 생각이 오늘따라 많이 떠오르는 것은 웬일일까. 세 분 중 두 분은 이미 고인이 되셨다. 그러나 그들이 학과에 남겨주신 이름 없는 유산은 유형, 무형의 형태로 계속되고 있다. 대우교수. 영문과의 대우교수였던 세 분은 대우를 제대로 받으셨는지 허공에 대고 질문을 던져본다.

우리는 지금 정보기술, 생명공학, 나노기술의 시대에 살고 있다. 그 다음은 로봇공학의 시대가 도래할 것이라고 과학자들은 말한다. 이렇게 세상이 급변할수록 옛 스승, 교수가 그리워지는 것은 웬일일까.

2002. 1. 2.

기억나는 제자

　오랜 세월 동안 접했던 제자를 모두 기억하기는 어려운 일이다. 매년 배출되는 수많은 제자 중에는 동명이인도 여러 명 있고 그 생김새도 비슷하여 누구 하면 헷갈리는 경우가 비일비재. 오늘따라 눈앞을 어른거리는 두 제자가 있다.

　그 한 사람은 72학번의 우진. 대학 재학 때부터 독특했던 그녀. 우진은 국제결혼을 하여 슬하에 아들 하나를 두고 있다. 하늘을 나는 업종에 종사하여 여러 나라를 오가며 인생을 즐겁게 꾸려가고 있다. 우진의 후배사랑은 지극하여 매년 미화 100불을 장학금으로 영문과 동창회로 보내오고 있다. 올해에도 어김없이 장학금은 도착. 이제 그것의 연륜도 10년이 넘고 있다. 모든 것에 마음은 있어도 그것을 실행으로 옮기기는 쉬운 일이 아니나 유독 우진은 그 일을 계속하고 있어 나의 마음이 흐뭇하다.

　또 한 사람은 78학번인 현숙. 현숙은 대학 재학 때부터 끈기와 노력의 화신이었다. 한번 어느 목표를 세우면 요동 없이 그 길로 돌진하는 제자. 대학 졸업 후 한 회사에 다니며 야간대학원에서 얻은 경영학석사는 현숙의 미래를 바꿔놓았다. 그녀의 성실성, 도전적 회사생활은 그녀를 중남미 한 곳의 회사지점에서 근무하게 하였고 그곳에서의 스페인어 숙달은 다시 또 다른 학문분야에 도전으로 이어졌다. 수년 간의 고생 끝에 그녀는 멕시코 한 대학에서 마케팅 박사학위를 획득. 이윽고 회사를 그만두고 마케팅 분야 그곳 교수가 되었다. 새 언어를 대학 졸업 후 배워 그 언어로 학위논문을 쓰고 다시 그 고장 대학의 교수가 된 일은 보통 일이 아니다. 현숙은 좋은 논문을 써 세계를 무대로 온갖 학술대회에 참석해 활동무대를 넓혀가고 있다. 오랜 숙원이었다는 하버드대학의 연구생이 되어 지난해에는 중남미 경제에 관련된 연구를 마치었다.

새해 초에 그녀로부터 받은 CD, 멕시코 팝송이 다 들어 있는 CD를 감상하며 기적을 이루어 낸 제자를 생각한다. 경쾌한 라틴음악의 선율에 매료된 선생은 시공을 초월하여 포트랜드로 멕시코시티로 달려가고 있다.

세상의 수많은 직업 중 가르치는 직업은 복된 직업. 어려만 보였던 대학제자는 졸업과 동시에 친구가 된다. 가르치는 것은 배우는 것. 가르치는 경험은 많은 깨달음을 태동시켰고 깨달음은 또 다른 깨달음으로 이어지고 있다.

지하철에서, 버스에서, 시장에서, 백화점에서 우연히 만나는 옛 제자. 제자의 얼굴에서 나의 자화상을 본다.

"선생님, 저는 ○○학번입니다. 그간 안녕하셨어요?"

"그래, 이름이 뭐더라."

"누구누구입니다. 선생님 댁에도 갔었지요. 운치 있던 한옥에 그대로 사시나요."

"아니 오래전 아파트로 이사했네."

"아까워라. 그 집 분위기가 그만이던데요."

이야기는 다시 찾을 수 없는 먼 어제로 어제로 뒷걸음질친다.

과거는 다 아름다운 것인지 제자들은 하나같이 옛날이 좋았다고, 학창 시절이 제일 그립다고 합창한다.

기억나는 제자가 한둘뿐이랴. 이 제자는 이래서 좋고, 저 제자는 저래서 좋고. 같은 울타리에서 근무하는 제자는 매일 매일 쌓이는 정 때문에 더 끌리는 법.

오늘 따라 생각나는 우진과 현숙. 그들의 앞날에 신의 가호가 있길 기도한다. 내일은 소식이 오래 끊긴 혜경, 기복, 선우, 순복, 애화를 생각하는 하루가 될 것이다. 이름이 기억되건 안 되건 제자와 스승의 관계는 이어질 것이다. 이따금 수면 위로 크게 부각되는 제자의 이름. 그러나 빙산에 파묻힌 제자를 생각하는 한 선생의 애틋한 사랑은 변함없이 계속될 것이다. 내리사랑은 누구도 못 말리니까.

2002. 1. 7.

톨테크인이 요구되는 우리 사회

　요즘 며칠 동안의 날씨같이 안개 낀 우리 사회를 보며 문득 수천 년 전 남부 멕시코 전역에 '지혜로운 사람들'로 알려졌던 톨테크인을 생각한다. 우리 사회의 안개는 며칠 간의 안개 낀 날씨처럼 곧 개이면 좋겠으나 안개정국이 계속되는 데 그 심각성이 내재되어 있다. 더욱 놀라운 사실은 그 안개가 세월이 흐를수록 점점 짙어져 모든 이의 시야를 흐리게 할 뿐만 아니라 그 전염성이 높다는 사실이다.

　톨테크인의 지혜는 과연 무엇일까. 톨테크인의 지혜는 전세계에서 발견되는 모든 신성한 비전의 전통들과 똑같이 본질적으로 단일한 진리에서 비롯된다. 이것은 비록 종교는 아니지만, 지상에서 가르침을 베푼 모든 영적 스승들에게 경의를 표한다. 톨테크인의 지혜는 영적인 것이면서도, 우리 모두를 행복과 사랑으로 이끌어 가는 하나의 훌륭한 방식이라고 하는 것이 보다 정확한 표현일 것이다.

　톨테크인은 다시 말해 고대인의 영적 지혜와 풍습을 탐구하고 보존하는 하나의 사회를 형성했던 과학자이며 예술가들이었다. 그들은 나구알(nagual)이라고 불리는 영적 스승들과 그 제자들로서 숨은 지혜를 전수해 왔다.

　돈 미구엘 루이스(Don Miguel Ruiz)는 '독수리 기사' 가문의 현대판 나구알로 그가 주장하는 새로운 꿈으로의 서곡은 다음 네 가지 자신과의 약속으로 요약된다.

첫째, 말로 죄를 짓지 말라.

둘째, 아무것도 자신과 관련시켜 받아들이지 말라.

셋째, 추측하지 말라.

넷째, 언제나 최선을 다하라.

우선 말은 단순한 소리나 문자기호가 아니라 신이 내려주신 선물이다. 이 선물의 위력은 대단하여 한마디 말로 사람을 살릴 수도 있고 죽일 수도 있다. 말로 죄를 짓지 않는다는 말은 해로운 말을 하지 않는다는 뜻이다. 또한 그것은 자기 자신을 위해 진리와 사랑의 방향으로 에너지를 쓴다는 말이다. 너와 나 우리 모두가 말로 죄를 짓지 않기로 스스로 약속한다면, 그 의지만으로도 진실이 구현되며 우리 안에 존재하는 온갖 감정의 독이 말끔히 사라질 것이다. 오랜 세월 동안 우리는 험담에 익숙해 왔고 모두는 부정적인 마법에 걸린 줄도 모르고 살고 있다.

아무것도 자신과 관련시켜 받아들이지 말라. 실상 사람들이 하는 말, 행동, 그들이 제시하는 의견은 모두 그들의 마음속에 지니고 있는 약속들에 따른 것이다. 우리는 길들여지기 과정 동안 매사를 자신과 관련시켜 받아들이도록 배운다. 그리고 자신이 모든 일에 책임이 있다고 여긴다. 이것은 우리를 이기심 덩어리로 만든다. 책임 있는 선택을 하기 위해서는 자기 자신만을 믿으면 된다. 다시 말해 자신의 행동은 자신이 책임지는 것이다.

우리는 무엇이든 자기 마음대로 추측하는 경향이 있다. 다른 사람의 생각을 함부로 넘겨짚는 데 늘 말썽이 따르고, 아무것도 아닌 일이 큰 사건으로 확대된다. 우리가 추측하기를 그치는 날, 우리의 의사소통은 분명해지고 우리는 감정의 독에서 자유로울 수 있게 될 것이다.

어떤 상황에서라도 자신이 할 수 있는 최선을 다하면 모든 위의 약속이 실천에 옮겨질 수 있다. 하지만 최선은 시간이 지남에 따라 계속 변한다. 그러나 이것이 습관으로 굳어지면, 그 이전과 같은 정도로 최선을 다해도 더 좋은 결실을 맺을 수 있다.

교육열, 학구열이 지나치게 강한 우리 사회에서 오늘날 무엇보다 요구되는 것은 높은 학위, 거창한 경력의 일부 지식인, 약속을 밥 먹듯이 어기는 일부 지도층보다는 정직하고 지혜로운 사람이 대접받는 풍토, 시각의 전환이 급선무가 아닐까? 이제 어느덧 안개는 걷혔으나 아직도 시야가 뿌옇게 흐리기만 한 것은 나만의 느낌일까?

2002. 1. 16.

◆저자 소개◆

최 은 경

저자 최은경은 서울에서 태어나 이화여대 영문과 동대학원을 졸업하고 미국 콜롬비아대학교와 하와이대학교에서 석사학위를 받았으며 이어 한국외국어대학교에서 문학박사학위를 받았다.

그 후 영국의 런던대학교에서 초빙교수로 강의하였으며, 현대영국작가 캠브리지 세미나, 애버딘대학교 영어영문학 세미나, 옥스퍼드대학교 세인트힐다대학 문학연구회에 참가하였고, 현재는 덕성여대 영문과 명예교수로 재직하고 있다.

주요 저서로 『영어로 펴보는 한국』, 『영어회화로 엮은 한국과 한국의 전통』, 『영어숙어의 길잡이』, 『영어이야기·언어이야기』, 『영어 구동사의 벗』, 『English Dialogue on Things Korean』, 『영국적 특성과 영국·영어이야기』 등이 있다.

역서로는 스티븐 크레인의 『붉은 무공훈장』, M.스캇펙의 『길을 묻는 그대에게』 등이 있으며, 수필집으로는 『진실의 순간』, 『창문을 두드리는 천사』 등이 있다.

망각의 축복

• 초판 인쇄	2006년 3월 2일
• 초판 발행	2006년 3월 2일
• 지 은 이	최은경
• 펴 낸 이	채종준
• 펴 낸 곳	한국학술정보㈜
	경기도 파주시 교하읍 문발리
	파주출판문화정보산업단지 526-2
	전화 031) 908-3181(대표) · 팩스 031) 908-3189
	홈페이지 http://www.kstudy.com
	e-mail(e-Book사업부) ebook@kstudy.com
• 등 록	제일산-115호(2000. 6. 19)
• 가 격	18,000원

ISBN   89-534-4874-3 93810 (paper-book)
           89-534-4875-1 98810 (e-book)